「レディ、エントリィィィ——ッ!!」
雄叫びと共に駆け出す!
エンジン音! 加速! 閃光!
トラックが二人の少年を轢殺する!
今、世界救済は娯楽と化した!
超世界転生エグゾドライブ!
それは異世界の勝負に文字通りの
『人生』を賭ける、熱き少年たちの
戦いである!

「やれやれ、またやりすぎてしまったようだなァ！」
「神をブン殴りに、行ってくるぜ！」
純岡シト
Cメモリ《チート》
【超絶成長《ハイパーグロウス》】【全種適性《オールマイティ》】
【実力偽装《Eランカー》】【？？？？】
剣タツヤ
Cメモリ《チート》
【超絶成長《ハイパーグロウス》】【酒池肉林《ハーレムマスター》】
【絶対探知《フラグサーチ》】【？？？？】

「タツヤが選んだのは速攻型デッキ！」
黒木田レイ
大葉ルドウ
星原サキ

「……デート、だったのか、これは……！」
あらためて、シトは黒木田《くろきだ》レイの姿を見た。
男子とははっきり異なる、すらりとした肢体。予選トーナメントと違って、白くすらりとした脚がワンピースの裾から見えている。長い睫毛に覆われた切れ長の瞳が、すぐ下にある。耳にかかる数筋の黒髪。肩の体温が伝わってくる。
「そ。せっかくの美少女とのデートなんだから。その辺、気を使ってほしいな」

超世界転生エグゾドライブ 1

―激闘！　異世界全日本大会編―〈上〉

珪素 Keiso

イラスト
輝竜 司 Tsukasa Kiryu

キャラクターデザイン
zunta

CONTENTS

目次

00.

プロローグ

——熱気である！

「お待たせいたしました！　これが予選Aブロックの雌雄を決する戦いとなります！　純岡《すみおか》シト選手vs剣《つるぎ》タツヤ選手！　全日本大会への切符を手にする者は、果たしてどちらか！」

「「「ワアアアアアーッ!!」」」

大競技場の客席を埋めつくす観客。所狭しと設《しつら》えられた、大画面の超世界ディスプレイ。僅か十四歳の中学生同士の異世界転生《エグゾドライブ》とはいえ、今から行われようとしている試合は、彼らと同年代の子供がデパートやゲームセンターで興じるような遊びのレベルではない。

WRA異世界全日本大会関東地区予選トーナメント。その準決勝戦である。

関東地区から本戦トーナメントに出場する者は上位二名。

この試合の勝者が、全日本大会本戦出場枠を手にすることになる——プロの転生者《ドライバー》の耳目すら集める、最強の中学生転生者《ドライバー》を決める戦いは、誰も予想だにしない対戦カードとなっていた。

多くの優勝候補を打ち破り、関東地区最強の座へと指をかけた二名。

かたや緻密なる戦術で連勝を重ねる期待の新星。純岡《すみおか》シト。

そして、かたや無名、異世界転生《エグゾドライブ》の素人と思われたダークホース。剣《つるぎ》タツヤ。

その剣《つるぎ》タツヤは、自らの転生レーンに待機する軽トラックへと駆け寄っていた。

「おっちゃん！　この試合も思いっきり頼むぜ……！　星原《ほしはら》精肉店の軽トラだから、俺はいつだって全力で転生《ドライブ》できるんだしよ!!」

「おうおう！　任せときなタツ！　相手が期待の新星だかなんだか知らねえけどな……お前は中学最強の転生者《ドライバー》だ！　ずっと見守ってきたおっちゃんが言うんだから間違いねえ……！　優勝祝いはメンチカツだぞ！　ハハハハハハ！」

「ああ、ありがとよ！　期待して待ってる！」

赤いジャケットと跳ね気味の髪が特徴の、見る者に快活な印象を与える少年である。同級生と比べれば小柄な体だが、異世界転生《エグゾドライブ》に体格差のハンデなどは存在しない。彼の表情や言葉には準決勝戦に臨むことへの気負いではなく、純粋に今から始まる異世界転生《エグゾドライブ》の勝負を楽しみにしているかのような、心の内からの熱がある。

そして彼が振り返った先に待つ対戦相手は――とうに転生《ドライブ》の開始位置についている。

……何もかもが、タツヤとは対照的な少年といえた。すらりと高い長身。髪の色と同じく染み一つない、白一色の衣装。ともすれば酷薄な印象を与えかねぬ眼差《まなざ》しがある。

この少年こそが、我らが主人公。名を純岡《すみおか》シトという。

「――茶番だ」

左腕のドライブリンカーへとCメモリ《チート》を装填しつつ、シトは告げた。

「異世界転生《エグゾドライブ》にトラックの良《よ》し悪《あ》しなど関係ない」

長く使い込まれた星原精肉店の軽トラックに対して、純岡《すみおか》シトが立つ転生レーンに待機するトラックは、白く無機質なＷＲＡ認定オート轢殺《れきさつ》２ｔトラックであった。

「無論……絆《きずな》や心などという、甘ったれた代物もな。勝負を分けるものは、デッキ構築と戦略の力。それだけだ」

「ヘッ……！　お前の常識じゃあそうなのかもしれねーな」

シトの挑発を不敵な笑みで受け流しながら、タツヤも自らの転生レーンへと並び立つ。

ここにはタツヤの望む全てが存在する。赤と青の二色に塗り分けられた二つの転生レーン。

前方には煌々《こうこう》とヘッドライトを照らすトラック。超世界ディスプレイに表示される試合開始へのカウントダウン。熱狂する観客の声。そして、純岡《すみおか》シト。

彼の望んだ強敵と、全力で戦うことができる。それだけでいい。

だから妥協できないだけだ。心も、トラックも。

「俺には違うんだよ」

「……。そうか」

シトも、己の転生《ドライブ》スタイルを曲げることなくここまで勝ち上がってきた転生者《ドライバー》である。

かつてタツヤと戦った時と同じように、淡々と宣告した。

「予告しよう。準決勝の世界脅威レギュレーションは『単純暴力A＋』。……となれば貴様のデッキ構成は【超絶成長《ハイパーグロウス》】、【絶対探知《フラグサーチ》】を中心とした効率重視の速攻型。故に、貴様は……この俺には、決して勝てない！」

「どうかな！　――やってみなきゃあわからねえだろ！　人生も異世界転生《エグゾドライブ》も、そこが一番面白えところだろうがッ!!」

「ならば試合で語ってみせろ！　……レディ」

「望むところだ！　レディ!!」

二人の転生者《ドライバー》は前方のトラックへ向け、同時に助走の姿勢を取った。

カウントがその時へ近づいていく。２。１。０。

「エントリィィィ――ッ!!!」

雄叫《おたけ》びとともに駆け出す！　エンジン音！　加速！　閃光《せんこう》！

トラックが二人の少年を轢殺する！

「「ウオオオオーッ!!」」

Aブロック準決勝戦の幕が今、切って落とされる！

◆

この世界と隣接する、異なる現実――

平行世界の実在証明は、それ以前の文明を一変した。

無限に広がる異世界の観測。転生。そして干渉。


莫大《ばくだい》なる未知との遭遇に人々は熱狂した――だがしかし、程なくして彼らは知ってしまった。

観測された異世界の尽《ことごと》くが、同時に滅亡の危機に瀕《ひん》しているということを。

尋常では到底救いきれぬ数の希少なる世界が、彼らの目の前で滅びつつあった。

誰もが容易に救世主となれる技術の開発は急務であったのだ。


――そして時は流れ、西暦20XX年！

世界転生協会《World Reincarnation Association》が普及させた異世界転生《エグゾドライブ》の競技人口は全世界で一億人にも達し……

今、世界救済は娯楽と化した！

超世界転生エグゾドライブ！

それは異世界の勝負に文字通りの『人生』を賭ける、熱き少年達の戦いである！

01.

【超絶成長】

「圧倒的ッ！　剣《つるぎ》タツヤ選手、圧倒的な勢いです！　没落貴族の家庭に生まれ、僅か十年で20,129ものIPを獲得！　純岡《すみおか》シト選手と、二倍近くの差をつけております！」

会場内に複数設置された巨大な超世界ディスプレイは、異なる世界における二人の転生体《アバター》の活躍を映し出している。

元々は時間概念が異なる異世界を観測するための技術であったが、今は異世界転生《エグゾドライブ》の観戦用としては無論のこと、一般家庭のテレビや携帯デバイスのオプション機能としてもごく当たり前に搭載されているものである。

異世界における長大な一つの人生をAIが自動編集することで、まるでテレビ越しにスポーツを観戦するように、時には俯瞰《ふかん》し、時には詳細に眺める――それを可能にする超世界ディスプレイの存在あってこそ、異世界転生《エグゾドライブ》は娯楽としてここまでの発展を遂げたのだといえる。

「何が圧倒的だ。剣《つるぎ》の野郎……モタモタしやがって」

ディスプレイを眺める観客の中に、薄汚れたダークグリーンのパーカーを着た少年の姿が

あった。三白眼の目と、サメの如《ごと》き鋭利な歯は、いかにも凶暴な印象を与える。

「二倍程度の差じゃあすぐに抜かれるぞ」

大葉《おおば》ルドウ。この予選トーナメントの第一回戦にてタツヤに破れた、強豪転生者《ドライバー》であった。

彼のすぐ隣に座っている少女もやはり中学生だが、髪を鮮やかな金髪に染めている。

「でもルドウ、20,129って……分かんないけど、結構すごいポイント……なんじゃないの？

純岡《すみおか》クン、この分だと当分追いついてこれなくない？」

星原《ほしはら》サキは剣《つるぎ》タツヤの幼馴染《おさななじみ》だが、異世界転生《エグゾドライブ》の観戦はこの大会が初めてだ。彼らの転生序《ドライブ》盤の応酬について右も左も分からないでいる。

故に、同じ学校の同級生であるルドウの隣の席で観戦しているのだが……

「フン。ド素人が」

「む。初観戦だから当然でしょ」

「……じゃあそこは、ぼくが説明しよっか」

ルドウとは逆隣の席から、涼やかな声がかかった。

中学生離れして端麗な容姿と、首の高さで二つ結びにした黒髪。

「天才美少女中学生転生者《ドライバー》の……ふふ。この黒木田《くろきだ》レイが」

「黒木田《くろきだ》さん！」

同様にこの予選トーナメントの出場者であった、黒木田《くろきだ》レイである。

「ケッ……テメーは二回戦負けだろうが」

「一回戦負けのきみに言われるのは心外だな。しかも、ぼくの相手はシトだよ？　C《チート》メモリのデッキ構築なら間違いなく全国クラスだろうさ」

「あの……黒木田《くろきだ》さん、C《チート》メモリって何？　みんなが腕につけてる……ドライブリンカーに入ってるのが、そのC《チート》メモリなんだよね？」

「C《チート》メモリは、異世界でC《チート》スキルを使えるようにするカートリッジ型の入力装置ってところかな。これを四つセットしたものが転生者《ドライバー》のデッキになるのさ」

「星原《ほしはら》テメェ、んな基本も知らねェで試合見てたのかよ」

「ルドウは全然教えてくれなかったじゃん」

「予習くらいしておけってんだよ」

ルドウは不機嫌なまま、巨大ディスプレイへと視線を戻す。

タツヤが繰り出した拳の一撃で、城ほどもある巨獣が崩れ落ちるところであった。

「なんでもいいけどよォ〜。テメーらが駄弁《だべ》ってる間に、そろそろ試合が動く頃合いだぜ」

「わっ、今倒したのドラゴンじゃない!?　めちゃくちゃ大きかったけど……向こうのタツヤ、まだ十二歳くらいだよね……!?」

「当然さ。【超絶成長《ハイパーグロウス》】のC《チート》メモリなら、当然。それはもう物凄《ものすご》い倍率で経験値が入って、普通に暮らしてるだけで世界最強くらいにはなれるからね。一度決めた成長方針を全力で貫き通

せる剣《つるぎ》くんにとっては、一番相性のいいC《チート》スキルっていってもいいんじゃないかな」

「そっか……凄《すご》いんだな、タツヤ……ってか、やばいね転生……」

剣《つるぎ》タツヤの転生スタイル《ドライブ》は、その直情径行をそのまま表すかのような速攻型。

誰よりも早く最強となり、誰よりも早く巨悪を叩《たた》く。

対戦データに表示された使用C《チート》メモリを見る限り、恐らくその方針はこの準決勝でも同じだ。

「──しかも剣《つるぎ》くんの場合、【絶対探知《フラグサーチ》】も使ってるな？」

限定的な予知によって、様々なイベント発生条件を察知するC《チート》メモリである。【超絶成長《ハイパーグロウス》】との組み合わせは、初心者でも取り扱いが容易なコンボでありながら、極めて強力なものだ。

「どこに行けば自分が狩れそうなレベルのドラゴンがいるかなんて、全部お見通しってこと」

＃

「親父《おやじ》……！　これまで俺を育ててくれたこと、圧倒的に感謝してるッ!!」

全力の土下座であった。

東方ウィンアルツェ領、ファイゲルツ公が長子、タツヤ・フェム・ファイゲルツが、この世界における剣《つるぎ》タツヤの転生体《アバター》の名称である。

「い、いや……まあ、いくら転生って話が本当でも、仮にもわしの息子だし……見捨てるなん

て世間体悪いし……そういうアレで、今まで育ててきただけだし。恩に思わなくても、まあ」

「それでも、アンタは俺の親父だ……！」

異世界における父の手を取って、タツヤは叫んだ。

「俺は、これまで転生してきた全部の異世界のみんな！　本物の家族だと思ってるッ！　アンタもその一人だ……！　だから、今日こそ……俺が独り立ちできるようになった、今こそ！　この俺に、恩を返させてくれよッ!!」

「うう、暑苦しい……！　わしの息子暑苦しいよォ……！」

「もう敷地《しきち》の中にまで持ってきてるぜ！　正真正銘、エイン王国の三百年の敵！　神竜の一柱……赤溶竜グラなんとか!!　俺がきっちり脳天殴り砕いて、ブッ殺してやったからよッ!!」

「ええ〜ッ」

ファイゲルツ公は面食らい、タツヤが示した窓の外の庭を見て、そして現実から逃避するべく視線を戻した。もう一度見て、目を逸《そ》らした。

……タツヤが帰宅してからずっと、あれが自宅の庭に置かれていたというのか。

世界の原初より存在する神造災禍《エルダーシード》の一つ、赤溶竜グラジャルグの巨大な死骸が庭に転がされていたが、全ては何かの錯覚に違いなかった。

「何もかも……俺をここまで育ててくれた、アンタの功績だぜ！　王国からジャンジャンお礼をもらって、家を立て直してくれよな……！」

「いや、本当困る。普通に困るよこれ」

「俺は、旅に出る」

決意に満ちた、そして反論を許さぬ眼差しであった。

ファイゲルツ公が何かを言い返す余地は全くないと言ってよかった。

「冒険者になって……この世界をめちゃくちゃにしやがった聖神ルマを、俺のこの手でブッ殺してやる……！」

「君の冒険者観、異様にスケール大きくない!?」

「だからここでお別れだ。……親父」

タツヤは、この世界の父と熱き抱擁を交わした。

「ずっと忘れない!!」

（タツヤ……初めて、私のことを親父と……）

「神をブン殴りに、行ってくるぜ！」

生まれてから去る時まで、まるで炎の如き勢いの息子であった。

この世界とは別のどこかから現れた者なのだという。

確かに一つの世界に留まるような器ではなかったのであろう。

その旅立ちを見送ったファイゲルツ公は、今一度自宅の庭を見た。

世界の始まりより存在する神造災禍《エルダーシード》、赤溶竜グラジャルグが死んでいた。拳の一撃で脳天を

砕かれて、舌をだらしなく垂れている。

「いや。困るわこれ……」

#

「さて、冒険者ギルドだ。転生者《ドライバー》なら必ず通る道だね。サキちゃんは治安の悪いギルドと治安の良《い》いギルドなら、どっちを選ぶかい？」

「え……そりゃ、アタシなら治安の良いギルドにするけど……」

「はい不正解～」

「ルドウくんは茶々を入れないでくれるかい？　今、ＩＰの説明をしてるんだから」

「えーと、つまり……？　さっきから思ってたけどＩＰってさ。何の略なの？」

サキは金髪を不安げに弄《いじ》りながら、レイの顔色をうかがう。異世界転生《エグゾドライブ》。彼女にとってはこの競技そのものが、今まで知らなかった異世界だ。

「――イニシアチブポイント。異世界転生《エグゾドライブ》の勝敗を決するポイントさ。異世界における人生そのものの成功指標と言ってもいい。ＩＰを多く獲得すればそれだけ一般スキルも成長していくし、世界救済が達成された時点で、このポイントを多く獲得していたほうが勝ちだからね。だからぼくたち転生者《ドライバー》は、このＩＰの大量獲得を目指して序盤の人生を進行することになる」

「イニシアチブ……ええっと、なんだっけ。主導権とか、そういう意味？」

「その通り。現地住民に対して、どれだけの優越性を示すことができているか……！　無難な人生を送ることなく、より鮮烈な成功を収めた者こそが、異世界転生《エグゾドライブ》における強者なんだ！」

「……要は」

ルドウは鮫《さめ》のように嗤《わら》って、レイの言葉を継いだ。

「逆らってくるクソ野郎をどれだけブッ殺したかのポイントだ。悪党どもを見つけ次第ブチ殺せば、社会的地位だってどんどん上がってくんだからよォ～」

「む。それはきみの転生《ドライブ》スタイルだろ。偉い王族や神霊と交流して認められることでもＩＰは獲得できるさ」

「えーっと……それって正反対に聞こえるけど。つまり？」

「……要するに力を見せつけるってことだ。簡単だろ？　絡んでくるクソには一人残らず力の差を思い知らせて、善良で力を持ってるお偉いさんは全員味方につける。異世界のザコ連中にどれだけ凄えと思わせられたかどうかが、ＩＰなんだよ」

「じゃあいきなりドラゴン倒しちゃったとか、タツヤ絶対すごいじゃん！」

「そう単純な話でもねえんだよ。話聞いてたのか？」

ルドウは、超世界ディスプレイのＩＰ表示を眺める。

ＩＰは43,289。確かに圧倒的な戦果ではあるが、タツヤが速攻型の転生者《ドライバー》であることを鑑み

るなら、全国のレベルにはまだ足りない。より効率的に、ＩＰ獲得量をブーストする必要がある。

「ドラゴンを狩ったことを見せつける相手がいないと始まらねえ。それも、こっちをナメてかかる連中……無意味に絡んでくるクソ野郎。そういう連中に思い知らせるインパクトがあるほどいい。俺らが治安の悪いギルドのほうを選ぶのは、そういう理由だ」

＃

「よし……！　こっちのギルドにするか！」

超世界ディスプレイに映し出される剣《つるぎ》タツヤ自身は、こうした転生者《ドライバー》としての基本的なセオリーを殆《ほとん》ど知らぬ初心者だ。知らぬまま、天性のセンスのみでこうして勝ち続けている。

冒険者登録を行うべく彼が選んだギルドは、窓ガラスが割れ、血飛沫《ちしぶき》が染み、看板などは半分焼け落ちている。彼の美的感覚が『面白そう』だと判断した店構えのものであった。

「タツヤ・フェム・ファイゲルツ！　冒険者志望だッ！　手始めにえっと……なんだったっけか……赤溶竜グラ……グラムボンの鱗《うろこ》を持ってきたからよ〜ッ！　さっそくこいつで俺の冒険者ランクを決めてくれよ！」

「おい、なんだこのガキは！」

タツヤの背後で立ち上がった男は、タツヤの二倍近くの体躯《たいく》を誇る巨漢。

剣呑《けんのん》な髭面《ひげづら》に、自らの身の丈以上の大剣を提げる、このギルドの治安状況を反映したかの如き粗暴な空気を纏《まと》う冒険者であった。

「分かってんのか？　暴力がここのルールだぜ！　お前みたいな小便くせぇガキがイキがれるようなお優しい世界じゃあねぇんだよ。このBランク冒険者、塵殺《じんさつ》のジャイボルに痛い目にあわされたくないなら、その竜の鱗とやらを置いてガパーッ!?」

タツヤの拳がめり込んでいた。冒険者の台詞《せりふ》の途中である！

鼻骨完全粉砕し、酒場の卓を立て続けに四つ叩《たた》き割《わ》りながら、Bランク冒険者は盛大に壁に激突した。そのまま意識を喪失する。

「ヘッ……！　思わずブン殴っちまったが、こっちのほうが話が早えーだろ……！」

その拳は全力ならば神話時代のドラゴンをも殺傷できるが、無論、手加減はしている。

転生者《ドライバー》は通常、そのようにする。出会い頭の殺人行為は異世界における社会的地位を失墜し、それだけでIPを大きく減じる可能性があるからだ。

だがタツヤは、転生者《ドライバー》としてのセオリーを殆ど知らぬ……そういう危うさがある！

「なんだこのガキ！」

「とんでもないヤローだ！」

「ふざけやがって！　囲んでやっちまえ！」

「俺たちも暴力権利行使だ！」

「いいぜ……！　上等だ！　一人ひとりなんてまどろっこしいことはしねえ！　分かりやすいほうがいい！」

タツヤは上着を脱いだ！　竜をも砕く拳を構え、卓上で仁王立ちに宣言した！

「全員だッ!!　全員まとめてかかってきやがれエエ――ッ！」

「「「ウオオオオオオオ――ッ!!」」」

＃

「す、すごい勢いで剣《つるぎ》くんのＩＰが溜《た》まっていってる……あの場の冒険者全員に圧倒的パワーを思い知らせているんだ！」

「いいの!?　あの、アタシ詳しくないんだけど……人、殴りまくってるけど!?　絶対やばいよねこれ!?　本当にいいのかな!?　こんなんで本当に人生成功してるって言っちゃっていいのかな!?」

「ああ。確かに剣《つるぎ》の転生《ドライブ》スタイルは普通じゃねぇ」

サキの困惑に、腕組みしたままのルドウが珍しく同意した。

「……だが、その型破りなところが、あの野郎の強さなのかもしれねえな……」

「もおおお！　そういうことじゃなくってーッ！」

異世界転生《エグゾドライブ》による世界救済。それはサキの想像を絶する戦いであった。

幼い頃からの男友達はずっと前から、その壮絶な世界の渦中で戦っていた。

加えて言えば、サキの父親はそんな彼を毎日のようにトラックで轢《ひ》き殺《ころ》していた。

「そ、そうだ……純岡《すみおか》クン！　あっちのほうなら、多分……もうちょっとくらいはマシなことやってるはず……！」

サキは、もう一つのディスプレイへと視線を移す。

青枠のディスプレイは、今まで彼女達《かのじょたち》が見ていたタツヤ視点とは異なる人生を映している。

すなわち、対戦相手である純岡《すみおか》シトの人生イベントを映し出しているはずだった。

奇《く》しくもこの時点におけるシト側のイベントも、冒険者ギルドへの登録である――

＃

「オイてめぇ!!　誰に歯向かったか分かってんのか？　俺らは奴隷商ゲボドルフ様のお抱え冒険者だぜ！」

「ヒャハ！　痛い目見たくないなら……とっとと身ぐるみ置いてきなァ！」

「ただの冒険者ギルドだと思ったてめぇの間抜けさを恨むんだな！」

「ほう……貴様ら奴隷商と繋《つな》がっているのか」

シトは目を閉じたまま呟《つぶや》く。酒場を埋め尽くす荒くれ達の敵意に囲まれながらも、純岡《すみおか》シトの表情と佇《たたず》まいはあくまでクールだ。剣《つるぎ》タツヤとは全く違う、氷の如き知性である。

「……それは都合がいい」

「んだてめぇ！　やろうってのか!!」

そのシトに対し、蛮刀を振り上げて襲いかかるBランク冒険者！

「ギャバババーッ!?」

直後、酒場が爆砕した。シトが冒険者の額を中指で弾き、その勢いで建物の壁面を貫通、向かいの廃屋の二階部分に磔《はりつけ》にしていた。

「ちょうどいい。……一人ずつでは非効率的だからな。分かりやすいほうがいい」

シトは酒場の中央へと進み、そして高らかに宣言した。

「全員まとめて――この俺にかかってくるがいい！」

♯

「おぉ～っと!!　さすが異世界転生《エグゾドライブ》の貴公子、純岡《すみおか》シト選手！　セオリー通りのスマートな攻略だぁーっ!!」

「「ワアアアアアーッ!!」」

「えええ……」

会場に響き渡る実況と、それに湧く客席を前に、星原《ほしはら》サキは思わずツッコミを入れた。

「やってること……タツヤと同じじゃん!?」

純岡《すみおか》シト。現在18,802IP。

第一スロットのC《チート》スキルは……同じく、【超絶成長《ハイパーグロウス》】！

02.

【実力偽装】

「む……無法者では……？」

星原《ほしはら》サキの率直な感想である。いくら相手が悪党といえど、ここまで躊躇《ちゅうちょ》なく暴力的手段に訴えることが許される競技は他にないのではないだろうか。

「大丈夫だよ。異世界の人間に強烈なインパクトを与えて、その無敵さで主導権を握る……これが異世界転生《エグゾドライブ》の勝負の世界さ」

シトらと同じく中学生転生者《ドライバー》である黒木田《くろきだ》レイの解説は初心者である彼女を慮《おもんぱか》った冷静かつ的確なものであったが、それがこの状況を『大丈夫』と思わせてくれるかどうかは怪しいところである。

「と……とにかく、その主導権《イニシアチブ》を数値化したのがＩＰってことなんだよね」

「そう。世界救済の時点で敵転生者《ドライバー》よりもＩＰを多く稼いでいるほうが勝ちなんだ。もちろん世界救済は最大のＩＰ獲得チャンスだけれど、それまでの時点で引き離されすぎていたら、自分が世界を救ったって逆転できないことだってある」

「ルドウがさっき言ってた、速攻型はもっと大差をつけなきゃいけないってのはそういうことか……」

つまり、剣《つるぎ》タツヤは先行逃げ切りの転生《ドライブ》スタイルを取っているということになる。転生《ドライブ》序盤、通常ならばあり得ない速度で能力成長と成り上がりを重ね、中盤戦の時点で既に逆転不能の大差をつける攻撃的デッキだ。

「……でもいいのかなあ、異世界に勝手にそんなことして……」

「ケッ。どうせ放《ほ》っときゃ滅びる世界だろうが」

隣の席に座る大葉《おおば》ルドウが吐き捨てるように言う。

「転生者《ドライバー》同士が競争して爆速で世界を救う……異世界のバカどもにとっても悪い話じゃねーだろ」

「り……理屈ではそうだろうけどさ」

「――どっちみち異世界の脅威は、Cスキル《チート》を持ってる転生者《ドライバー》くらいにしか倒せねェ連中なんだからな……何でもアリだ」

＃

「うう……助けて……」

「ギャハハハハ！　回せ回せ～ッ！　その無意味な棒をよーッ！」

可憐《かれん》な少女が、息も絶え絶えに棒を回している。中央の回転軸と、軸を回すための一本の棒。中心軸は何らかの動力源に繋がっているわけではない。ただ回転するだけだ。この施設にそれ以外の機能は何一つ存在しないのだ。

「貴様ら奴隷どもが無意味に過労死する様を見るのは何よりの生きがいだぜ――ッ！」

助けを求めたところで、救いの手が差し伸べられるはずもない。ここは奴隷商ゲボドルフが管理する倉庫であると同時に、無意味な労働に従事する奴隷を眺めるストレス発散を目的とする、極めて非人道的な娯楽施設であった！

「ヒャハーッ！　さぼるんじゃねぇ‼」

「ううう……」

幼気《いたいけ》な少女を鞭打《むちう》つ悪漢の背後から、唐突に外の光が差した。光の中央に立つ男は……シト・ハインデル！　我らが主人公、純岡《すみおか》シトの転生体《アバター》の名である！

「な……なんだお前は⁉」

「シト・ハインデル。ここの奴隷は俺がもらう」

「はぁ⁉」

――奴隷商の襲撃は、転生者《ドライバー》にとって極めて効率の良いイベントであるとされる。

強大な社会悪を破滅させることによる力の誇示と、その結果として得られる奴隷資源……す

なわち召使《オプション》の所有権。どちらも大量のＩＰ獲得に直結する。

「代わりに貴様らには俺の最下級魔法をくれてやろう……」

「何を偉そギャアアアア！」

爆発！　絶叫！　奴隷施設壊滅！　これが中学生全国ランクの転生者《ドライバー》の力である……！

◆

「……シト様。行ってしまわれるのですか？」

一ヶ月後。シトの後ろ姿に声をかけるメイド服姿の少女は、シトが救出したあの奴隷であった。異世界においてはこの間に実際に一ヶ月の時間が経過しているが、異世界転生《エグゾドライブ》を観測する超世界ディスプレイは試合展開に関わる主要なイベントのみを切り取って映し出すことが可能である。

「本当に世界を救うおつもりなのですね」

「……ああ。俺は聖神ルマを倒す。一刻も早くそうしなければならない理由がある――」

この準決勝の世界脅威レギュレーションは、戦闘能力による脅威打倒を求められる『単純暴力Ａ＋』。最終目標である聖神ルマは異世界の創造神そのものであり、地区大会のレベルでいえば最強クラスの戦闘能力を持っていると見ていいだろう。

剣《つるぎ》タツヤのデッキが速攻型であると読んだ以上、純岡《すみおか》シトとて無駄なイベントに時間を費やす猶予はない。

「シト様がわたしをお救いになってから一ヶ月……シト様はこのアナメイアに衣服をお与えになり……お食事をともにすることをお許しくださいました。こんな人間らしい生活は初めて……」

大きな瞳に涙をため、少女はシトの袖にすがりついた。

「シト様は素晴らしいご主人さまです！　どうかこれからも……世界を救う戦いのお側《そば》に置いてくださいませ！」

「……。却下だ」

「そんな……」

（……保有スキルは〈資産運用A＋〉〈神代言語B－〉〈護身術D〉〈隠されし身分S〉……！

やはり、どう育成しても内政型のスキルツリー。SSR級の召使《オプション》であることは間違いないが、今回の単純暴力レギュレーションには不向きだ。適切な探知スキルなしで有効な召使《オプション》を引き当てられるかどうかは、やはり運次第だな……）

転生者《ドライバー》であるシトは当然、ドライブリンカーのステータス画面で視界内の存在の保有スキルをも確認することができる。今回の攻略に連れ歩く価値がある召使《オプション》であるかどうかは判断可能だ。

「連れて行ってはいただけないのですか！」

「俺は聖神ルマを倒すと言っただろう。連れていけばお前を巻き込むことになる……」

シトは、少女を優しく抱きしめながら言う。

「お前を死なせたくはない」

「シト様……」

危険な前線で戦い続けなければならない『単純暴力A＋』のレギュレーションで召使《オプション》を連れ歩くということは、シト自身が彼女を守り続ける義務を負うことを意味する。戦闘の中で仲間を失う者……特に美少女の仲間を失うような者に、人生の優越者たる資格はない。

ヒロインの死亡はＩＰ大量損失のリスクである。異世界転生《エグゾドライブ》において美少女は資源なのだ！

「……お前には経済学の素養がある。俺が十一歳の頃に起業したレトルトカレー工場の経営を任せたい」

「まさか、このアナメイアにそのような大役を……！」

「お前にしかできないことだ。頼むぞ」

「はい！」

故に、このようにして厄介払いをする必要があるのだ。

シトの設立したレトルトカレー工場は膨大な特許権と市場独占によって、彼自身が何もせずとも莫大な富を生み出し続けている。

スキルや人脈、財力といった資産を持つ者がより資産を獲得し続けるのが異世界転生《エグゾドライブ》である。

無論今回のゲームプランにおいても、経済的な要因で進行の手が止まることがあってはならない。

「フン……戦闘型の召使《オプション》を獲得できればよかったが、そうそううまい話はないか」

旅を再開しつつ、シトは独りごちる。

「まあいい。高レベルの戦士職召使《オプション》の加入はサブプランに過ぎん」

アナメイアが有していた〈資産運用〉〈神代言語〉〈護身術〉程度のスキルであれば、純岡《すみおか》シトは既に習得済みである。彼の第二スロットは【全種適性《オールマイティ》】。属性魔法はおろか、尋常のスキルツリーを無視してありとあらゆる分野のスキルの経験点を無節操に獲得可能なこのC《チート》スキルは、【超絶成長《ハイパーグロウス》】と組み合わせることで、まさに万能の勇者を作り出すスキルと化す。

しかし彼の今回の戦術の核は、第三スロットのC《チート》メモリにある——

♯

星原《ほしはら》サキは、真剣に会場の大画面モニタを眺めている。それまでの暴力一色の試合展開よりは、異世界のヒロインの恋愛模様が彼女の興味を引いたのだった。

「……純岡《すみおか》クン、一人旅するつもりかな。召使《オプション》の子の告白、断っちゃったけど」

「断った!?」

それまで拗《す》ねたようにディスプレイから目を逸らしていた黒木田《くろきだ》レイが、サキの言葉に大きく反応した。

「う、うん……レトルトカレー工場に就職させるんだって。……レトルトカレーって。どうやったら異世界でそんなの作れるのか、アタシ全然想像できないんだけど」

「——ふ、ふふふ。そうかそうか！　まあね。シトはストイックな転生者《ドライバー》だからね。たとえ異世界だろうと、そうそう簡単に美少女にたぶらかされはしない。ぼくは知っていたともさ」

「えっと黒木田《くろきだ》さん……召使《オプション》？　は沢山連れてたほうがいいの？」

「そりゃもう。仲間は多いに越したことはないだろ？　自分で持っていないスキルを代わりに使わせることもできるし、戦闘型の召使《オプション》を持ってれば戦術の幅も広がるだろ？」

何やら余裕を取り戻したらしく、レイは饒舌《じょうぜつ》に語った。彼女が初心者のサキに対して親切なのも、元々、知識を披露できること自体が嬉《うれ》しいタイプなのだろう。

「たとえば、自分の周りの人物が獲得した経験点の一部を吸収する【不労所得《パラサイト》】ってC《チート》スキルもあったりするんだけど。それを使って、戦闘を含めた全部の労働を召使《オプション》に任せる寄生型ってアーキタイプもあったりするのさ」

「へえ……頭いいな。ただCメモリ《チート》で自分を強くすればいいだけだと思ってたけど……アタシ

の想像以上に、みんな色々考えてるんだね」

「異世界転生《エグゾドライブ》はまさしく第二の人生だからね！　沢山の定石が編み出されては消えていって、消えたアーキタイプが掘り起こされたりもする。将棋や囲碁にだって勝るとも劣らない。異世界転生《エグゾドライブ》は戦略のゲームなのさ」

レイの話を聞いて、サキも対戦データをもう一度眺めている。これまでは何となく、ステータスに表示される数値やスキルランクの大小で優劣を判断していたが——

「あれ？」

観客の端末内のステータス表示には、純岡《すみおか》シトのCメモリ《チート》が開示されている。剣《つるぎ》タツヤも使用していた【超絶成長《ハイパーグロウス》】、ありとあらゆるスキルを得られる【全種適性《オールマイティ》】、そして【実力偽装《Eランカー》】なるサキには未知のCメモリ《チート》。

だが、ドライブリンカーのCメモリ《チート》スロット数は四つである。最後の一種だけは、観客が閲覧できるステータス情報でも【？？？？】の表記で隠されているのだ。

「この【？？？？】って？」

「シークレットスロットさ。ドライブリンカーのCメモリ《チート》スロットは、三種類のオープンスロットと一種類のシークレットスロットで構成されててね。シークレットスロットだけは、たとえ相手の転生者《ドライバー》が直接相手のステータスを見たって分からないようになってる。観戦者のぼく達にもね」

先程、純岡《すみおか》シトは召使《オプション》の少女をドライブリンカーのステータス表示機能で確認して保有スキルのチェックを行っていた。転生者《ドライバー》同士でもそれが可能であるなら、シークレットスロットこそが互いにとっての不確定要素ということになる。

「そしてこの予選トーナメントではフルシークレット制が採用されている……つまり対戦者同士はステータス画面に表示されるオープンスロットの中身すら知らない状態から戦うんだよ」

「そうなんだ……じゃあ相手がどんなC《チート》スキルを持ってるのか考えなきゃいけないんだね」

「そういうこと。相手の戦略を読んで対応するのさ。シトはそういう読み合いに関しては中学生転生者《ドライバー》の中でも最強レベルだからね」

「……」

サキは黒木田《くろきだ》レイの横顔を眺めた。

異世界転生《エグゾドライブ》のことは理解しきれていなくとも、モニタ内のシトを見る彼女の心の内に、尊敬や憧れだけではない複雑な感情があることは伝わる。

レイは、この関東地区予選トーナメントの第二回戦で純岡《すみおか》シトに敗北している。それは彼女自身が言うように、戦略の読み合いの差であったのかもしれない。

「じゃ……じゃあ、純岡《すみおか》クンの転生《ドライブ》スタイルって何なの？」

「少なくとも、この試合でのシトは……」

＃

超世界ディスプレイが映し出す映像の中では、屈強な戦士達がシトを取り囲んでいる。その一団を率いているのは、上質な武具に身を包んだ、一見して爽やかな優男だ。

「さて。シト・ハインデル君と言ったかな？　ああ、間違っていたら申し訳ない……人の名前を覚えるのは苦手なんだ。特に、取るに足らぬEランク冒険者の名前はね。何しろ僕は、君とは格が違いすぎる。国家公認勇者なんだからね」

国家公認勇者ムンデルク。表向き強者としての知名度は高いが、獣人や奴隷を虐げる下劣な本性をその裏に隠し、魔族討伐の本業においても数々の不正を働いている男だ。

「……その国家公認勇者様とやらが、一体どういう風の吹き回しだ？」

「はははは。見て分からないのかな？　――決闘だよ！」

「ヒャハハハ！　今日はこのガキをいたぶっていいんですかい、ムンデルク様！」

「早く人間を切り刻みたァい！」

衆目が集まり、見るからに剣呑なムンデルクの傭兵《ようへい》達がシトを取り囲んでいるが……

♯

「――最弱型。今回のシトみたいな戦術はそう呼ばれてる」

レイの答えに、サキは面食らった。

「最弱……って？　でも、さっき中学生転生者《ドライバー》の中では最強って……」

「ふふ。あくまで転生《ドライブ》スタイルの話だよ。【実力偽装《Eランカー》】を軸にしたアーキタイプをそう言うんだ」

無数の疑問符を浮かべたままのサキに、ルドウが解説を挟む。

「さっきから純岡《すみおか》がナメられ続けてる理由がそれだ。【実力偽装《Eランカー》】のCスキル《チート》が発動してる限り、異世界のマヌケどもには純岡《すみおか》がEランクのクソザコ冒険者にしか見えねェ。つまり……どんな奴《やつ》らからもバカに、さ、れ、る、こ、と、が、で、き、る、Cスキル《チート》ってわけだ」

「ええ〜!?　そんなことして意味なんてあるの!?」

いくら異世界といえど、待遇や地位は重いほうが良いに決まっている。自分と接する誰かに侮られ、軽んじられることが有利になるような局面などあるのだろうか？

「ＩＰ獲得判定には評価の落差も関わるからさ」

レイが、サキの心中の疑問を汲《く》み取《と》ったように続けた。

「こっちの世界でだって、『弱いやつが実はすごく強いやつだった』って後から分かったほうがインパクトは大きくなるだろ？　その落差を利用してIPを稼ぎ続けるのが最弱型なんだ」

【実力偽装《Eランカー》】。どれほど無敵の実力を誇ろうともその強さを偽装し、あらゆる対象から侮られることを可能とするC《チート》スキルである。

ドライブリンカーによるIP獲得判定は、相手がこちらを侮っていれば侮っているほど、同じ成果に対して得られるIP量には歴然とした差が生まれる。故にこのような、こちらの世界ではデメリットにしか思えないC《チート》スキルが一線級の能力となることがあり得る。

「つまり、シトにとってスタートダッシュはそれほど大きなハンデにならないのさ。まだ実力を見せてない相手に遭遇し続けないといけない分、一箇所に留まっていると効果は薄いし、最弱型のプレイング難易度は高いけれど……異世界転生《エグゾドライブ》の流れをうまく組み立てられる転生者《ドライバー》が使えば、後半でも通用する倍率アドバンテージは本当に強い。自分の活躍と正比例で成長していく正攻法《フェア》なデッキじゃ、かなり勝ちにくいね。ルドウが二倍じゃ足りないって言ってた理由もわかったかな？」

「……どんなに活躍しても、有名にならないんだ。だから後半になるほど有利……速攻型の夕ツヤは、序盤の内に逃げ切らなきゃいけないんだね」

「ふふ。そういうこと。きみ、センスあるね。さすが剣《つるぎ》くんの彼女だ」

「は!?　か、彼女、とか……じゃないし！」

サキは、レイの追求から逃れるように端末に視線を落とす。

「……あれ？　純岡《すみおか》クンのオープンスロットのことは分かったけど……タツヤのオープンスロットは、【超絶成長《ハイパーグロウス》】と【絶対探知《フラグサーチ》】と……これ、何？」

「あー……」

先程まで饒舌な解説をしていた黒木田《くろきだ》レイが、そのC《チート》スキルに関しては言《い》い淀《よど》んだ。

「えっ何!?　まさかこれ、変なスキルとかじゃないよね!?」

――一方。超世界ディスプレイ内、異世界における純岡《すみおか》シトの戦いは！

♯

「シト・ハインデル……これまでも何度か『忠告』をしてやったはずだよなァ？　宿をブッ壊されたり毒殺されかけたりしても分からなかったのかい？」

高い知名度と邪悪さを兼ね備える国家公認勇者、ムンデルク・ゲスター。

シトの実力を侮り、積極的に敵対行動を取る彼のような存在は、転生者《ドライバー》にとってはIP獲得の格好の餌でしかない。【絶対探知《フラグサーチ》】を所有する剣《つるぎ》タツヤに先んじてこの標的を確保できたのは、ひとえに純岡《すみおか》シトの転生者《ドライバー》としての実力といえよう。

「迷惑なんだよ……君のようなEランク如きが、この僕を差し置いて夢想怪樹ネンディクオレ

トを討ったなんて噂《うわさ》が広まるとね！」

「なるほど。邪魔な存在を一方的な私刑で叩きのめすのが貴様のやり口というわけだ」

「『決闘』だよ？　そういうことにだってできる。僕は選ばれた勇者だ……君のようなEランク風情とは存在の格が違うのでね！」

シトは既に腕のドライブリンカーを起動し、ステータス画面を網膜に表示している。〈聖剣術A〉。〈光聖魔法B〉。〈炎熱魔法C〉。〈奇襲B＋〉。〈高速機動B〉。〈聖遺物獲得C〉。

ムンデルクの語る存在の格の程などは、ドライブリンカーの標準機能であるステータス情報で即座に把握することが可能だ。ムンデルクは何一つシトに及ぶスキルは保有していないし、これほど性格の捻じ曲がった男を召使《オプション》として連れ歩くイニシアチブ価値も薄かろう。美少女でもない。

「はっきりと言っておこう。俺は確かに最弱の冒険者だし面子など、どうでもいい。だが、降りかかる火の粉は払わなければならないな！」

――IP獲得言動である！

自分の低ランクぶりをあえて強調し、敵との実力の落差をアピールする。【実力偽装《Eランカー》】を活《い》かすためには、このようなプレイングが最も重要となるのだ！

「もう取り消せないよ……！　見せてやろう！　聖剣エルモスギャアアアアアアーッ!?」

国家公認勇者ムンデルクは、シトの放った炎熱魔法の上昇気流で花火のごとく吹き飛び、民

家の屋根を叩き割った。

「フハハハハハハハハ！　面倒だから、適当に負けてやるつもりで！　最弱の魔法で手加減したつもりだったが！　やれやれ……どうやら、またやりすぎてしまったようだなァ！」

1,532,340IPを獲得！

これこそが最弱型！　旅の先々で全力の優越性を発揮する、絶対盤石のパターンである……！

……だが。颯爽《さっそう》と立ち去ろうとするシトの後ろ姿を呼び止める声があった。

「なるほど。確かに凄え奴だよ、お前はな……！」

「フン。何を言う……。俺はただのしがないEランク冒険者なんだが？　いくら偶然勇者に勝ってしまったといえ――!?」

「いいや。俺は知っているぜ！　お前の強さをよ～！」

まさしく剣《つるぎ》タツヤの声！

だがシトが真《しん》に驚愕《きょうがく》したのは、声に振り返り、その姿を見た後のことである。

「き、貴様……何だ、その状況は……」

「へ、へへ……！　驚いただろ！　だがシト……お前は強え……！　俺が逆立ちしても勝てねえくらい、めちゃくちゃに強い奴だ。だったら……普段どおりじゃあ、勝てねえよな……！」

明確な異常は、おびただしい汗を流し、動悸《どうき》を押し殺しながら語るタツヤ自身ではない。

彼の背後に立ち並ぶ、総勢四十名にも達そうという美少女の軍勢にある！

「バカな……剣《つるぎ》タツヤ……貴様ッ！　使ったというのか！　女に対して全く免疫のなかった貴様が……！」

常に単独かつ最前線での戦闘を繰り返す速攻型は……通常、戦闘技能のない召使《オプション》を連れ歩くことはできない。だが、当然にそれを可能とするC《チート》スキルもまた存在する！

望む数の対象を同時攻略し、その全員を確保し続けることができる。人間関係を自動調整し、通常発生する不和や不幸を完全に抑制する。決して欠員を起こさない。

【超絶成長《ハイパーグロウス》】。【絶対探知《フラグサーチ》】。そして、剣《つるぎ》タツヤ第三のオープンスロットは！

「……まさか、【酒池肉林《ハーレムマスター》】を！」

◆

純岡《すみおか》シト　IP95,823,402　冒険者ランクE
オープンスロット：【超絶成長《ハイパーグロウス》】【全種適性《オールマイティ》】【実力偽装《Eランカー》】
シークレットスロット：【？？？】
保有スキル：〈高速抜剣ＳＳ＋〉〈神代剣術Ａ〉〈鬼の拳Ｓ〉〈光聖魔法Ａ〉〈暗黒魔法Ｓ＋〉〈炎

熱魔法S〉〈氷雪魔法B〉〈風雷魔法A－〉〈神算鬼謀C＋〉〈隠密機動《おんみつきどう》S〉〈通商支配A〉〈完全言語S－〉〈再生細胞B〉〈奇襲回避A－〉〈完全鑑定B－〉他24種

剣《つるぎ》タツヤ　IP138,665,121　冒険者ランクS

オープンスロット：【超絶成長《ハイパーグロウス》】【酒池肉林《ハーレムマスター》】【絶対探知《フラグサーチ》】
シークレットスロット：【？？？？】
保有スキル：〈我流格闘SSSS－〉〈竜血SS〉〈韋駄天《いだてん》SSS＋〉〈防御貫通S＋〉〈完全言語SS〉〈完全鑑定A〉〈氷雪魔法A＋＋〉〈風雷魔法SS〉〈時空間制御A－〉〈王家の加護S＋〉〈不死SS－〉他11種

◆

「どういうことなのーッ!?」

星原《ほしはら》サキは激昂《げきこう》して叫んだ。

もちろん、異世界の出来事とは分かっている……分かっているのだが。

「うるせーぞ星原《ほしはら》……！　チッ、しかし速攻型でこういう構成をしやがるとはな……剣《つるぎ》の野郎、

妙なところでセンスがありやがる」

「ハァ!?　センス最悪だよ！　なんでタツヤがあんなの使うわけ!?　しかもあれ、女性の権利とかはどうなってんの!?　女子差別撤廃条約《CEDAW》の批准は!?」

「あの……いや、つまりだな……ちょっと落ち着けるか、星原《ほしはら》……」

「バカじゃないのーッ！」

「いや……仲間の数を増やすだけが狙いじゃない」

ルドウの胸ぐらを引《ひ》っ掴《つか》んでガクガクと揺らすサキをよそに、黒木田《くろきだ》レイはこの局面について真剣に思索を巡らせていた。

それはまさしく、純岡《すみおか》シトの戦術の根幹を封殺する妙手。

「まさか、剣《つるぎ》くん……シトに読み勝ったのか？　速攻型に有利を取っていたはずのシトの最弱型のスタイルを逆に封殺している……！」

最弱型のプレイング難易度が高いとされる最大の理由は、発揮した実力と評価の落差が少ない環境においては、ＩＰ獲得倍率が上昇しないためである。真の実力を周囲に把握されているほど、スロット一枠の消費に見合った効果が得られなくなっていくのだ。

つまり同じ転生者《ドライバー》に、真のステータスを把握されてしまえば。

「【絶対探知《フラグサーチ》】でシトの位置を探知していたんだ……ここで直接接触するために！」

＃

全国大会の地方予選はフルシークレット制が採用されている。相手のオープンスロット三種を見た上でシークレットスロットを選ぶのではなく、四種のＣ《チート》メモリ全てを試合開始前に決定し戦う、対戦相手への対策以上に自己完結的な転生《ドライブ》の実力が問われる形だ。

だが純岡シトほどの転生者《ドライバー》であれば、敵が選ぶであろうＣ《チート》メモリは当然先読みし、その上を行く構築をしてくるだろう。故に。

「俺は読み合いがどうこうなんて、難しいことはてんで苦手だけどよ！」

――絶対的な経験の差を埋めるべくタツヤが選び取った戦略は、読み合いのアドバンテージを無意味にすること。

「こうやって！　直接オープンスロットを見ちまえば関係ねえよなァ～！」

無数の美女に囲まれ冷や汗を流しながらも、タツヤはステータス表示を展開、シトの通常スキル構成……そしてオープンスロット三種を確認する！

【超絶成長《ハイパーグロウス》】。【全種適性《オールマイティ》】。【実力偽装《Ｅランカー》】。

実際のところ、タツヤは試合開始前からシトの【実力偽装《Ｅランカー》】を読み切ってシトへの接触を選んだわけではない。だが彼の一手は、計画的かつ繊細にＩＰ実績を積み上げてきたシトにとっ

ては致命的な一手である……！

「……確かに、これでお互いオープンスロットの読み合いに関しては五分というわけだ。ならばどうする？　ここで俺を直接攻撃《ダイレクトアタック》するか？」

異世界において転生者《ドライバー》同士が接触する時、当然、お互いの転生体《アバター》に直接攻撃《ダイレクトアタック》を仕掛けることが可能だ。異世界に貢献している転生者《ドライバー》へと自分から攻撃を仕掛ける以上、仕掛けた側のＩＰ下落は避けられず、同格の相手と戦う以上敗北のリスクを背負う手段ではあるが——対戦相手を永久に盤面から排除できる、古典的な勝ち筋の一つだ。

「スキル成長の不十分なこの中盤で転生者《ドライバー》同士が潰し合えば……勝ったとしても重篤な欠損や後遺症が残るかもしれん。その状態で『単純暴力Ａ＋』のボスを倒せる自信が貴様にあるか？」

——だが、異世界転生《エグゾドライブ》は直接的な力比べで全てが決まるほど単純な競技ではない。

全ての異世界転生《エグゾドライブ》は、世界救済の速度を競う対戦競技であると同時に、世界の状況を二人がかりで改善していく協力プレイでもある。対戦相手の転生者《ドライバー》を倒すことができたとして、異世界転生《エグゾドライブ》のクリア条件である世界救済を満たすことは絶対だ。直接攻撃《ダイレクトアタック》で勝利した後でも単独で世界を救済できるほどの下準備や攻略計画が必要不可欠となる。

故に、互いが転生体《アバター》を成長させなければならないこの中盤は、直接攻撃《ダイレクトアタック》には早すぎる。

「——いいや！　お前と戦うつもりもねー。かといって、せっかく見つけられたお前をこのまま放っておくわけにもいかねえよな」

【酒池肉林《ハーレムマスター》】で形成したハーレムの只中《ただなか》で、タツヤは笑みを浮かべた。

タツヤは異世界転生《エグゾドライブ》において初心者だ。シトと比べ、取り得る戦術の幅も狭い——故に迷いなく、その戦術を選び取ることができた。

「……シト。俺の仲間になれ！」

互いに搦手《からめて》を封じるということ。得意とする唯一の戦い方で勝負を仕掛ける！

03.【後付設定】

暗黒死滅大陸――亜神や概念レベルの高次元モンスターが結界内にひしめく悪夢的地帯。

聖神ルマの干渉によって歪《ゆが》められた世界の一側面である。

その大陸を地響きが揺るがす。閃光。爆発。

認識した者を発狂させる概念邪神を拳の一撃で爆砕した小柄な少年は、剣《つるぎ》タツヤ！

「うしっ！」

タツヤは、この暗黒死滅大陸全体を戦闘訓練のための養殖場と化していた。ここに生息するあらゆる凶悪モンスターは、もはやタツヤの経験点のためだけに存在するのだ！

「こんな深夜まで経験点稼ぎか。とっくに世界最強だというのにご苦労なことだな」

転生者《ドライバー》といえど、スキルレベルを上昇させるためには、当該のスキルを使用し経験を積む必要がある。経験点はその実経験の質と量をドライブリンカーが数値化したものだ。これに取得IPが乗算されることで、転生者《ドライバー》は現地の存在を遥《はる》かに圧倒する絶対的な能力を入手できる。

「そんなんじゃねーよ。夜の内に運動しとかねーと、朝飯までに腹が空かねえ……！　そうい

う お前はどうなんだよ？　やっぱり鍛え足りねえか！」

「……。俺は貴様の努力がいつまで続くか確かめに来ただけだ」

剣《つるぎ》タツヤの転生スタイルには迷いがない。

とうにこの世界で最強の強さを持ちながら、鍛錬を一日も欠かさずにいる。

「貴様の転生スタイルはいつもそうだ」

話しながら、背後から襲いかかってきた全長100mの真人使徒を一瞥《いちべつ》もせずに手刀で切断する。触れたものを腐食させる緑色体液が嵐の如く降り注ぐが、純岡《すみおか》シトの体には一滴たりとも触れることはなく、仮に回避できずとも〈完全抗体SS〉の前ではまったく無意味だ。

「型破りのようでいて結果的に正しい道を選んでいる……その直感は何だ？　俺と貴様とでは見ている世界が違うのか？」

「俺は、ただ俺が気分のいいようにやってるだけだ。野球やってた頃、コーチによく言われ……」

極悪外次元植物が襲来！　旺盛な捕食意志を持ち破壊されても細胞一つからプランク秒内に肉体を完全再生する恐るべきモンスターだったが、タツヤの裏拳一発で細胞一つも残らず消滅した。

「……よく言われたもんだぜ！　自分で自分を気分良くできるやり方が、一番いいやり方だってよ……！　たとえ異世界だろうと、手を抜いたり見て見ぬふりをするのは、俺は全然気分良

くねー……話したいことを、話さないままでいるのもだ」

「なんだと？」

「シト。お前は俺を見てねえ」

「……」

「お前は今も決勝戦……外江《とのえ》ハヅキとの戦いを考えてやがるだろ。ド素人のこの俺のことや……お前と戦うためにわざわざ出場した黒木田《くろきだ》のことだって、途中で戦う敵の一人くらいにしか考えてねえんじゃねえのか」

「……フン。当然だ。関東最」

生と死の概念を同時に与える智天幻魔が襲来！　シトは爪先で蹴り殺した。

「関東最強、外江《とのえ》ハヅキ。奴に借りを返す。それがこの大会に出た理由だ」

「ヘッ……正直な野郎だ。だけどな……覚えてるかシト。俺の相棒……【超絶成長《ハイパーグロウス》】は初めて会った時にお前がくれたC《チート》メモリだったよな」

「……あれはただの気紛《きまぐ》れだ」

「あれから色んな奴らと戦って、異世界転生《エグゾドライブ》の面白さも厳しさもたくさん味わってきた……ルドウや——それこそハヅキちゃんや、凄え奴らはいくらでもいた」

タツヤは、足元の石を拾う。

「だけどな、シト」

そして投げた。

投石は襲いかかりつつあった現象魔の30m級巨体を一撃貫通し、全身をバラバラに破砕して大陸を囲む結界障壁へと叩きつけた！　分子レベルまで分解され完全消滅！

「――俺にとっては、お前が関東最強なんだ！」

剣《つるぎ》タツヤにとっては、この関東予選トーナメントで勝つことだけが目標ではない。異世界転生《エグゾドライブ》で、最強のライバルと全力で戦いたい。そのために来たのだ。

「お前と出会ったお陰で、俺はこうして異世界転生《エグゾドライブ》をやってる……！　特別な相手だからこそ正面から勝ちてえって思うし、納得いく形で決着をつけてえ……！」

「フフ」

「……何だ。何だよ。何かおかしなことでも言ったか!?」

「ああ。まったくお前は甘い奴だ」

シトが高笑いではない笑いを浮かべたのは、久しぶりだったかもしれない。

純岡《すみおか》シトにとっての異世界転生《エグゾドライブ》はずっと、憎悪と憤怒《ふんぬ》の対象でしかなかったのだから。

◆

二人の出会いは一年前。駅前の中央デパートである。

取るに足らぬ転生者《ドライバー》との野試合を繰り返し、果たせぬ目的を憂うのみの日々。その日の試合を終えて帰ろうとするシトを、エスカレーター前で呼び止める声があった。

「おい！　待て、待てって！」

「……何だ貴様。さっきから」

「貴様じゃねえ。俺は東佐上中の剣《つるぎ》タツヤだ」

「……」

振り返ったシトは、自分が上着を羽織っていないことにようやく気付いた。転生筐体《ドライブきょうたい》に忘れたままの上着を、この少年は届けに来たのだ。

「チッ……俺の迂闊《うかつ》か。剣《つるぎ》と言ったな。俺の名は純岡《すみおか》シト。礼は言っておく」

「さっきのゲームは何なんだ!?」

シトの態度も意に介さず、タツヤは身を乗り出して問うた。

「異世界転生《エグゾドライブ》だ。取るに足らん、たかが遊戯に過ぎん」

「たかが遊戯だと……？　ヘッ、嘘《うそ》つくんじゃねーよ。遊びでやってる野郎が……あんなに集

中して、真剣な表情でやれるもんかよ」

「俺の試合を見ていたのか？」

「ああ！　こんな熱い戦いがあるなんて知らなかった！　シトって言ったよな？　俺は……」

「逃避ならば他の遊戯にしろ」

シトは、タツヤの右膝に視線を向けている。

小柄ながらも鍛え込まれた体躯。あからさまに体育会系の少年が、部活の練習があるはずの放課後に、このようなデパートのゲームコーナーに立ち寄っている。

右膝には痛々しい包帯が巻かれている。練習をしたくてもできぬ理由があるに違いなかった。

「異世界転生《エグゾドライブ》は魔物だ。俺は娯楽のためにやっているわけではない」

「……じゃあ、なんでやってるんだ？　楽しくもねえのに」

「……」

シトは無言で少年へと近づき、自分の上着を奪い取る。

そして、上着の胸ポケットに入ったままだったメモリを取り出した。

「それは……あれだよな。試合の時に装填してた……」

「──ああ。C《チート》メモリだ」

だが、シトが手にしているそれは尋常のC《チート》メモリのようでいて、決定的に違う。

クリアカラーを基調とする他のメモリに対し、警告色めいた赤一色のプラスチック外装。

ただ一人、純岡《すみおか》シトのみが保有する……ドライブリンカーが読み込むことのない、謎めいた不正規《イレギュラー》メモリである。【世界解放《オーバードライブ》】というC《チート》スキル名だけが分かっていた。

「父さんは、このC《チート》メモリだけを残して失踪した。……異世界になー　どことも知れん異世界に転生《ドライブ》したまま、もう五年も戻ってこない！」

「シト……」

「俺は……俺を一人きりにした父さんと異世界転生《エグゾドライブ》を許さない……。全ての異世界を俺が救済し、この世から異世界転生《エグゾドライブ》を根絶する……！」

「……すまねえ。悪いことを聞いちまった。確かに俺は……俺も、逃げたかったのかもしれねえ」

剣《つるぎ》タツヤは、素直に頭を下げた。

一方的に憎悪を吐露していたのはシトの側だというのに。

「チッ……初対面の相手に、話しすぎた。……いいか、剣《つるぎ》」

シトは、タツヤにC《チート》メモリを投げ渡した。

【超絶成長《ハイパーグロウス》】。最も扱いやすく強力な、初心者向きのC《チート》メモリの一つである。

「上着の礼だ。貴様が俺に見たような異世界転生《エグゾドライブ》は、貴様自身が転生《ドライブ》してみせるがいい」

◆

純岡《すみおか》シト　IP855,134,133,690　冒険者ランクＳＳＳＳ

オープンスロット：【超絶成長《ハイパーグロウス》】【全種適性《オールマイティ》】【実力偽装《Eランカー》】

シークレットスロット：【？？？？】

保有スキル：〈絶対斬権ＳＳＳ－〉〈神格覚醒Ｓ〉〈完全魔法ＳＳ〉〈知覚消去Ｓ＋〉〈精神抵抗Ｓ〉〈完全言語ＳＳＳ〉〈完全鑑定ＳＳＳ〉〈不敗の軍勢Ｓ〉〈覚醒促進ＳＳ＋〉〈絶対回避Ａ〉〈完全防御Ｓ〉〈無限再生Ａ〉〈完全抗体ＳＳ〉〈神域裁縫Ａ〉〈楽聖の極限Ａ＋〉〈聖餐《せいさん》の担い手Ｓ〉〈神なる陶芸Ａ＋＋〉〈清掃絶技ＳＳＳ＋〉他118種

剣《つるぎ》タツヤ　IP2,641,090,121,582　冒険者ランクＳＳＳＳＳ

オープンスロット：【超絶成長《ハイパーグロウス》】【酒池肉林《ハーレムマスター》】【絶対探知《フラグサーチ》】

シークレットスロット：【？？？？】

保有スキル：〈我流格闘ＳＳＳＳＳＳＳＳ＋＋〉〈業魔竜血ＳＳＳＳ〉〈滅びの否定ＳＳＳＳＳ〉〈空間の覇者ＳＳ＋〉〈因果逆転Ａ〉〈完全言語ＳＳＳ＋〉〈完全鑑定ＳＳＳ〉〈禁呪氷雪魔法ＳＳＳ〉〈禁呪風雷魔法ＳＳＳＳ－〉〈人界の王Ａ〉〈概念創造Ｂ〉他37種

◆

「そろそろラスボスに挑むか……随分早えな」

大葉《おおば》ルドウが、鮫めいた歯でストローを噛《か》みながら呟く。

「早い、って」

星原《ほしはら》サキは驚愕する。

限度を知らぬ二人のステータス表記を見て、身を震わせていたところだ。

「なんか……神とか、もうアタシじゃよく分かんないようなやつとか、ワンパンで倒しまくってんじゃん……!? あんなの、とっくにクリアしてていいくらいなんじゃないの!?」

「ケッ。だからだろ。あの程度のステータスで勝てる脅威レギュレーションなら、全国クラスの転生者《ドライバー》がやったらすぐ終わっちまう。何しろこっちには四つもC《チート》スキルがあんだからな。『単純暴力』カテゴリなら、敵が物理的存在って時点で小学校の部活レベルが関の山だ」

「えっと……タツヤの世界のラスボスって、聖神ルマだっけ。創造神みたいに言い伝えられてるけど、本当は世界の始まりの光の概念が信仰で神の形を与えられてるだけ……みたいな。確か、実況で言ってた気がする」

「カーッ、よくそんなくだらねー設定覚えてやがんな。真面目チャンか。ま、そう言われてる

以上はあの世界じゃ実際そうなんだろうよ。……一般スキル程度じゃあ、どんな強力なスキルも相当ランクが高くねェとまず通らねェ。ザコ相手にどんだけ全能に調子こいてたところで、それ以上の防御スキルで防がれて終わりだ」

「……つまり」

サキは、これまで聞いた解説を思い返す。レイとルドウの二人の解説を聞きながらこの試合を眺めていたことで、彼女にも異世界転生《エグゾドライブ》への漠然とした感覚は掴《つか》め始《はじ》めてきた。

「それをひっくり返すのが、C《チート》スキルと……IPってことなんだよね」

「……」

「え。違う？　し……仕方ないでしょ！　アタシ異世界転生《エグゾドライブ》は分からないんだから」

「……いや……驚いただけだ。テメーの言う通りだよ。C《チート》スキルにはランクなんて存在しねえ。どこのどんな野郎にも、問答無用で通用するからこそのC《チート》スキルだ」

そしてそれは、転生者《ドライバー》同士でも同じだ。これほどのレベルにまで一般スキルが成長した終盤にあっても有効な、逆転の切り札となり得る。

今……この終盤まで、タツヤもシトも、シークレットスロットを公開していない。

――どのC《チート》メモリを、二人は選び取ったのか。

「IP差は終盤の展開には関係ないの？」

「当然関係してくる。異世界転生《エグゾドライブ》の勝ち組は勝てば勝つほど無限に勝ち続けるからな……終盤

になるほど、これまでの実績で積み重ねた大量のIPが、とんでもねェ倍率でスキルを成長させる。だからどいつもこいつも四つしかねェC《チート》メモリのスロット枠まで割いて、躍起になって獲得倍率を上げようとするわけだ」

「……じゃあ純岡《すみおか》クンは、もう追いつけないのかな」

「まァな。一番強え攻撃スキルがSSS－ランク？　ラスボスの髪一本も切れやしねーだろ。言葉通り、速攻型の剣《つるぎ》にイニシアチブを取られた結果だ。冒険者ランクだって中途半端にSSSランクにまで上がっちまってやがる」

「そうか。ランクって……普通は高ければ高いほどいいもんだって思っちゃいそうだけど……純岡《すみおか》クンにとっては違うんだ」

先程それを解説してくれたのは、黒木田《くろきだ》レイだ。彼女が答える。

「――そう。シトのデッキは最弱型だからね。周囲からの評価が元々高いほど、活躍をしても評価との落差によるボーナスが得られない。剣《つるぎ》くんの旅に同行させられてしまったことで、シト自身が世界最強パーティの一員になってしまっているんだよ。剣《つるぎ》くんのランクが上がれば上がるほど、それに引っ張られてシトのランクだって上がってしまう」

このランクに達してしまえばもはや、国を救ったところで驚かれはしまい。

しかも彼の横にはそれ以上の戦闘力を誇る英雄、剣《つるぎ》タツヤがいるのだ。

「なら……純岡《すみおか》クンはパーティから抜けたほうがいいんじゃ？」

「……難しいだろうね。一度遭遇してしまった以上、剣《つるぎ》くんの側は【絶対探知《フラグサーチ》】で簡単に再会イベントをサーチできる。そもそも動かせる召使《オプション》が少ないシトじゃ、追いかけっこを続けながらイベントを並行して進行できる手数がないんだ」

聞けば聞くほど、タツヤがシトの戦型を完璧に封殺している状況だ。

サキはルドウに向かって尋ねた。

「ねえ。ルドウはタツヤと何回か戦ってるよね。タツヤは、最初からこの状況を狙って……？」

「そいつはないだろうな。剣《つるぎ》にデッキ構築段階からそこまで戦術を組み立てられる経験はねェ。だが……奴はこう思ったはずだ。自分の目の届かないところで純岡《すみおか》に複雑な戦略を立てられたら、経験の差で負ける。だから勝つには脳筋バトルを強要するしかねェってな」

そのための一手がパーティメンバーとしての同行。

しかもシトと直接遭遇した以上、オープンスロットに【実力偽装《Eランカー》】が装填されていることも目視できるのだ。これ以上の好機はあるまい。

「【実力偽装《Eランカー》】を死にスキルにされた時点で――純岡《すみおか》の野郎に勝ち目はなかった」

ルドウもこの盤面からのシークレットによる逆転パターンを考え続けているが、やはり不可能だ。単発発動のみで1,785,955,987,892以上ものＩＰを稼ぎ出すＣスキル《チート》など存在しないし、剣《つるぎ》タツヤが真に速攻勝負を仕掛けるつもりであれば、シークレットの内容もおおよそ想像がつく。

黒木田《くろきだ》レイも、ルドウに追従するように試合の総括を呟く。

「……剣《つるぎ》くんの速さは驚異的だった。ＩＰ獲得速度だけじゃない……一般スキルの経験点獲得量も。スキル成長も、ＩＰと訓練による経験点の掛け合わせだから……スキル習得数を絞っていたのも、集中してスキルを伸ばすためだった。【全種適性《オールマイティ》】で横伸ばしの成長を選んだシトとは真逆だ。しかも同じ【超絶成長《ハイパーグロウス》】型であっても、剣《つるぎ》くんの成長速度のほうが明らかに速い！」

「――【酒池肉林《ハーレムマスター》】だ。あれが効いた。剣《つるぎ》の野郎……あのハーレムは飾りじゃねェ。成長補助型の召使《オプション》ばかりを集めてやがった……！」

「成長補助――」

はたと思い至り、サキは端末のステータス情報を改めて確認する。

ずっと対戦する二人のスキルにばかり注目していたが、タツヤが引き連れている召使《オプション》の保有スキルはどうだったたか。

「〈覚醒促進Ｂ〉、〈内助の功Ｓ〉、〈勝利の女神Ａ〉、〈不敗の軍勢Ａ〉、〈進化の種子Ｂ〉……これって……！」

「ケッ。ようやく気付きやがったか。あのウブが女ってだけで仲間に加えてるわけねェだろうが。剣《つるぎ》は純岡《すみおか》に本気で勝つつもりなんだよ……！　Ｃスキル《チート》だけじゃねえ。奴自身のスキルも、召使《オプション》のスキルも、全部使ってな」

「剣《つるぎ》くんのシークレットは」

レイが結論を口にする。

ラスボスとのスキル相性次第では完封される危険すら孕《はら》む一点集中型の成長。完璧な速攻型の盤面を構築したタツヤのデッキだからこそ、次の一手が分かる。

「きっと【後付設定《サプライズ》】だ」

「俺もそう思う。この低レベルでラスボスをブッ殺すには、それしかねェ……！」

【後付設定《サプライズ》】。使用したその時点で『実は敵の反存在であった』『実は唯一対抗する兵器であった』などの設定を過去に遡って獲得し、所有スキルの全てを対象への特効スキルであったかのように取得し直す。

速攻型アーキタイプの、まさに必殺技。スキルレベルが十分である限り、このC《チート》スキルで殺せぬ敵はいない。

「あの野郎……また下馬評をひっくり返しやがった！」

♯

『――ヒト。信仰し、嘆き、そして死んでいくだけの、哀れな種族。あなたがたを何もかも救済しようというのに、何故《なぜ》私の手を拒むのです？　私はあなたがたの望み通りにあるだけなのに――』

「うるせーぞクソ野郎……！」

形状すら持たぬ、光めいた概念実体に対峙《たいじ》して、タツヤは敵意の拳を構えた。

その存在強度は圧倒的だ。彼の召使《オプション》は【酒池肉林《ハーレムマスター》】によって死亡こそ免れているものの、聖神ルマが放つ光の照射のみであらゆる行動を封じられ、この場に動けるものは剣《つるぎ》タツヤと、辛《かろ》うじて純岡《すみおか》シトの二人しかいない。

「どんなにゴチャゴチャ言い訳しようが、テメーが人殺しのクソ野郎なのは分かってんだよ!!　あまりにムカついたから……神の座？　だかなんだか……よく分かんねーけどよ！　直接ブン殴りにきてやったぜ!!」

聖神ルマは、さらに神々しい光を垂れ流した。

無論、タツヤの〈第十一感ＳＳＳ〉及びシトの〈超越視覚Ｓ〉の前では目眩《めくら》ましにもならぬ。

『――理解しなさい。その感情。その思考こそが、全ての苦しみの根源なのです。タツヤ・フェム・ファイゲルツ。基底次元の、儚《はかな》きヒトの一個体。あなたの苦しみを消去しましょう。この世界の全存在とともに――』

「世界は何も関係ねェーだろうが!!　ブン殴る!!」

『――不可能です。私を打ち倒せるものは、ひとつ。始まりの光に対する、始まりの闇。この世界の始まりとともに失われたもの……。全ては光より生まれ、光に朽ちる。それが世界の理《ことわり》――』

「ぐ……う……！　そのレベルで挑む気か、剣《つるぎ》……！」

「……悪いな。抜け駆けさせてもらうぜ！」

ロクに動けぬままのシトを尻目に、タツヤはドライブリンカーを操作。

シークレットスロットカバーが開放され、残る一つのC《チート》メモリの外観が明らかとなる！

「――【後付設定《サプライズ》】！」

変貌は一瞬だ。タツヤの衣装と瞳は宇宙を思わせる漆黒に染まり――そして！

〈我流格闘SSSSSSSS++〉は〈暗黒始原格闘SSSSSSSSS++〉に！

〈業魔竜血SSSS〉は〈闇の血脈SSSS〉に！

〈滅びの否定SSSSS〉は〈永劫《えいごう》なる闇の輪廻《りんね》SSSSS〉に！

〈空間の覇者SS+〉は〈始まりの闇の空間の覇者SS+〉に！

〈因果逆転A〉は〈始まりの闇の因果逆転A〉！

〈禁呪氷雪魔法SSS〉は〈始まりの闇の禁呪氷雪魔法SSS〉！

〈禁呪風雷魔法SSSS－〉は〈始まりの闇の禁呪風雷魔法SSSS－〉！

これこそが【後付設定《サプライズ》】！

ありとあらゆるスキルは今、聖神ルマを抹殺するためだけのスキルと化した！

「今、なっちまえばいいだろうが！　その『始まりの闇』とやらによ!!」

「クッ……剣《つるぎ》……貴様……！」

「この勝負は、俺の勝ちだ！　シト！」

「——いいや。シークレットが見えた今、結果は確定した」

ドライブリンカー作動の電子音。

それは、シトが同時にシークレットスロットを開放したことを意味していた。

「貴様の負けだ」

この局面を逆転するC《チート》スキルはない。創造神を越えるほどに急激成長するスキルも、単独でIPを大量獲得するスキルも存在しない。……だが、ただ一つ。シトが隠していたスキルがある。

「【不労所得《パラサイト》】」

#

「【不労所得《パラサイト》】だって!?」

黒木田《くろきだ》レイは、立ち上がって叫んだ。

二つ隣の席のルドウも、逆転の一手に言葉を忘れていた。

まさか。そのような手が。ならばこの戦いは、最初から。

「そうか……なんてことだ。前提がそもそも違っていたんだ……！」

「え、ちょっと、どういうことなの!?　だって、もう純岡《すみおか》クンが逆転するC《チート》メモリなんてなかって、さっき……！」

「単独ではな。単独の、話だ！」

ルドウが答えた。それはこの場の転生者《ドライバー》の誰も予想だにしていなかった妙手。

「こいつ……最初から使ってやがったんだ。さっきの黒木田《くろきだ》の話を覚えてるよな！【不労所得《パラサイト》】は、周りの連中の経験点を吸い取り続けるC《チート》スキルだ……！　剣《つるぎ》の野郎が稼ぎまくった分も、周りのハーレム召使《オプション》の経験点も、何もかもだ！　しかも、奴本人も毎日訓練してやがる！　奴はそれを隠しながら、あえて剣《つるぎ》と同行してやがった！　しかも今、剣《つるぎ》は【後付設定《サプライズ》】で高レベルスキルを取得し直したな！　どうしようもねェ量の経験点だ！」

「で、でも、そんな……実力がそんなに強くなってたなら、さすがにタツヤも気付いて……」

サキの漏らした疑問には、レイが即座に答えた。

「【実力偽装《Eランカー》】」

それは最初からオープンスロットにあったメモリだ。純岡《すみおか》シトの最弱型の戦術の中核をなす、そのC《チート》メモリが。

「剣《つるぎ》くんが使った【後付設定《サプライズ》】と同じように……シークレットスロットのC《チート》スキルは、公開す

るまでは、データ上のステータスと獲得IPには反映されない。そして、実際の実力を隠すためのスキルは……【実力偽装《Eランカー》】だ。最初から、剣《つるぎ》くんが思う以上に強かったんだ……！」

それだけではない。この局面は最初からシトの思惑通りにコントロールされていた。

「オープンスロットに【実力偽装《Eランカー》】が見えている限り、剣《つるぎ》くん自身か……あるいは剣《つるぎ》くんの仲間が自分を監視すると読んでたんだ。【実力偽装《Eランカー》】を……寄せ餌にしたんだ！　見せているC《チート》メモリまで、シトの計算の内だった……！」

直接戦闘レギュレーションに不可欠の【超絶成長《ハイパーグロウス》】。自分自身の戦術を欺瞞《ぎまん》し敵の動きを誘導する【実力偽装《Eランカー》】。そして【全種適性《オールマイティ》】すら。

「や、やりやがった……思えば【全種適性《オールマイティ》】も、最初からそのためのC《チート》スキルだ！　剣《つるぎ》がどんなスキルを伸ばしてこようが、全部に【超絶成長《ハイパーグロウス》】の倍率を掛けて、盗むつもりでいたッ！」

四本ものC《チート》メモリは、最初からこの一つのコンボのためにあった。

【超絶成長《ハイパーグロウス》】。【全種適性《オールマイティ》】。【実力偽装《Eランカー》】。【不労所得《パラサイト》】。

だがたった一つの札を伏せるだけで、まるで全く別のアーキタイプであるかのように、剣《つるぎ》タツヤを、観客すらも欺いた。

1,785,955,987,892ものIPを逆転することは――可能なのだ！

これが異世界転生《エグゾドライブ》の申し子たる、純岡《すみおか》シトの真の実力！

「前提が間違っていたッ！　シトのデッキは、寄生型だ！」

◆

純岡《すみおか》シト　IP855,134,133,690(+95,869,100,319,134)

冒険者ランクSSSSSSSSSSSSSSS

オープンスロット：【超絶成長《ハイパーグロウス》】【全種適性《オールマイティ》】【実力偽装《Eランカー》】

シークレットスロット：【不労所得《パラサイト》】

保有スキル：〈絶対斬権SSSSSSSSSSSSS＋〉〈神格覚醒SSSSSS〉〈完全魔法SSSSSSSSS－〉〈知覚消去SSSSSSS〉〈精神抵抗S〉〈完全言語SSSSSS〉〈完全鑑定SSSSSSSSSSSS〉〈不敗の軍勢SSSS＋〉〈覚醒促進SSSSSSS〉〈絶対回避SSSSS〉〈完全防御SSSSSSS＋〉〈無限再生SSSSS〉〈完全抗体SSSSSSS〉〈神域裁縫SSSSS〉〈楽聖の極限SS＋〉〈聖餐の担い手SSSS－〉〈神なる陶芸SSS〉〈清掃絶技SSSS〉〈我流格闘SSSSS－〉〈業魔竜血SS＋〉〈滅びの否定SS〉〈空間の覇者S＋〉〈因果逆転B〉〈人界の王C〉〈概念創造D〉〈暗黒始原格闘SSSS〉〈闇の血脈S〉〈永劫なる闇の輪廻SS〉〈始まりの闇の空間の覇者A〉〈始まりの闇の禁呪氷雪魔法S〉〈始まりの闇の禁呪風雷魔法S〉他2968種

◆

『──な、なんなのですか……。あなたは一体、何者──』

「面倒だから申告せずにいたが……俺の本当の冒険者ランクはＳＳＳＳではない」

もはや筆舌に尽《つ》くし難《がた》い無敵存在と化した純岡《すみおか》シトは、不敵に宣告した。

最後の最後まで、恐るべきＩＰ獲得言動。

「ＳＳＳＳＳＳＳＳＳＳＳＳＳＳＳＳＳＳＳＳＳランクだ!!!」

凄《すさ》まじいまでの存在圧に、タツヤも、聖神ルマも悟った。

もはや勝てぬ。

「うおおおおおーッ!!」

それでもタツヤは気概を失うことなく、聖神ルマへの攻撃を仕掛けた。全てが特効となる一撃。十分に創造神と戦うことが……

その真横を光が抜き去り、そして。

『──ギャアアアアアアアアーッ!?──』

「転生《ドライブ》……完了《オーバー》!!」

創造主は両断されていた。

それは戦いですらなかった。

WRA異世界全日本大会関東地区予選トーナメントAブロック準決勝。

世界脅威レギュレーション『単純暴力A＋』。

攻略タイムは、16年8ヶ月21日9時間10分32秒。

◆

異世界へと転生者《ドライバー》を転送したドライブリンカーは、世界救済完了と同時に自動的に彼らを本来の世界へと送還する。役目を終えた転生者《ドライバー》はただ世界を去るのみなのだ。

光の走査線で転送されゆく体で、タツヤは呟いた。

「……シト……お前は」

「どうした？　卑劣と詰《なじ》るならそうすればいい。異世界転生《エグゾドライブ》は虚仮《こけ》の一心だけで勝てるほど甘い世界ではないと、これで分かったはずだ」

「いいや。逆だ。お前は最初から、俺にハンデをくれてたんだ……違うか」

「……」

世界救済が成れば、この世界で手に入れたものを現実に持ち込むことはできない。

確かにあった勝負の記録と記憶以外は。

「お前は最初に、俺のデッキ構成を読み当ててみせた。【絶対探知《フラグサーチ》】を持ってることを読んで、そいつに封殺されることを知ってて、【実力偽装《Eランカー》】入りのデッキを組んでたんだ。俺はそれが見えてて……その先の読みまで辿《たど》り着《つ》けなかった」

「フン。だから言っただろう。異世界転生《エグゾドライブ》はデッキ構築と戦略の力だとな」

「……違う」

だが、送還までのこの僅かな間は……二人は単なる中学生の転生者《ドライバー》であると同時に、この世界で多くの戦いを共にした二人の英雄でもあるのだ。

英雄の視線が交錯した。

「お前は、俺がお前を仲間にすることを信じていた。……そいつだけは、心だ。俺の心が分かってたからできたことじゃねーのか」

「……」

「へへ……悪かったな！　外江《とのえ》ハヅキしか見てないなんて言ってさ……ありがとよ。シト。楽しかった！」

そして、彼らの姿は消える。だから純岡《すみおか》シトのその声も、ノイズに消え行くだけの呟きであったかもしれない。

「……ああ。俺もだ」

純岡シト vs 剣タツヤ

　世界脅威レギュレーションは『単純暴力A+』。単純暴力レギュレーションは複雑な転生《ドライブ》スタイルを必要としない反面、世界脅威を打倒可能な戦闘能力の見極めと、攻略タイミングを見誤らないセンスや経験が要求されるレギュレーションである。異世界においては理論上無限に戦闘能力を高めていくことも可能だが、最終的な世界脅威を倒せるレベル以上の強さを追求し続けても、多くの場合は対戦相手に先んじて世界脅威を撃破され、無意味な経験点稼ぎにしかならないのである。

　Aブロック準決勝の剣タツヤ選手と純岡シト選手の第一スロットは【超絶成長《ハイパーグロウス》】。ともに自己強化のCメモリを主軸に置いた真っ向勝負であった。また、【絶対探知《フラグサーチ》】は異世界の正確な状況が不明な転生初期のプレイング指針にもなるCメモリであり、このことからも剣タツヤ選手の徹底した速攻志向が見て取れる。

　さらに剣タツヤ選手は、自身より異世界転生の経験に勝る純岡シト選手に対して、非常に斬新なアプローチを取った。異世界転生において、召使《オプション》を用いて対戦相手の挙動を偵察することは珍しい戦術ではない――特に、この試合で剣タツヤ選手が用いた、召使《オプション》の離反や脱落を防止する【酒池肉林《ハーレムマスター》】はそのような戦術に最適なCメモリであった。しかし剣タツヤ選手は対戦相手である純岡シト選手を自分自身の冒険に同行させ、それどころか積極的なコミュニケーションまでも交わしていたのである。奇しくもこのプレイングが、後述する純岡シト選手の戦略を大幅に狂わせることとなった。

　この試合における純岡シト選手の戦略の軸となったのは、異世界における知名度の上昇を抑制する【実力偽装《Eランカー》】。さらに【全種適性《オールマイティ》】によって【不労所得《パラサイト》】で徴収した経験点を１００％活用可能な形にした、寄生型の構成であった。

　純岡シト選手の想定としては、剣タツヤ選手は召使《オプション》強化系Cメモリである【無敵軍団《ネームドフォース》】を用いた強力なパーティー単位での世界脅威攻略を行うと読んでいたのであろう。転生者以外に対し実力を偽る【実力偽装《Eランカー》】で知名度を低く保つデッキ構成は、剣タツヤ選手の召使《オプション》へと気付かれることなく接近し、【不労所得《パラサイト》】による経験点奪取を容易にできたはずである。

　しかし前述のように、この試合で剣タツヤ選手は直接的に純岡シト選手に接触してしまった。このことによって純岡シト選手のプランは崩れ、試合終盤においては【実力偽装《Eランカー》】の存在はほとんど意味をなしていなかったはずである。だが他方で、それが【不労所得《パラサイト》】による対戦相手の経験点の直接徴収という結果にも繋がり、剣タツヤ選手は敗北を喫してしまった。剣タツヤ選手の敗因は、自らの目で純岡シト選手を監視した時点で安全を確保したと思いこんでしまい、一切行動を起こさないまま経験点を獲得できる【不労所得《パラサイト》】の存在を意識できなかったという点にあるだろう。典型的な寄生型のデッキ構築を行いながら【不労所得《パラサイト》】を伏せることでスキル横伸ばし型の成長に見せかけた純岡シト選手のCメモリ選択も一因であった。

　剣タツヤ選手のシークレットは、【後付設定《サプライズ》】。これを使用した上でなお、最終決戦時の剣タツヤ選手の戦力は紙一重で世界脅威を打倒可能な状態であった。大会初出場の初心者らしからぬ、異世界における到達点を見極める卓越したセンスが伺える。今後の活躍にも期待したい。

04.

【弱小技能】

ＷＲＡ認定異世界全日本大会は、既に出場枠を得ている学生選手権などの上位者に加え、各地区ごとの予選トーナメント上位者から最大二名が出場者として選出される。

関東予選の枠は二名。剣《つるぎ》タツヤとの準決勝を制し、関東地区上位二名に確定したシトは、これによって全国行きの切符を手にしたことになる。

「ふふ。いい戦いだったね、シト。さすが、天才美少女中学生転生者《ドライバー》のこのぼくを、二度も負かした男だ」

「タツヤ。えーっと、その……アタシも、準決勝見ててさ。なんていうか、まあ？　……頑張ったじゃない？」

「つーか、なんで俺までこいつらと一緒くたみたいな感じになってやがんだ」

激闘を終えた両者を迎えるのは、黒木田《くろきだ》レイ、星原《ほしはら》サキ、大葉《おおば》ルドウの三名だ。

「おうサキ！　負けて悪かったな！　お前の応援があったのに勝てなかったのは、俺の力不足だ……！　三倍の密度で特訓してりゃあ、シトの【不労所得《パラサイト》】だって越えられたかもしれね

え……次はもっと……鍛え直して、出直さなきゃあな！」

「また、バカばっかり言って」

互いに笑い合うタツヤとサキの一方で、シトは不機嫌そうに顔を背ける。

「フン……俺は馴《な》れ合《あ》いは好まん」

「喜びなよ。勝った時くらいはいいじゃないか。これで、きみの念願の外江《とのえ》くんとの戦いだろう？」

「ねえ、なんか、みんな外江《とのえ》ハヅキの話してるけど」

サキは、かねがね疑問に思っていたことを尋ねた。

関東最強、外江《とのえ》ハヅキ。彼女以外にとって、その存在は共通認識のようであった。

「どういう人なの？」

「外江《とのえ》ハヅキは、中学生では関東最強って呼ばれる転生者《ドライバー》でね。すごく強い……ってだけだと具体的に分からないかな。【弱小技能《ウルトラレア》】使いなんだ」

レイが答えた。

「【弱小技能《ウルトラレア》】？」

「転生開始時《ドライブ》にランダムで一つ、一般スキルを習得できるC《チート》スキルだね。〈鍛冶〉とか〈料理〉とか、〈鑑定〉とか」

「へえ……なんか、普通だね」

「だからこそ怖いのさ。敵を直接ステータス画面で見ても、どれが【弱小技能《ウルトラレア》】のスキルなのか分からないだろう？　しかもこのスキルは、経験点効率、スキルツリー分岐、限界ランク……とにかく全部が最大値になってる。最終的にはほとんど第二のＣ《チート》スキルと言っていいくらいの万能スキルになるってこと」

ただの〈料理〉が〈万物滅殺料理〉と化し、あるいは〈鍛冶〉が〈聖遺物無限生成〉と化す。転生者《ドライバー》の立場から見れば、その領域に達してなお一般スキルであるからこそ、効果を熟知しているＣ《チート》スキル以上に恐ろしい、意識の裏をかく一手となり得る。

ルドウが口を開く。

「……反面、使い手を選ぶＣ《チート》メモリでもあるけどな。最初がランダムで、しかも序盤の内はそのスキルを上手《うま》く使ってやりくりしなきゃあ、スキルランクが伸びていかねえ。外江《とのえ》はその辺の応用力が群を抜いてる」

「器用なタイプなんだ」

「ケッ。クソ野郎だよ」

だが、サキの評も的を得たものではある。外江《とのえ》ハヅキの転生《ドライブ》の最も恐ろしい点は、一つの技能を変幻自在に使いこなす器用さなのだ。

【弱小技能《ウルトラレア》】のスキル一つを軸に、戦闘、経営、内政などの戦型を状況に合わせて流動的に使い分けるデッキ。アーキタイプ名を、一芸型という。

「……そうだな。奴の対応力を越える一手を打たなければ……勝てない」

シトの呟きに、レイは肩をすくめた。

「やれやれ。余裕のない奴だなあ。大葉《おおば》くんも何か言ってやってよ」

「知らねエーよ！　大体、剣《つるぎ》！　何負けてやがんだ！　テメーに一回戦負けした俺が最弱みたいになってんじゃねーかふざけやがって！」

「ハハハハハ！　ルドウにも悪かったな！　やっぱりシトは強えや！　まあ機嫌直せ！　帰りにメンチカツ奢《おご》ってやっからよ！」

「テメーの奢りなんざ誰がいるかよッ！」

「まったく……タツヤもルドウも、いつもどおりなんだから」

サキが呆《あき》れ混《ま》じりの笑みを見せた、その時だった。

「まあまあ皆はん、仲がよろしゅうて。うらやましいわぁ」

一人の転生者《ドライバー》が、選手通路の反対側から現れている。関東の転生者《ドライバー》ならば誰もが知る顔。

シトは、畏怖と敵意の声を漏らした。

「外江《とのえ》ハヅキ……！」

萌黄《もえぎ》色の鮮やかな着物に、長く艶《つや》めく烏《からす》の濡《ぬ》れ羽色《ばいろ》の髪。圧倒的な余裕を感じさせる落ち着いた佇まいは、関東最強の風格に満ちている。

純岡《すみおか》シトは、かつて彼女に屈辱を味わわされている。敵の心理を計算して構築した戦術の全

てが躱《かわ》され、一辺境騎士止まりの、初心者同然の敗北を喫したのだ。

「純岡《すみおか》さんも、お久しぶりですなぁ。なんでも準決勝、勝たはったみたいで。おめでとうさん」

「ああ。異世界ナルニア杯での借りを返す時が来たぞ。外江《とのえ》ハヅキ」

「借り。はて」

ハヅキは、とぼけたように首を傾《かし》げて、パチパチとまばたきをした。

「――なにかを純岡《すみおか》さんにお貸しした覚え、どこにもあらしまへんけど。まさか、うちと戦うためにこの大会に？」

「いつもの余裕面か。ならば決勝で、その余裕を剥ぎ取ってやる……！」

「負けました」

「……何？」

涼しい顔で告げられた事実に、シトの気勢も止まった。

外江《とのえ》ハヅキは胸の前で両指を合わせて、あくまでにこやかに続ける。

「せやから、うち、準決勝で負けました。……いややわあ。純岡《すみおか》さんがそないにうちのこと思うてくれはったんなら、ふっふふふふ、もうちょびっとくらい頑張れたかもしれへんのに。残念やけど、決勝で当たるのは別のお方です。うちはもう帰ろ思てました」

「う、嘘だろアンタ……！　何あっさり負けてやがる！　関東最強なんだろ！」

大葉《おおば》ルドウすら、動揺を隠せず叫んだ。否。彼に限らず関東地方の転生者《ドライバー》ならば誰でも、決

勝戦に残る一人は外江《とのえ》ハヅキだと信じていたはずだ。

ハヅキは、閉じた扇子で口元を隠した。

「勝手に関東最強言われましても、うちはたまたま栃木に越してきただけです。別に関東さんの代表になったつもりはありまへんから」

「相手は誰だ。何をされた」

「……鬼束《おにづか》テンマ」

シトの問いには、その横で携帯端末を覗《のぞ》くレイが答えた。

「大会の出場記録はない。無名の……選手だ。けれど、彼は……もしかして……」

「そやからうちもね。何してきはるか分からへんし、いつも通りに【弱小技能《ウルトラレア》】デッキで戦おう思うとったんやけど。ふっふふふふ！　さすがにあれは読めへんわぁ。まさか、あないなC《チート》メモリがあるなんて――」

「お、おいハヅキちゃん……鬼束《おにづか》とかいう野郎はどんな転生《ドライブ》をしてきやがったんだ!?　そいつ……次にシトが戦う相手なんだろ！」

たまらず、タツヤも口を挟む。彼が真に関東最強を下した敵であるなら、異世界転生《エグゾドライブ》の実力はそれ以上。ならば準決勝でタツヤを下したシトの実力といえども、及ばぬのではないか。

「それは――あ」

「あ？」

「やっぱりやめときましょ。うち、純岡《すみおか》さんの仲間やあらへんもん。どっちかに肩入れするんは不公平やわぁ」

「なんだそりゃあ！」

「うちは、うちが楽しいようにしとるだけです。……ほな、純岡《すみおか》さん。せいぜいお気張りやす」

「この先──」

シトは、ハヅキが現れた選手用通路の奥を睨《にら》んでいる。

彼女は既に試合を終えてきていた。つまり彼女が戦っていたBブロック準決勝も、シト達と殆ど同じタイミングで勝負が決まっていたはずだ。

しかも、超速攻の勝負を繰り広げたシトとタツヤにも劣らぬ速度で。

「試合の結果を見て判断しろということだな？」

「……」

ハヅキは僅かに微笑《ほほえ》んで、踵《きびす》を返《かえ》した。

「さて。ほんならうち、原宿《はらじゅく》寄って帰ります。シュークリーム食べたいわぁ。ふっふふふふふ！　……では皆さん、ご機嫌よろしゅう」

スキップで去っていく着物姿が見えなくなった後で、ルドウは苦々しく呟いた。

「……あの外江《とのえ》が簡単に負けるとは思えねェ。純岡《すみおか》」

「ああ。見に行こう」

通路を渡り、第二会場へと出る。予選トーナメントBブロック準決勝の会場。そこに鬼束《おにづか》テンマの姿はなかったが……試合終了後の異世界を映し出したままの超世界ディスプレイは、彼の戦いの結末を克明に映し出していた。

「なにィーッ！　なんだ……この世界はッ!?」

「何……だと……!?」

タツヤとシトが、同時に叫んだ！

テンマとハヅキが戦ったBブロック準決勝の、これが結果だというのか!?

燃え盛る大陸。荒れ狂う海。死体を喰《く》らうハゲタカ。空は暗黒に染まり、雷鳴が絶え間なく鳴り響く。

あらゆる人の営みが壊滅し、死に絶えた、それはまさしく終末の光景であった！

「異世界が――滅亡していやがるッッ!!!」

05.

【運命拒絶】

「テンマさァん」

巨体である。

選手控室。決勝戦を目前に控えたその男は、黙々と筋力トレーニングに勤《いそ》しんでいた。

大きなスタンスで鉄棒を掴み、広背筋と上腕二頭筋の力で体全体を懸垂する、美しいワイドグリップ・チンニングのフォーム。

介添人と思《おぼ》しき小柄な少年は、もう一度彼の名を呼んだ。

「すいませェん、テンマさん。そろそろ試合始まっちゃいますけどォ」

「……そうか」

その身長は2mをゆうに超えているだろう。手脚は丸太の如く太く、中学生離れという表現すらも生温《なまぬる》い、ヘビー級の格闘家もかくやという体躯だった。

彼の名は鬼束《おにづか》テンマ。彫りの深い顔立ちと静謐《せいひつ》な瞳は哲人の如きでもある。

「いつも思うんですが」

一方で、部屋入口の少年は、細く小さい。眼差しは死んだ魚のように虚《うつ》ろで、纏う学生服が喪服のようにすら見える。銅《あかがね》ルキという。

「そもそもテンマさんは、どうしてわざわざトレーニングを？　関係ないでしょォ。異世界転生《エグゾドライブ》にそんなの」

「私はそうは思わないな。筋肉は、必ずしも思考の支配下にあるわけではない。……それを制御下に置くためには、訓練が必要になる。自らの持つ力を、完全に自分自身のものとするためにだ」

「はぁ」

「……我々転生者《ドライバー》は、常に身の丈以上の過大な力を乗りこなす必要があるのだからな」

トレーニングを終えた彼は、コートめいて丈の長い特徴的な黒衣を纏い、その上からドライブリンカーを装着した。

「さて、ルキ。次の相手は誰だったか」

「純岡《すみおか》シトですよ。全力でやってくださいね。初の実働試験が二位なんて成績に終わってしまったら、ドクターに申し訳が立ちませんからァ」

「勿論《もちろん》、そのつもりだ。外江《とのえ》ハヅキは強かったな……純岡《すみおか》シトも、同じくらい強ければいい」

選手用通路を歩みながらも、Cメモリ《チート》を握る右手に力が篭る。

闘争を楽しむ心。彼が他に持ち合わせるものなど殆どなかったが、その心だけは確かなもの

だ。

「血が滾《たぎ》る」

鬼束《おにづか》テンマ。その名はあらゆる公式戦に記されておらず、一切の素性が不明である。

◆

「さあ、ついに始まります！　熾烈《しれつ》なる準決勝戦を制したのは、この二人！　Aブロック、純岡《すみおか》シト選手！　Bブロック、鬼束《おにづか》テンマ選手！」

「「ワアアアアアーッ‼」」

色白の、どちらかといえば少女めいて線の細いシトの容貌とは対照的に、鬼束《おにづか》テンマは炎の如く赤く黒い、色素の濃い肌だった。背丈は、長身のシトよりもさらに頭二つ以上高い。

「あの外江《とのえ》ハヅキを下したそうだな」

ドライブリンカーへとメモリを装填しながら、シトは得体の知れないこの男を観察する。

「なぜ異世界を滅ぼした。あんな転生《ドライブ》をしてIPを稼げる転生者《ドライバー》はいないはずだ」

「……」

救うべき異世界をあの有様《ありさま》に荒廃させる。少なくとも真っ当な転生《ドライブ》スタイルではあるまい。

だが、そのような邪道の転生《ドライブ》スタイルで関東最強の実力者を倒せるものなのか？

「奴の【弱小技能《ウルトラレア》】デッキを破り得る選択肢はそう多くはないはずだ。たとえば【無敵軍団《ネームドフォース》】を活用しての――」

「なるほど」

沈黙を続けていたテンマが、口を開いた。クラウチングスタートの姿勢だ。

前方のトラックを見据えたままで、獣のような犬歯を覗かせて笑う。

「そのように戦術を言い当てることで、試合前にイニシアチブを取るのが君の転生《ドライブ》スタイルというわけか」

「……」

「ならば私もそうしてみよう。君のC《チート》メモリ、一つは【産業革命《インダストリアルR》】だ」

「……!?　バカな……！」

まさしく、それはシトがたった今装填したC《チート》メモリの一つであった。

決勝戦の世界脅威レギュレーションは『資源枯渇B』。エネルギーを失い、維持不可能になりつつある世界に何らかの解決策を与え、救済せねばならない。シトが選んだ【産業革命《インダストリアルR》】による攻略はむしろ定石であるとはいえ――

「C《チート》メモリは、せめてラベル面を敵に見せぬよう装填するものだよ。たとえそれが0.1秒……指の隙間から見える、僅かな色合いであってもね。そして【産業革命《インダストリアルR》】をはじめとしたいくつかのメモリには……装填時にカチカチと二重に重なるような、独特のクリック音がある」

「……ハッタリだ。そのようなことでC《チート》メモリの種別が分かるものか」

「どう取ってもらっても私は構わない。もっとも、フルシークレット制は所詮地方予選だけのレギュレーション……全国大会ではオープンスロットのC《チート》メモリを互いに見せ合った状態からの開始となる。こんなものは、大して役に立つ特技ではないがね」

多くの中学生転生者《ドライバー》が大会出場すらできずに終わる予選トーナメントにあって、全国大会本戦への進出がまるで当然であると言わんばかりの発言。

こうして直接会話を交わしてなお、シトはまだこの敵の正体を掴めずにいる。外江《とのえ》ハヅキを異世界転生《エグゾドライブ》で打ち破るほどの強者が、何故これまで無名でいたのか。

実況の声が会場に響き渡る。

「これが最終試合！　ＷＲＡ異世界全日本大会関東地区予選トーナメントの決勝戦です！　敵のあらゆる行動を想定した柔軟な戦略を武器とする純岡《すみおか》シト選手か！　最大の優勝候補、外江《とのえ》ハヅキ選手を打ち破った鬼束《おにづか》テンマ選手か！　関東地区の頂点が今決まります！　両者、開始位置についてください！　レディ！」

「……レディ」

「レディ」

開始カウントが迫っていた。迷いを振り払い、意識を異世界の人生に集中する。

転生レーンに待ち受けるトラックのヘッドライトが、二人の少年を逆光に染め――

激烈な運動エネルギーがドライブリンカーのシステムを励起！　転生《ドライブ》する！

唸《うな》りを上げるエンジン音！　同時に走り出し、そして轢殺！

「「エントリー!!」」

＃

労働用ゴーレムと魔法科学が発展した世界。壁に囲まれた都市の所々には自ら発光する鉱石が組み込まれ、こちらの世界とは異なるエネルギー源の存在を示している。

「――そこで俺は、これらの問題を解消する新技術を提唱する。魔力炉と内燃機関の複合！　これによってエネルギー効率は28倍にも向上する……！」

「バカな！」

「机上の空論だ！」

王立魔導技術研究所の中央会議室は、若き天才の語る理論に騒然とざわめいた。壇上の少年の名はシト・ジノジェスク。言うまでもなく、我らが純岡《すみおか》シトのこの世界における転生体《アバター》である。

「机上の空論などではない。十年分の開発計画を立案済みだ！　お手元の資料を見るがいい！」

魔法的エネルギー源と物理的エネルギー源の融合――無論、転生者《ドライバー》にとってこれはなんら目

新しい仕組みなどではなく、この世界における技術で実現が可能であることも、既に分かっている。

自らの発明や技術開発を波及させ、異世界の産業と科学の発展方向性を意のままに制御する【産業革命《インダストリアルR》】。

無限の知識を自在に引き出し、あらゆる状況において万能の天才と化す【超絶知識《ハイパーナレッジ》】。

この二つのC《チート》スキルをもってすれば、無脊椎動物にインターネットを発明させることすら与太話ではない！

「最終的には民間にもこの技術を普及できるものと考えている。だが、最初の段階は従来の労働用ゴーレムへの搭載だ。これが実現すれば、危険地帯における晶霊石採掘は７２３％効率化される！」

「もういい！　貴様のような若造の夢物語は沢山だッ！　必要なのは現状維持と地方からの採掘資源の中央集約！　そして我々貴族への利益分配……」

「確かに……彼の語ることは、幻想。先の見えぬ霧の中に鳥を追うようなもの……」

会議室の扉から現れた優雅な声に、反対勢力の声は一瞬で静まり返った。

「ひ……姫様ァーッ！」

神秘的な佇まいの王女は、神秘的なよく分からない言い回しで周囲を説き伏せた。

「しかし……我々は皆、同胞。枯れる泉の傍らの、弱き草花……。皆が生き延びるには、幻想

を現実とする他に道はないのかも……。そのようには思いませんか？」

（……王族の支援も既定路線だ。確実な世界の危機——資源枯渇を認識している世界である限り、確かな実績を挙げ続けているこの俺を、王族が重用しない理由はない。これで開発資金の問題はクリアされた）

会議室から立ち去りながらも、シトは敵の存在を意識し続けている。

（Bブロック準決勝後のあの盤面のみでも、推測できる事柄はいくつかある）

滅亡した異世界。それは異世界転生《エグゾドライブ》の前提としてあり得ざる光景であった。

転生者《ドライバー》が世界の危機に加担、あるいはそれを見過ごしてしまった場合、当然にIPは激減し、その後の獲得倍率にも大幅な除算修正がかかる。巻き返しが不可能なほどの大差がつくはずだ。よって全日本大会予選トーナメントのレベルにあっては、最終的に異世界を救済しクリアしたとしても、あの状態の盤面に対戦相手が残っている限り、その時点で勝利はあり得ない。対戦相手が残っている限りは。

（恐らく……鬼束《おにづか》テンマの戦術は直接攻撃《ダイレクトアタック》）

異世界において死亡——すなわち元世界への送還が発生した場合、当然ながらIP獲得はその時点でストップする。その後の異世界がどのような状況になろうと、脱落時点でのIPを超えるIPを対戦相手が獲得し、かつ世界救済が達成されれば、干渉の手立てがないまま敗北してしまう。

（予測不能の応用性を強みとする【弱小技能《ウルトラレア》】にも、弱点はある。それは序盤の時点で、転生体《アバター》を直接攻撃《ダイレクトアタック》されてしまうこと。このＣ《チート》スキルの強みとなるスキル成長が不十分な段階では、必然的に他の三種のＣ《チート》スキルだけでその直接攻撃《ダイレクトアタック》に対処せざるを得ない。外江《とのえ》ハヅキがそうした戦術に対策を施していなかったとは思えないが……）

彼女の口ぶりからすれば、何らかの想定外の事態が起こったことは間違いあるまい。加えて、タツヤ戦とほぼ同時に試合を終えていたほどの短期決戦。鬼束《おにづか》テンマは、凄まじい速度での直接攻撃戦術《ダイレクトアタック》で、外江《とのえ》ハヅキを討ったのだ。

故に、彼女と同じ轍《てつ》は踏まぬ。

（ならば奴の想定を越える速度で文明を発展させる他にない。奴が直接攻撃《ダイレクトアタック》の切り札を隠し持っているのならば、俺はそれを迎え撃ってやる……！）

「シ、シシシ、シト先生ーっ！　大変です！　三番研究棟で爆発……爆発事故です！　新型魔力炉の調整過程で魔術師六人が死亡しました！」

書斎に飛び込んできた助手の少女の報告を聞き、シトはすぐさま思考を切り替えた。今回の実験が成功すればさらに一足飛びに文明を進展できるが、難易度が高い。何度目かの失敗だ。

「なるほど。事故原因は何だ？」

大机に向かったまま、シトは冷静に報告を聞く。石油燃料の精製純度でも、安全管理の見落としでもないはずだ。

「直前の実験で魔鉱液が飛散して、蒸気化していたのではと……！　灰が緑色を帯びていましたので、きっと、空気中で連鎖的な魔力反応が……！　それよりもどうするんですか!?　これではもう、議会からの支援も打ち切りに！　あわわわ、それどころか遺族からの訴訟問題も〜ッ！」

致命的な事故！

転生者《ドライバー》には一切の失敗が許されない――圧倒的なＩＰ下落がシトを襲いかねない状況である。

「蒸気か……今度は簡単な見落としだったな。すぐに対処できるだろう」

「なにを呑気《のんき》に言ってるんですかーっ！」

シトが着手しているのは、【超絶知識《ハイパーナレッジ》】の力を前提としてもこの世界の現行技術では困難な実験や研究だ。しかしそれらをことごとく成功させてきた実績がある。

「――【運命拒絶《セーブ&リセット》】」

Ｃスキル《チート》発動の瞬間、世界は暗転した。

そして、シトは――

「机上の空論などではない。十年分の開発計画を立案済みだ！　お手元の資料を見るがいい！」

「もういい！　貴様のような若造の夢物語は沢山だッ！　必要なのは現状維持と……」

貴族の言葉を待つことなく、シトは魔導通信機越しに指示を下している。

「ああそうだ。今日の実験は中止にする。蒸気圧の測定器を開発できるか？　事故は未然に防

がなければな……ククク」

「地方からの採掘資源の中央集約……聞いてる？」

「確かに……彼の語ることは、幻想。先の見えぬ霧の中に鳥を追うようなもの……」

巻き戻し時間に比例した大量のＩＰをコストとして、世界の時間をセーブ地点にまで逆行させるＣ《チート》メモリが存在する。それが【運命拒絶《セーブ&リセット》】。

自身を含めた転生者《ドライバー》の記憶までは巻き戻すことができず、対戦相手にＣ《チート》スキルの種類と使用タイミングが筒抜けとなってしまうなどデメリットも大きいＣ《チート》スキルだが、このスキルがある限り、シトの技術開発に失敗はあり得ない。

ＩＰをコストとして消費するリスクを背負ってまで、試行錯誤の圧縮によって本来の時間軸ではあり得ないレベルに技術開発の時間を加速する。それが超速攻の直接攻撃《ダイレクトアタック》に対処する一手だ。

（初めから、未知の敵と戦う必要はない。攻撃してくるのであれば、逃げてしまえばいい）

決勝戦の世界脅威レギュレーションは『資源枯渇Ｂ』。それを根本的に解決してしまえば、世界救済は成るのだ。

今――シトが築き上げた近代的工場の製造ラインでは、彼が作り上げた新型魔導エンジン搭載ゴーレムが次々と生産されている。だが、内燃機関と複合したこの技術も、この世界の資源を消費することに代わりはない。超速攻の直接攻撃《ダイレクトアタック》と、遠からぬ資源枯渇の両方を見据えても

なお、彼には勝算がある。

（……俺のゴールは惑星外進出だ。奴が行動を起こす前に、文明をこの段階にまで到達させる！）

♯

観客席の星原《ほしはら》サキは、シトの無駄のない転生《ドライブ》に感嘆した。タツヤ戦を観戦して得た予備知識のためか、彼が転生《ドライブ》序盤から遥か先まで見据えた動きをしていることが分かる。

「関東最強を倒した相手だっていうから心配してたけど……世界もいい感じに発展してるし、純岡《すみおか》クンも見た感じ順調じゃない？　この調子なら……」

「……黙ってろ星原《ほしはら》」

「ちょっとルドウ……！」

ルドウは、指を噛みながらモニタを眺めている。彼はずっと鬼束《おにづか》テンマの活躍を注視していた。

「オープンスロットじゃあ説明がつかねェ……なんなんだ？　あいつのシークレットは……！　あんな転生《ドライブ》スタイルで異世界が救えるわけがねェ……！　どうやって戦うつもりなんだ？」

サキはモニタの中で繰り広げられるあり得ない光景を眺め……そして、端末に目を落とす。テンマのステータス表示を見た。

「……ねえ、黒木田《くろきだ》さん」

「…………」

「8……って、なに」

サキは初心者だ。この観戦を通し、レイやルドウから何度か授業を受けてはいるものの、それでもまったくの素人であると断言できる。

……だが。その星原《ほしはら》サキから見ても、この事態は明らかに異常であった。

関東地区最強を決める戦いに、間違ってもあり得べからざる状況。

「……多分だが、準決勝の純岡《すみおか》と同じだ」

沈黙したままのレイの代わりに、ルドウが答えた。

未《いま》だかつて見たことのない戦局に、彼も動揺を隠せずにいる。

「シークレットのC《チート》メモリに鍵がある……はずだ。俺にはそれしか分からねェ……！」

◆

純岡《すみおか》シト　IP159,321　冒険者ランクB

オープンスロット：【超絶知識《ハイパーナレッジ》】【産業革命《インダストリアルR》】【運命拒絶《セーブ&リセット》】

シークレットスロット：【？？？？】

保有スキル：〈機械工学ＳＳＳ＋〉〈魔導工学ＳＳ－〉〈政治交渉Ｂ〉〈古文書読解Ａ〉〈機械操作Ａ＋〉〈運転技術Ｂ〉〈精密射撃Ａ〉〈火光の術法Ｃ〉〈雷霆《らいてい》の術法Ｂ〉〈全力集中Ｂ－〉〈完全鑑定Ｃ〉〈魔力特定Ｂ〉〈特許法Ｂ〉〈大陸言語Ｂ〉他15種

鬼束《おにづか》テンマ　IP8　冒険者ランクＥ

オープンスロット：【超絶成長《ハイパーグロウス》】【兵站運用《リソースフリー》】【無敵軍団《ネームドフォース》】

シークレットスロット：【？？？？】

保有スキル：〈破獣拳Ａ〉〈神祖の血統Ｅ〉〈瞬動歩法Ｃ〉〈火光の術法Ｂ＋〉〈軍勢指揮Ｃ〉〈完全言語Ｅ〉〈特攻戦術Ｂ－〉〈神算鬼謀Ｄ〉〈暴虐の威圧Ｃ〉他16種

06.

【魔王転生】

「鬼束《おにづか》、テンマ……！」

……そして、試合の展開はこの局面へと至る。

鬼束《おにづか》テンマの率いる異形の軍勢を前に王都は陥落し、液体燃料ロケットの打ち上げにまで至った文明は諸共に壊滅した。

配下の召使《オプション》を絶大に強化する【無敵軍団《ネームドフォース》】の力を得た軍団長による、凄まじいまでの電撃戦。

無制限の補給を可能とする【兵站運用《リソースフリー》】を背景とした、焦土作戦を厭《いと》わぬ徹底的な破壊。

何よりテンマ自身の転生者《ドライバー》としての力が、純岡《すみおか》シトの逃げ切りを許さなかった。

今の彼はテンマの転生体《アバター》に追い詰められ、焼け焦げた大地に投げ出されている。

多大なダメージに咳《せ》き込《こ》み、シトは喀血《かっけつ》した。

「ケホッ……何をすれば……そのIPで、ここまでの兵力を……！」

「抵抗はこれで終わりか？　そうではないだろう。純岡《すみおか》シト」

今一度、敵のステータスを確認する。IP－6,132,789,199。酷すぎる。意図的に狙ったとし

ても、ここまで無残なＩＰにはなるまい。今までに見たことのない数値だ。

もはやスキル成長など不可能なＩＰであるのにもかかわらず、これほどの強さ。ステータス表示に反映されないＣスキル《チート》がこれを引き起こしているはずだ。

間違いなく、シークレットスロットが関わっている――

「君をこれから直接攻撃《ダイレクトアタック》する。この戦いは私の勝利だ」

「勝利だと……ならば何故……世界を滅ぼす……！　たとえ貴様が勝利の手立てを隠し持っていようと……こんな狼藉《ろうぜき》が、世界救済に繋がるはずがない！」

「私は、より合理的な手段を選んでいるだけだよ」

血に塗れたシトを見下ろしながら、テンマは淡々と告げた。

漆黒の鎧《よろい》を身につけ、右額から湾曲した角を生やしている。

滅亡の炎に照らされた、まさしく鬼神であった。

「この試合の世界脅威レギュレーションは『資源枯渇Ｂ』。ならば資源を浪費する人類を全て排除してしまえば、それだけで救済は完了すると思わないか？」

「……世迷言《よまいごと》を！」

叫びとともに、シトは最終手段を起動する。背後の中世風高層ビルが縦に爆《は》ぜ割《わ》れ、その中身を露《あらわ》にした。全長50ｍにも達する超巨大戦闘用ゴーレム。新型動力を六基同時搭載したそれは、最初からこのような非常事態に備えて開発させたものであった。

鬼束《おにづか》テンマを迎撃すべく、過剰なまでの武装と堅牢無比《けんろうむひ》の装甲を施した、決戦兵器であった！

「来い！　異世界戦騎ッ！　ドーンブリンガー!!!」

浮上魔力がはたらき、シトは機体内部へと搭乗！

シトが身につけたスキル――〈全種運転ＳＳ＋〉〈精密射撃ＳＳ〉との複合により、【超絶成長《ハイパーグロウス》】と遜色のない戦闘能力を発揮することが可能となる……だが、それだけでは足りぬ！

「おおおおおおッ！」

シトはシークレットスロットを開放する。それは、鬼束《おにづか》テンマを打ち倒す切り札だ。

「――【後付設定《サプライズ》】ッ！」

Ａブロック準決勝にて剣《つるぎ》タツヤも用いた【後付設定《サプライズ》】。

やり直しのたびにＩＰを大量消費する【運命拒絶《セーブ＆リセット》】を使用しながら、同時に直接攻撃《ダイレクトアタック》に堪える戦闘能力を確保するためのシークレットであった。

〈全種運転ＳＳ＋〉を、〈殺人運転ＳＳ＋〉へと変化！

〈精密射撃ＳＳ〉を〈ヘッドショットＳＳ〉へ！

〈火光の術法Ａ〉を〈火光の防御術法Ａ〉！

〈古文書読解ＳＳ〉を〈神祖理解ＳＳ〉！

「悪手だな。【後付設定《サプライズ》】は強力なC《チート》スキルではあるが、同時に弱点も明白だ」

天を真昼の如き白に染め上げる魔導クラスター爆弾の大量射出を見上げて、鬼束《おにづか》テンマは不動である。

降り注いだ爆光は、天地に割り込んだ光の魔法陣によって阻止されていた。

「テンマ様！　ご無事ですかッ！」

それは、甲冑《かっちゅう》に身を包んだアークデーモンである。東方軍団長、災いの墜星ゲドヴェルグ。テンマが【無敵軍団《ネームドフォース》】で強化した、極めて強力な召使《オプション》だ。

これぞ【無敵軍団《ネームドフォース》】。自分自身だけでなく、パーティ単位を無双の強者として育成し、その離反を防止する。【酒池肉林《ハーレムマスター》】と比べて防御性能に劣り、影響可能な人数は十名前後が限界ではあるが……それでもこのような局面では、個々のユニットの戦闘能力の高さが大きな意味合いを持つ。

「――このように、特効対象として選んだ標的以外の割り込みに対して極めて弱い。【後付設定《サプライズ》】は、一対一の状況でしか使えない」

「百も承知！　この状況で助けに入れる者は、そいつ一体だけだと分かった！」

シトは残るIPを計算している。それが残弾だ。文明発展によって蓄え続けたイニシアチブを、この男を倒すために。テンマにとってこの直接攻撃《ダイレクトアタック》は絶対的な好機であろうが――シトも

また、この直接攻撃《ダイレクトアタック》で彼を打ち倒せば確実にこの決勝を勝利できるという条件は同じだ。

「……【運命拒絶《セーブ&リセット》】！」

オープンスロットのC《チート》スキルを発動。

セーブ地点は、最低限の巻き戻し……【後付設定《サプライズ》】の使用直前。

「ほう」

「今一度受けてみるがいい……！　【後付設定《サプライズ》】ッ！」

〈全種運転SS＋〉を、〈殺人運転SS＋〉へと変化！

〈精密射撃SS〉を〈魔族絶対殺害射撃SS〉へ！

〈火光の術法A〉を〈火光の防御術法A〉！

〈古文書読解SS〉を〈神祖理解SS〉！

テンマは、むしろ愉快そうに嗤った。

「面白い……！　本来一度しか使えない【後付設定《サプライズ》】の使用回数を、【運命拒絶《セーブ&リセット》】でリセットした……ということか！」

「テンマ様！　ご無事でゲギャアーッ!?」

〈魔族絶対殺害射SS〉！　魔導クラスター爆弾が、魔力障壁ごと災いの墜星ゲドヴェルグ

を貫通！　科学と魔導の壮絶な威力を受け、爆発して死ぬ！

「……見事な戦術だ。ならば私も今こそ見せよう。我がシークレットを」

迫る爆光。鬼束《おにづか》テンマのシークレットスロットが開く。

そこに収まっているものは、禍々《まがまが》しき漆黒のCメモリ《チート》である……！

「【魔王転生《ダークネス・ドライブ》】」

◆

純岡《すみおか》シト　IP3,709,361,150（リセットにより−91,234,090）　冒険者ランクS

オープンスロット：【超絶知識《ハイパーナレッジ》】【産業革命《インダストリアルR》】【運命拒絶《セーブ&リセット》】

シークレットスロット：【後付設定《サプライズ》】

保有スキル：〈魔導機械工学SSS＋〉〈政治権力A〉〈神祖理解SS〉〈機械操作SS＋〉〈殺人運転SS＋〉〈魔力貫通射撃SS〉〈火光の防御術法A〉〈雷霆の防御術法S〉〈殺人全力集中A〉〈完全鑑定A＋〉〈魔力特定A〉〈特許法SSS－〉〈完全言語B〉他20種

鬼束《おにづか》テンマ　IP−6,132,789,199（+12,661,387,977）　冒険者ランクS

オープンスロット：【超絶成長《ハイパーグロウス》】【兵站運用《リソースフリー》】【無敵軍団《ネームドフォース》】
シークレットスロット：【魔王転生《ダークネス・ドライブ》】
保有スキル：〈破獣拳ＳＳＳＳ〉〈神祖の血統Ｓ〉〈瞬動歩法ＳＳ－〉〈火光の術法Ｓ〉〈暗影の術法Ｓ＋〉〈大軍統率ＳＳ〉〈完全言語Ｂ〉〈特攻戦術Ｓ〉〈神算鬼謀ＳＳ〉〈暴虐の威圧Ａ〉他21種

◆

それは、誰も見たことのないＣメモリ《チート》だった。

試合の流れそのものは、準決勝にてタツヤを逆転してみせたシトの構図に近い――

しかしＣメモリ《チート》そのものの異常性において決定的に違う。剣《つるぎ》タツヤは狼狽《ろうばい》した。

「黒い……Ｃメモリ《チート》……！　おいルドウ！　何なんだありゃあ！」

「お……俺にだって分からねェよ！　少なくとも、世間に出回ってるような……正規《レギュラー》のＣメモリ《チート》じゃねェ。だが、どんな効果だ……!?　一体どういう計算で、ＩＰがマイナスから回復するなんてことが起こりやがるんだ!?」

ドライブリンカーによるＩＰ獲得判定は、その世界における人類に準ずる種族か、または人

類に利益ある存在に示した優越性で決定される。

ならばテンマがこれまで見せた侵略と破壊に、何一つＩＰ獲得の要因などはないはずなのだ。

「ＩＰ獲得判定の逆転……」

「黒木田《くろきだ》……!?」

「敵を倒せばＩＰは上昇して、味方を倒せばＩＰは減少する！　それが異世界転生《エグゾドライブ》の大原則だ……！　けれど……あのＣ《チート》メモリは敵味方の定義を変えてしまっている！　人類を倒せば倒すほどＩＰを獲得するＣ《チート》スキルなんだ！」

「嘘だろ……!?　誰がそんなものを開発して……！」

「クソッ……なんなんだよ！　そんな転生《ドライブ》があっていいのかよーッ！」

恐るべき事実である。

あの外江《とのえ》ハヅキが直接攻撃《ダイレクトアタック》への対処を整えきれなかったのも当然だ。この状況が転生者《ドライバー》に力を与えることなど、通常はあり得ないのだから。転生者《ドライバー》が意識から除外していた、ルールの盲点。

異世界転生《エグゾドライブ》は、確かに異世界を救済する理念のために開発された技術だった。

だが――必ず人類を救済するとは言っていないのだ。

「シト！　そいつをブン殴る方法は何かねーのかッ！」

「テメーなら逆転の小細工くらい、何か仕込んでんだろうが！　純岡《すみおか》アーッ！」

「……シト……」

＃

「グアアーッ！」

祈りも虚《むな》しく、決着の時は訪れる。

超世界ディスプレイの中で繰り広げられたのは、一方的な蹂躙《じゅうりん》であった。

「三十九回」

鬼束《おにづか》テンマが冷徹に告げる。

「……君が【運命拒絶《セーブ&リセット》】で状況をリセットした回数だ。その【超絶知識《ハイパーナレッジ》】は、ループに伴って変化する様々な局面に対して即座に対応策を編み出すためのものだな。なるほど、全てのオープンスロットに二つ以上の役割を持たせている……君の強さと折れない気概には敬意を表そう。だが」

テンマの背後では、決戦兵器たるドーンブリンガーが無残に損壊し、黒煙を噴き上げていた。

特攻。防御。奇襲。逃走。シトが選んだ数十通りの策の尽くは、魔王の圧倒的暴力を前に無為に潰《つい》えた。それほどまでの戦力差である。

無論シトも、テンマの表示ＩＰを鵜呑《うの》みにしていたわけではない。それでもなお、想定を遥

かに上回る力が鬼束《おにづか》テンマにはあった。

「兵器の想定する絶対的な強度が、私の実ＩＰに追いついていなかったようだな。……スキルを駆使した奇策も、所詮は生命線たるＩＰあってこそ成立するもの。そして【運命拒絶《セーブ&リセット》】は、使用回数を重ねるごとにその生命線を消耗する諸刃《もろは》の剣《つるぎ》だ。これで逆転の芽も潰えたようだな」

純岡《すみおか》シト。残りIP2,160。

もはや、あと一度のリセットを行うＩＰすらも残されてはいなかった。

「……何故だ」

屈辱と無力感に打ちのめされながら、シトは辛うじて言葉を発した。

「……本来は、そのような使い方を想定されたＣメモリ《チート》ではないはずだ……。地方の悪徳領主を狩って、人間以上の善政を敷く……魔族による無益な略奪や虐殺を止める……それだけで魔族と人間の双方からＩＰを得られるはずのＣメモリ《チート》だ……。何故、敢《あ》えて世界を滅ぼす……！」

「さすがだ。初見のはずのＤメモリ《ダーク》を前にして、そこまで洞察できるとはな」

鬼束《おにづか》テンマは凶悪な笑みを浮かべた。

「嬉しく思うよ。やはり君も、外江《とのえ》ハヅキに劣らぬ強者だった——君にもいずれ分かるだろう。全ては我々の目指す計画と、理想のため」

「……理想……」

最期にシトが見たものは、拳を振りかぶるテンマの炎の影。

純岡《すみおか》シトという救世主をこの戦役で失い……世界の資源を食い尽くしつつあった人間という種は、五年を待たずにテンマ率いる魔王軍によって根絶されることとなる。


ＷＲＡ異世界全日本大会関東地区予選トーナメント決勝。

世界脅威レギュレーション『資源枯渇Ｂ』。


攻略タイムは、23年1ヶ月3日15時間20分59秒。

＃

「シト！」

「おいシト！　しっかりしろ！」

「チッ……！　無茶しやがって！　最後の鬼束《おにづか》との戦いで消耗しすぎてる！　転生《ドライブ》ショックによる人事不省だ！　係員に水を持ってこさせろ！」

極限の戦いがそうさせたのか。他の競技にもあり得ることだが、転生《ドライブ》への過度の集中のため、現実の肉体にも一時的な昏倒《こんとう》などのフィードバックが表れる症状である。

応急処置を開始するルドウを置いて、剣《つるぎ》タツヤは対戦相手の方へと駆けた。

「おい、この野郎ーッ！　ふざけるんじゃねェぞ！　ここまでする必要があるのか！　シトを四十回もブッ殺して……異世界を滅ぼしてまで勝ちてェかよ！」

「君は……？　ああ。Aブロックの剣《つるぎ》タツヤだな」

「だったらどうした！　そのCメモリ《チート》……反則行為じゃねーのか！　テメーみたいな野郎の異世界転生《エグゾドライブ》、俺は絶対に認めねえぞ！」

「……待、て！」

タツヤを呼び止めた呻《うめ》きは、他ならぬ純岡《すみおか》シトであった。

血の気が失《う》せた顔面で、それでもタツヤを止めようと上体を起こしている。

「シト……！」

「そいつは……その男は、何も……反則など、しては……いない……！」

「な、何言ってんだよ……！　異世界の人間が滅亡しちまってるんだぞ！　こんなのどう考えてもルール違反だろうが！」

「違う……！　異世界転生《エグゾドライブ》にルールなどない……全てを判断するのは、ドライブリンカーだ。Cメモリ《チート》は、元より反則《チート》！　ドライブリンカーが正常に読み込む以上は……それがルールだ……！」

法律や倫理どころか、法則までがこの現実と異なる異世界での戦いを、この世の誰が審判《ジャッジ》できるだろうか。少なくともこの世界において、その権利があるものはただ一つだ。

世界を行き来する転生装置にして、人生の優位を競うIPを算出し、異世界における権限であるCメモリ《チート》を認識する——偏見も心も持たぬ機械、ドライブリンカー。

試合前後での非紳士的行為の禁止。最大四つのCメモリ《チート》を用いること。試合開始の合図と同時に、トラックに轢殺されること。

転生者《ドライバー》同士の暗黙的なマナーこそあれ、異世界転生《エグゾドライブ》における明白なルールなど、それらの他には存在しない……よって、鬼束《おにづか》テンマの行為すらも反則ではない。それが異世界転生《エグゾドライブ》の掟《おきて》！

「俺の……敗北を……汚すんじゃあない！　タツヤ！」

「……くそッ……！」

彼らの会話をよそに、テンマに歩み寄る少年がいた。

「テンマさァん。そろそろですよォ」

「うむ」

「しかしまァ、純岡《すみおか》シトも冷や冷やさせてくれましたね。最後に控えるテンマさんが負けてしまったら、計画の順序が狂ってしまったところです」

「……純岡《すみおか》シト。剣《つるぎ》タツヤ。もう少し話をしていたいところだが、私には最後の仕事がある。優勝インタビューを受けなければな」

異世界にて全ての対話は終えたと言わんばかりに、鬼束《おにづか》テンマは司会の待つ壇上へと上がった。幽鬼の如き銅《あかがね》ルキがその傍らに付き添い、黒衣の二人組となる。

覇王は口を開いた。

「――会場の皆さん。今の試合の凄惨さを、目に焼き付けていただけたと思う」

転生者《ドライバー》の対決に沸いていた会場は、今は静まり返っている。

それは鬼束《おにづか》テンマという少年の持つ、尋常ならぬ威圧のオーラのためか。

「この戦いを優勝した今、遠慮なく断言させてもらおう。これこそが真の異世界転生《エグゾドライブ》。勝利のためには、世界すらも滅ぼす。これが真実だ。皆さんは想像もしていないことだろうが……異世界転生《エグゾドライブ》は、ただの子供の遊戯ではない……！　それは想像を絶する、凄まじき力の源泉なのだ……！」

「何を言ってるんだ、この男は！」

「冗談も休み休み言え！」

「異世界転生《エグゾドライブ》がそんな危険なものだったなんて……!?」

「本当に中学生なのか!?」

観客が口々に上げる声を意にも介さず、テンマは空に突き出した掌《てのひら》を握った。

「皆さんは想像もしていないだろう。我々のような組織の存在を。我々の同胞が、既に――全国各地で、このように勝利を収めていることを！」

銅《あかがね》ルキが、さらに数名の少年少女が、ステージ上に現れ出た。

顔は会場照明の逆光に隠れているが、その全員が黒衣。その全員が全日本大会への進出者。

そして。その全員がテンマと同じく、悪《あ》しきメモリの使い手である……！

「これが我々『反地球《アンチクトン》』の力！　我々は……来《きた》る異世界全日本大会本戦トーナメントにおいて、日本全ての転生者《ドライバー》を叩き潰すと宣言しよう！」

敗北した純岡《すみおか》シトは力なく倒れたまま、その恐るべき宣告を聞き届けるしかなかった。

一つの異世界が滅亡した。これまで考えられなかった転生《ドライブ》を行う者達が、異世界転生《エグゾドライブ》という競技そのものを侵略しようとしている。

「アンチ……クトン……！」

WRA異世界全日本大会関東地区予選トーナメント　決勝

純岡シトvs鬼束テンマ

世界脅威レギュレーションは『資源枯渇B』。資源枯渇レギュレーションは、慢性的に資源が尽きつつある世界において現実的に実行可能なソリューションを打ち出せるだけの幅広い解決手段の引き出しが必要となる、他のレギュレーション以上に経験と習熟が求められる世界脅威である。

さて、この試合は中学生転生者の試合では非常に珍しい、不正規《イレギュラー》メモリが展開に絡んだ試合であった。まず注目すべきは、鬼束テンマ選手のデッキ構成である。本人の戦闘能力を大幅に強化する【超絶成長《ハイパーグロウス》】、召使《オプション》の成長倍率を大きく引き上げる【無敵軍団《ネームドフォース》】、そして自らの陣営のみが無制限に資源を使用可能な【兵站運用《リソースフリー》】。全く資源枯渇問題の解決を見据えていない、さながら単純暴力レギュレーションのごときCメモリ選定なのである。（このコラムであらためて言うまでもないことだが、【兵站運用《リソースフリー》】のみでは資源枯渇レギュレーションをクリアしたことにはならない。ドライブリンカーは世界脅威の根本的な解決を判定するため、転生者の送還後に世界が維持できない状態では、救済完了と見做されないためである）

極めて異様なデッキ構成の真相は、鬼束テンマ選手がシークレットメモリとしていた不正規《イレギュラー》メモリにあった。【魔王転生《ダークネス・ドライブ》】である。鬼束テンマ選手は、この試合の目標を資源枯渇の解決ではなく資源を消費する人類の根絶に定め、資源枯渇レギュレーションでは本来想定されないレベルの戦闘能力によって、純岡シト選手への直接攻撃《ダイレクトアタック》を仕掛けたのである。

これに対し純岡シト選手は【超絶知識《ハイパーナレッジ》】と【産業革命《インダストリアルR》】という、資源枯渇レギュレーション攻略に適したCメモリ二種を用いた世界救済を実行した。資源採掘の望めない世界から外宇宙進出で対処するという珍しいアプローチを試みていたことからも、純岡シト選手が同レギュレーションを非常に広範に研究していたことが分かる。

同時に、純岡シト選手は残り二枠のCメモリで鬼束テンマ選手の直接攻撃《ダイレクトアタック》への対応策も準備している。【運命拒絶《セーブ&リセット》】の時間巻き戻しによる【後付設定《サプライズ》】を始めとした単発発動型Cメモリの回数回復は【運命拒絶《セーブ&リセット》】発売初期に数多く試されたコンボであったが、今の中学生世代の転生者がこのコンボを使用したという点は感慨深い。通常時は技術発展に注力する一方、対戦相手からの直接攻撃《ダイレクトアタック》などの有事には保有スキルを切り替えて対処するという発想はこのコンボの活用法の中でも有効性が高く、それを関東予選決勝戦という大舞台で用いた純岡シト選手は注目に値する。

しかし勝敗という観点で見るならば、この二枠に搭載した回数回復コンボが純岡シト選手の足を引っ張ってしまったことも否めない。全てのリソースを戦力増強に費やした鬼束テンマ選手の直接攻撃《ダイレクトアタック》に対し、純岡シト選手は技術発展も戦闘能力も半端な状態で迎え撃たざるを得ない結果となってしまった。

純岡シト選手の敗因は、やはり【運命拒絶《セーブ&リセット》】の存在に尽きるだろう。不正規《イレギュラー》メモリの存在を警戒した、不測の事態を取り戻せる保険としての【運命拒絶《セーブ&リセット》】が、結果的にスロット一つ分の働きをせずに終わってしまっている。仮に純岡シト選手がこのスロットに【兵站運用《リソースフリー》】を装填していたなら、鬼束テンマ選手の直接攻撃《ダイレクトアタック》に先んじて外宇宙進出を果たせたであろうことを考えると、非常に惜しい試合であったと言える。

07.

【令嬢転生】

「シト。異世界転生《エグゾドライブ》は好きか？」

その言葉に、大きく頷《うなず》いた記憶がある。

頭を撫《な》でる大きな手。父と、父の教えてくれた異世界転生《エグゾドライブ》が大好きだった。

「……そうだな。もしかしたら、それが一番正しいことなのかもしれない」

父は微笑んで、独り言のように呟いている。

その言葉の意味も、もう永遠に分からないままになってしまった。

「シト。お前はいつでも、異世界転生《エグゾドライブ》を心から楽しんでいた。最初に転生《ドライブ》した日と同じように、純粋な心のままで。だから、父さんは……お前に、このCメモリ《チート》を託そうと思う。これは、世界でただ一つのメモリ……【世界解放《オーバードライブ》】だ」

幼い手にそのCメモリ《チート》を握らされたことを、シトはどのように感じただろうか。

尊敬する最強の転生者《ドライバー》だった父からCメモリ《チート》をプレゼントされて嬉しかったのと同じように——鮮血のようなその赤色と、いつになく深刻な様子で話す父の姿に、言い知れない不安を

覚えなかっただろうか。

「お前は、父さんの未来だ。だから、いつかその日が来た時には、その最初の心のままに——何が正しいのか、誰と戦うべきなのか。きっと、お前自身の心で決断するんだ。覚えていてくれ。それが父さんがシトに託す……転生《ドライブ》だ」

行かないで、と叫んでいる。曖昧な光景は溶けて、やがて二つの光が現れる。

その光はシトと父とを隔てて、永遠の別離に断絶してしまう。

それは、ひどく見慣れた光。——トラックのヘッドライト。

巨大な5tトラックが迫る転生レーン。

シトの手は届くことなく、父は光に消えていく。


…………

◆

「夢か」

純岡《すみおか》シトは、その朝も一人で目覚めた。

「この転生《ドライブ》だけは……何度見ても、慣れないな……」

寝間着は汗に濡《ぬ》れている。父が残したこの家は、シト一人には広すぎる。

父が遺《のこ》した【世界解放《オーバードライブ》】は、ドライブリンカーにセットしても一切の効果を示したことがない。何一つ効果を持たない、ただのガラクタだった。

WRA異世界全日本大会関東地区予選トーナメント準優勝。それがシトの結果だ。

目標としていた外江《とのえ》ハヅキへの雪辱は果たせず、それどころか、決勝ではさらに鬼束《おにづか》テンマに惨敗を喫した。

決して悲観することではない。十分な成績であったはずだ。全日本大会本戦トーナメントという次の機会すら与えられている。黒木田《くろきだ》レイや大葉《おおば》ルドウ……シトが得た結果に届くことなく敗れていった転生者《ドライバー》が多くいると、理解してもいる。

だが常に完璧を自らに課し、そして勝ち続けてきた純岡《すみおか》シトにとって、無残極まる今回の敗北は何よりも手痛いものであった。

(何よりも……アンチクトン。連中を野放しにしてはならない)

異世界の滅亡を厭わぬどころか、それを積極的に実行し……観客の興奮や熱狂ではなく、恐怖と忌避をこそ望む、異様なる集団。

彼らの目的は何か。日本全国が注目するWRA異世界全日本大会トーナメントに出場することで、何をしようというのか。彼らの転生《ドライブ》スタイルこそが最強なのだと証明されてしまったと

すれば、その時、異世界転生《エグゾドライブ》の未来はどうなるのか。

(全日本大会まで、残り二ヶ月。休んではいられん……)

純岡《すみおか》シトが普通の学生のように日曜の自由を楽しむことは、久しくなかった。

時刻は七時半。朝の鳥が鳴く中、シリアルと野菜のみの簡素な朝食を済ませる。

父が失踪したあの日から……テレビも、テニスボールも、ピアノも、年月を経るごとに消えていった。

室内は白く几帳面《きちょうめん》に整頓され、父の形見である異世界転生筐体《エグゾドライブ》のみを残している。シト一人が寝て目覚めるだけの、殺風景な自宅であった。

その筐体の前に立ち、入念に準備運動を行う。

単独救済《ソロプレイ》は難易度も高く、通常の対戦とは異なるセオリーを要するが、それでも構築したデッキの動作確認には役立ち、何より一人の時間を確実に異世界転生《エグゾドライブ》の鍛錬に費やすことができる。

少なくとも純岡《すみおか》シトは、そのようにして孤独に実力を積み上げてきた転生者《ドライバー》だ。

「今日は【器物転生《アイテムモーフ》】型か……それとも【集団勇者《フラッシュモブ》】型を試すか」

トラックを模した轢殺ブロックを前にして、その日の訓練メニューを思案していた頃である。

玄関のチャイムが鳴り響いた。

朝も早い。このような時間に宅配や来客の覚えもないが。

「……？」

やや訝《いぶか》りつつもドアを開けると、そこには見知った顔があった。

首の辺りで二つ結びにした黒髪。切れ長の目。

「――や、シト。存外に元気そうじゃないか」

「黒木田《くろきだ》」

同じ転生者《ドライバー》として幾度も相見えた強敵、黒木田《くろきだ》レイである。

予選トーナメントで見た時とは装いも異なっている。白いレースのワンピースと、その上に羽織った濃い紺色のベスト。そして、肩に斜めにかけたベージュ色の小さなバッグ……

「……これから町にでも行くのか？」

「うーん……きみらしい反応だね。もうちょっと驚かないのかい」

「住所は剣《つるぎ》からでも聞いたのだろう。何故俺の家に寄ったのかは理解できないが」

「そういうところだぞ。きみを誘いに来たに決まってるじゃないか」

「俺を？」

「そ」

閉じた唇の両端を吊《つ》り上《あ》げるように微笑む。いつもそうしているような、真意を悟らせない笑みだ。両腕を腰の後ろに組んで、彼女は首を傾げた。

「……剣《つるぎ》くんに頼まれたのさ。シトのことだから、この前の敗北でナイーブになってるんじゃ

ないかと思ってさ。もしもそうなら、気晴らしにぼくと一緒に出かけてみるのはどうだろうか」

「……そういうことか。助かる」

シトは頭を下げる。

普段のシトでは滅多に示さないような、素直な謝意だった。

今朝の悪夢のこともある。きっとレイの言うとおりに、知《し》らず識《し》らずの内に心が追い詰められていたのだろう。他の誰かに指摘されて初めて気が付くのは、転生者《ドライバー》としてまだ未熟である証拠だ。

「単独救済《ソロプレイ》と対戦救済《ヴァーサスプレイ》では、やはり訓練の質に大きな差が出るからな……相手が全国クラスの転生者《ドライバー》ならなおさらだ。悪いが、手伝ってもらいたい」

「もちろんだとも。代わりに、ぼくの用事にも付き合ってくれるかい？」

「安い用だ。どこに行く」

「うーん……そうだね。どうしよう」

形のよい唇に人差し指を当てて、少女は悪戯《いたずら》っぽく笑った。

「映画館かな？」

◆

「ああ、楽しかったね！　シトはどうだい？　男の子はああいうアクションもののほうが好みなんだろう？」

「俺はどちらかといえば、恋愛映画のほうをよく見る」

「えっ」

「――だが、悪くはなかった。あの手の作品は娯楽としてもそうだが、異世界転生《エグゾドライブ》の参考となるところが多いからな……特に主人公が粉塵爆発《ふんじんばくはつ》で特殊部隊を撃破したところなど、とてもリアリティがあった」

「そ……そうか。ふふ。楽しんでもらえたようで、よかった」

映画館の向かいにある喫茶店で、二人はごく軽い昼食を取った。

食事の間にも、黒木田《くろきだ》レイはシトの話題に親身に耳を傾けてくれた。全日本大会におけるデッキ環境。数学の成績がやや伸び悩んでいること。平民階級を見下す王国最強の騎士と、私利私欲でハーレムを形成する勇者のどちらを優先して倒すべきか。

「さて。じゃあ、そろそろ異世界転生《エグゾドライブ》の訓練でもしようか？」

「……？　用事はこれで終わりか？」

「え……」

「貴様の用を優先したほうがいい。俺は異世界転生《エグゾドライブ》のことになると、その、認めたくはないが……少々熱くなるタイプのようだからな。いつ終わるか分からん」

「でも、ぼくは映画も見て……食事もしたから、ええと」

一転して余裕を失い、レイは指を折って何かを思案しはじめた。

シトは訝った。

「……ふ、服を……買おうかな……？」

「いいだろう」

二人は、ショッピングモール沿いのアパレル店へと向かった。

レイは少しだけ歩調を早めて、シトと横並びに歩いている。

「どの店にする？　悪いが、俺にアドバイスは期待しないでくれ。異世界であれば服飾スキルで作成することもできるだろうが……」

「ふふ。筋金入りの異世界転生《エグゾドライブ》バカだね、きみは」

「……フ。確かに。あまりこういった思考は良くはないな……」

「最初にぼくと戦った時のことを覚えているかい？」

黒木田《くろきだ》レイは、シトともタツヤとも通う学校が違う。

最初の出会いは、このモール沿いのデパートのゲームコーナーだった。圧倒的な強さに対戦相手もいなくなった少女の相手に名乗りを上げたシトは、その一戦で彼女の連勝記録を止めた。

レイの【令嬢転生《マイ・フェアレディ》】デッキは、通常はランダムに左右される転生《ドライブ》の初期条件を貴族の令嬢に確定し、【超絶交渉《ハイパーコミュ》】との組み合わせで政治掌握と社会改革を容易に実現するごく基本的な

デッキだったが、彼女の内政はシトが見た誰よりも洗練されていた。

「――あれが初めてだったんだよ？　シト以外には、負けたことなかったんだ」

「少なくともあの時の試合は、紙一重の差だった。俺も、中学生異世界選手権大会の優勝者とゲームコーナーで出会うとは思っていなかったからな」

「そ。天才美少女中学生転生者《ドライバー》……ふふふ…………」

胸に手を当てていつもの名乗りを上げた後で、レイは眉根を下げた。

どこか、脈絡のない不安に襲われたようであった。

「……。ねえシト。ぼく、美少女だよね？　どう？」

「美少……!?　い、いや。十分、可愛《かわい》らしいと思う。貴様ならば、アイドル……いや、異世界のSSR級召使《オプション》にも引けを取らないだろう」

「あ、また言った。『貴様』じゃないだろう」

レイはシトの片袖を引き、細い肩を寄せてくる。

「せめて『君』とか『レイ』とか……せっかくの美少女とのデートなんだから。その辺、気を使ってほしいな」

「デー……ト……!?」

シトは驚愕に目を見開いた。

……確かに、ある。異世界の召使《オプション》攻略過程において、そのようなことは無数に体験している。

だがそれでも、異世界転生《エグゾドライブ》と彼本来の人生とは、違うのだ。

「デート……デート、だったのか、これは……！」

「あ」

あらためて、シトは黒木田《くろきだ》レイの姿を見た。

男子とははっきり異なる、すらりとした肢体。予選トーナメントと違って、白くすらりとした脚がワンピースの裾から見えている。長い睫毛《まつげ》に覆われた切れ長の瞳が、すぐ下にある。耳にかかる数筋の黒髪。肩の体温が伝わってくる。

「そう、そうか……悪かった。すまない……情けない……」

「い、いや!?　別に、今のは言葉のあやというか、た、確かに……まったく大したものじゃなかったかもしれないな!?　もちろん、ぼくは最初からきみの転生《ドライブ》の訓練に付き合うつもりで……そんな、他意なんてなかったとも！」

「お、俺は……確かに、異世界転生《エグゾドライブ》バカだ……」

「そんなこと言われたら、ぼくだって……き、気にしないで。やっぱり、ゲームコーナーに行こう。ね？」

「……ああ」

関係が変わってしまうことへの気まずさがあった。

同じ道を求道する転生者《ドライバー》であり、気の置けない敵同士であったはずである。

仮に——異世界において二十年以上の人生を送ったとしても、転生者《ドライバー》はそれで二十年分を老成するだろうか。

壮絶な転生《ドライブ》を駆け抜ける転生者《ドライバー》にも、現実の中学生としての人生がある。

彼らは何度でも人生をやり直すが、転生体《アバター》ではない、現実の肉体で味わう青春は、やはり一度きりしかないのだ。

「だが、貴さ……君の服を買う用事は……」

シトがそう口を開いた時、レイは道の傍らに目を留《と》めた。

年は小学生くらいだろう。少年が座り込んで、泣きじゃくっている。

レイは小走りで彼の元に駆け寄り、目線を合わせて尋ねた。

「きみ、どうしたんだい？　迷子かな？」

優しい、柔らかな口調だった。

「うっ……ううう……」

「——ふふ。きみは運がいいよ。こう見えても、お姉さんは天才美少女転生者《ドライバー》なんだ。きっときみを助けてあげられる」

「……」

彼女は道を歩むどの通行人よりも早く、道端で泣く少年に気付いた。

それにもし気付いたとしても、シトでは声をかけることもできなかっただろう。

喫茶店で、シトの他愛ない相談を文句一つ言わずに聞き続けていた姿を、シトは思い返している。彼女の後を追うようにして、子供に駆け寄った。

「俺も、転生者《ドライバー》だ。彼女ほどではないが……親御さんを探す手伝いくらいなら、できると思う」

「……シト」

「ぼ、ぼくも……ぼくも転生者《ドライバー》なのに……ううう……」

「……どうした？　異世界転生《エグゾドライブ》で負けたのか？」

本気で戦って負けたのであれば、悔しさに涙を流すこともあるだろう。そうであれば、むしろ安堵《あんど》できる話だ。しかし、そうではなかった。

「違う……！　おかしいんだ。変な、C《チート》メモリを、使うやつが、ひぐっ、いるんだ」

「C《チート》メモリだって……!?」

「うん、うう……異世界が、そいつのせいで、ボロボロになって……ぼく、ぼくは、救いたかったのに……！」

「……っ!?」

「……」

二人の表情が、同時に強張《こわば》る。

異常なC《チート》メモリ。異世界を崩壊させて憚《はばか》らぬ転生《ドライブ》スタイル。

……心当たりがあった。あの予選トーナメントを見たものならば、誰でも。

シトは、子供の背後の建物を見上げている。奇しくもかつてレイと出会ったデパートである。

「このゲームコーナーに、その相手がいるということだな」

もしそうであれば、手掛かりを逃す訳にはいかない。

レイは微笑んで、子供の頭を撫でた。

「大丈夫だよ。このお兄さんは、とっても強いんだ。もしも悪い転生者《ドライバー》がいるなら、凄い転生《ドライブ》でやっつけてくれるさ」

「ほんと……？」

「立てるかい？　一緒に見に行こうか」

正体定かならぬ敵。五階ゲームコーナー付近を見上げながら、シトは低く呟いた。

「……行こう。黒木田《くろきだ》」

08.

【異界災厄】

純岡《すみおか》シトをはじめとした三人がエスカレーターで五階に到着した頃には、その試合の趨勢《すうせい》は決していた。

超世界ディスプレイは、無数のクレーターに抉《えぐ》られた無残な世界を映し出している。とうに直接攻撃《ダイレクトアタック》で送還されてしまったと思しき高校生が、筐体の前で、異世界における無力な友人を呆然《ぼうぜん》と眺めている。

そこにはただ一人取り残された転生者《ドライバー》が、ＩＰを得るべき人間も殆ど残っておらず救済の可能性もない、滅亡寸前の世界を彷徨《さまよ》っていた。

「あれか」

ゲームコーナーに辿り着いたシトは、短く問う。傍らの子供が頷く。

「……なに、これ……。これ……異世界転生《エグゾドライブ》をやってない……」

黒木田《くろきだ》レイは、痛々しいものを見るように顔を背けた。

今、高校生らが対戦している転生者《ドライバー》のＩＰは、マイナスに振り切れている——

だがその転生《ドライブ》スタイルは、予選トーナメントで対峙した鬼束《おにづか》テンマとすら、明らかに違う。

高校生の二人組と対戦していたのは、やはり二人組。

全生物が乾き飢えつつある世界にあって彼らは何不自由なく清潔な室内で生活を送り、異世界の状況に目もくれず、日々の浪費と遊興に耽《ふけ》っているように見えた。

転生《ドライブ》中の三者のステータス表示を睨みつつ、シトは今一度、少年に問《と》い質《ただ》した。

「隕石《いんせき》や雷を自由に降らせる。戦いを挑んでも、無敵の攻撃力で一撃死する。異世界の人間は誰も逆らえない。それは確かだな」

「うん……ずっと、好き勝手してて……何をしても、ずっとあいつらが王様のままだから、みんな、何もできなくて……」

「解《げ》せんな」

それは表示ＩＰに見合わぬ絶大な権能の行使に対する疑問ではない。

それ以前に、ごくシンプルな異常があった。スキル表示である。

「〈格闘N/A〉。〈俊足N/A〉。〈商才N/A〉……」

どれも転生《ドライブ》終盤には使い物にならない、最初期にスキル変化していて然《しか》るべき基本スキルばかりだ。ＩＰと経験点による成長をしていない。だが……スキルレベルの表示そのものがエラーを起こしているとすれば、果たしてどのようなＣ《チート》スキルの存在を疑うべきだろうか。

「Ｃ《チート》スキルも見たことないものばかりだ。不正規《イレギュラー》メモリでもこんな表示はおかしい。……シト。

これって、ドライブリンカー側の不正改造なんじゃないのか」

「ドライブリンカーに反則《チート》はない」

「ぼくも、分かってるけど……でも」

ＷＲＡが流通させているドライブリンカーのシステム中枢は、解析も改造も完全に不可能であると考えられている。

国内外問わず多くの企業が類似商品の開発に着手し、より強力な反則《チート》を求める地下転生者《ドライバー》がドライブリンカー自体の改造を試みながら、そうした挑戦が実を結んだ例は一つとして聞いたことがない。定価２９８０円——どこでも入手可能なホビーでありながら、現代に存在する紛れもないオーパーツでもあるのだ。

そして不正なドライブリンカー着用者の末路は一つ。

転生トラックの運動エネルギーを正常に転生変換《ドライブ》できず、死ぬ。

「……あくまで、異常なのはＣメモリ《チート》だ。そう考えるしかない」

彼らが観戦する間、超世界ディスプレイの中の状況はまったく変わることがなかった。

やがて、高校生の転生者《ドライバー》の心も折れる。荒廃した大地に両膝を突き、ドライブリンカーの降参《サレンダー》ボタンを押した。

敵の二人はステータス画面上で対戦相手の消失を確認して、互いにひそひそとせせら笑いを交わし、そして同時に降参《サレンダー》した。

この結果が意味するところは一つだ——転生者《ドライバー》の全滅。救済失敗。

この異世界は、もはや別の転生者《ドライバー》による救済を待つ他ないのだろう。

だが、このような有様に成り果ててしまった世界の救済難易度は、『資源枯渇SS』か……

あるいは『人口減少SS＋』か。

「ああ、楽しかったね！　今回は特に素晴らしかった！」

ワイシャツに黒ネクタイ姿の、大学生らしい金髪の男と、華美なゴシックロリータファッションの、小学生ほどの銀髪の少女。

転生《ドライブ》から戻るなり、金髪の男は一方的に銀髪の少女へとまくしたてた。

「特に、あれだ。少ない生き残りを集めて僕らのところに攻め込んできたのを、女子供で迎撃させたのが面白かった。やっぱり異世界はこうじゃなくっちゃなあ！　魔王やら戦争程度で世界の危機だなんて、ぬるいよ、ぬるい。ぬる過ぎだろう？」

「ウン」

「何より、そうそう、あれだ！　今日は二回もタッグ戦ができてよかった！　ここの連中のくだらない遊びをブッ潰して回るのはとても楽しいからなあ！　——っと」

饒舌な男は、台詞のその時点でシト達の存在に気付いたようであった。

爽やかに笑って、片手を振ってみせる。

「やあやあ。君達も転生者《ドライバー》？　カップルかな？　ははは。レーン譲ろうか？」

「譲ってもらう必要はない。……俺達が三組目になろう」

「勝負？　ああ、なあんだ。後ろにいるの、さっき僕らがブッ潰したやつだ。なら、勝てない相手だって分からないのかなあ。生意気だよね、ヨグォノメースクュア？」

「……他に居場所がないんでしょ。哀れだよ」

男は怯《おび》える少年を昆虫でも見るかのような眼差しで見下し、一方で少女は誰にも興味がないかのように、天井の一角をじっと見つめている。

ただゲームコーナーの異世界転生《エグゾドライブ》で遊んでいるだけの兄妹《きょうだい》、あるいは友人同士にしては、明らかに様子が異様である。

（……なんだこいつらは。アンチクトンなのか？　本当に大学生と小学生か？）

あの鬼束《おにづか》テンマにすら、異世界における暴虐の根底には転生者《ドライバー》としての熱があった。

だが、彼らからはそれが感じられない。……それどころかこの露骨ともいえる悪意は、普通の人間ともどこか違う。

「――で？　なんだっけ？　君？　君らが？　僕らの相手になるって？　本っ当に、ははははは！　よく飽きずにやるよなあ、世界救済なんて！」

「バカにするだけなら、転生《ドライブ》を辞めればいいだろう。俺達は人生を賭けている」

「そりゃ、もちろんそうだろうさ！　ええ？　なんたって、くだらない一生だ――せめて異世界でくらいは最強になりたいよなあ？　現実の人生から逃避して、転生《ドライブ》した人生のほうが本物

だと思いたいわけだ！　人生を賭けている！　まさしく！」

「ニャルゾウィグジイィ。それ以上はかわいそうだよ。図星を突いちゃう」

「……？」

シトは気難しい表情で、その悪罵の意味するところを考えている。

彼らの先程の口ぶりからすれば、シトとレイは貴重なタッグ戦のカモということになる——こうして挑発をすることで挑戦者の怒りを焚《た》き付《つ》けておいて、後に引けない形にしているだけなのかもしれない。

だがその論調は、どこか人と感性の異なる、ピントのずれたもののように思えた。

「今日、俺はアクション映画を見たが」

内容を思い返す。退役軍人の主人公が、政府の陰謀で妹を殺された復讐《ふくしゅう》のため、国家権力を相手に立ち向かうというものだった。

アクションシーンは派手な爆発と銃弾に彩られ、主人公は獅子奮迅《ししふんじん》の大立ち回りを見せたが、最後は腹に銃弾を受けて、相棒の運転する車の中で死ぬ。

「……現実にああいった人生を送りたいとは思わん。それとも貴様らは、小説やオペラや、漫画や新聞も、貴様らの言うところの……逃避のために鑑賞しているのか？　否定はしないが、難儀な行動原理だな……」

「はははは。強がりだなあ。それは負け組の強がりだ。僕らは分かってるよ。本当のことを

さ！」

「私達、君達より存在が上だからね」

「俺も理解した。――要は、遠慮せずに倒していい相手だ」

それだけを言うと、躊躇なくドライブリンカーを筐体に読み込ませる。

正常認識の青ランプが点灯し、転生レーンへのゲートが開いた。

「黒木田《くろきだ》。タッグ戦だ。俺達が組むのは初めてだが、やれるだろう」

「だけど……あんなC《チート》メモリに対策なんてできるの？　ぼくらが挑発に乗ったら、また無駄に異世界が滅びるかもしれない……！」

「俺を信じろ。異世界転生《エグゾドライブ》の勝負を分けるのは、デッキ構築と戦略だ。……君の力が、必要だ」

「……分かった」

二人は同じ一つの転生レーンに立ち並び、中央筐体を挟んで、隣のレーンの敵と向かい合っている。酷薄にも見える仏頂面のままで、シトは呟く。

「純岡《すみおか》シト」

「シト？　はははは。なんだって？」

「名乗っただけだ。貴様らの名前はハンドルネームか何かか？　どの道よく分からん名だ。名乗る必要はない」

「えー？　そう言われると名乗りたくなっちゃうなあ！　嫌がらせしたいなあ！　そういうも

んだろ？　僕はニャルゾウィグジイィ。覚えにくいならNでもニャルゾでも、好きな風に呼べばいいさ。別に構わないもんなあ？　ヨグォノメースクュア」

「ウン。私、Yで登録してる」

「……貴様らはアンチクトンとやらではないな？　そのC《チート》メモリはどこから手に入れた？　WRA以外に……そういうものを流通させている連中がいるのか？」

「それは、教えない」

ゴシックロリータの少女――ヨグォノメースクュアは、既に中央筐体のレギュレーション設定選択に取り掛かっていた。彼らにとってのこれは、一方的に転生者《ドライバー》を蹂躙する娯楽なのだろう。レギュレーション設定すら、対戦相手の了承を得ないまま進めている。

「ニャルゾウィグジイィ。これがいい。『疫病蔓延《えきびょうまんえん》B－』。安全な世界なんて都合がよすぎる。不衛生じゃないと、本物っぽくないいし」

「ははははは！　いいよ！　じゃあ、異世界の疫病を終息させたほうが勝ち！　2vs2のタッグバトルだ！」

「……」

純岡《すみおか》シトは、その瞬間に計算を開始している。

敵のC《チート》スキル。世界脅威レギュレーション。そしてタッグバトル――

百種を超えるC《チート》メモリの中から、八種。最適な戦略とデッキ構築を。

シトが有する最大の能力はそれだ。彼が若い人生の大半を費やしてきた単独救済《ソロプレイ》は、幾通りものデッキ戦略を、実際の転生《ドライブ》を通して確かめることができる鍛錬方法だ。

「――黒木田《くろきだ》。この四つだ。どれをシークレットにするかも、貴様の実力に任せる」

「あ」

Cメモリ《チート》を受け取ったレイは小悪魔めいて、むしろ嬉しそうに笑った。

「また『貴様』に戻ってる。本当よくないなあシト。よくないよ」

「……悪かった。だが、その、美少女と思っている……それは、心から……」

「ふふふふ。いいよ。ありがとう」

レイは細い首を傾げて、敵対者の二人に向き直った。

そして、真っ先にオープンスロットを宣言する。

「やあ。挨拶が遅れたね――ぼくは黒木田《くろきだ》レイ。天才美少女中学生転生者《ドライバー》だ！　オープンスロットに宣言する三本は、【超絶知識《ハイパーナレッジ》】【産業革命《インダストリアルR》】【運命拒絶《セーブ&リセット》】！」

宣言を受けて、金髪の男は嘲るように笑った。

「はははは！　レイちゃんかあ。うん、かわいいね。……じゃ、いつものでブッ潰そうかな。【異界肉体《CODE0010》】【異界王権《CODE0032》】【異界軍勢《CODE0832》】」

「こんなゲームで調子乗って、かわいそうだね。【異界肉体《CODE0010》】【異界災厄《CODE5133》】【異界財力《CODE1020》】――」

ニャルゾウィグジイィとヨグォノメースクュアのメモリは、金属のケース外装を持つ、やは

り正規《レギュラー》メモリとは明らかに異質のものである。

（いずれにせよ尋常のＣ《チート》メモリでないことは分かっている。俺の求める真実は──異世界転生《エグゾドライブ》で聞いてやる！）

既に戦略は立てた。オープンスロットのＣ《チート》メモリは、相手の提示を見た後でも変更することはできない。絶対の確信とともに、シトは宣言した。

「【超絶交渉《ハイパーコミュ》】【政治革命《ポリティカルR》】【不朽不滅《エバーグリーン》】。予告しよう。貴様らは俺達に、決して勝てない！」

両陣営共に、公開したオープンスロットのＣ《チート》メモリをドライブリンカーに装填。所定位置に立つ。『ドライブリンカーを外さないでください』の警告表示とともにカウントダウンが進む。

「さーて。レディ……だっけ？　はははは」

「……レディ」

「レディ」

「レディ！」

転生者《ドライバー》がその運命を委ねるのは、２ｍの転生レーンに鎮座する轢殺ブロック。二人を同時に殺傷して余りある質量は、カウントの終了と同時──

「「「「エントリー!!」」」」

ブロックが強力電磁石で射出され、短距離轢殺！

これこそが多人数救済《マルチプレイ》！　日常を象徴する市内デパートの一角にて、知られざる異世界転生《エグゾドライブ》

が幕を開ける……！

＃

この世界において純岡《すみおか》シトと黒木田《くろきだ》レイが再会したのは、八歳の時点である。

歴戦の転生者《ドライバー》である二人であれば、僅か八年で必要な言語系スキルを伸ばし終え、独り立ちに必要な根回しを済ませることも困難ではない。

もっともこれらの点に関しては、親や領主をも問答無用で説得可能な【超絶交渉《ハイパーコミュ》】を保有するシトの側が、やや早くはあった。再会時にも、シトの方からレイの村を訪れていた。

子供一人の、疫病が蔓延した世界での長旅——ありとあらゆるご都合主義で使用者の自由と生命を五体満足のまま守るCメモリ《チート》【不朽不滅《エバーグリーン》】なくして不可能な強行軍であっただろう。

「首尾よく合流できたはいいけど——シト。どういう作戦なんだい？　敵のCメモリ《チート》の正体だって分かってないのに、どうやって戦う？」

「残念ながら、俺もあのCメモリ《チート》の正体は分かっていない。けれど俺はあの子が戦った試合の流れを聞いて、先程の試合でも終わり際の世界を見た。Cスキル《チート》の推測も不可能ではない」

時刻は白昼。山沿いに立ち並ぶ空き屋敷《やしき》の一つを拠点として、彼らは作戦を立てている。

幼いながらに小奇麗な身なりのレイに対し、シトの姿は長旅で汚れきっている。

「例えば？」

「奴らのメモリの内【異界肉体《CODE0010》】について仮定するなら、最初から生命力に関する全てのデータをカンストさせるC《チート》メモリだと推測できる。どんな軍勢も一撃で撃破され、勿論、俺達で挑んでも敵《かな》わない。【不朽不滅《エバーグリーン》】以上の無敵の肉体……自分達だけは疫病で死なないと確信を持っていたからこそのレギュレーション選択だ」

「そんなC《チート》メモリがあったら、異世界転生《エグゾドライブ》そのものが成り立たないじゃないか！　そんなもの、一体どこから出てきたんだ……！　D《ダーク》メモリだけでも頭がいっぱいなのに……」

「ドライブリンカーが正常に読み込んでいる以上、あるものはあると考えるしかない。限られた条件で全力を尽くすのが転生者《ドライバー》だ。……俺の推測の続きを話す。【異界王権《CODE0032》】はＩＰや血縁を無視して、指定した国家の最高権力として民を従わせるC《チート》スキル。【異界財力《CODE1020》】は文字通り、無限の財力といったところだろう」

「まるで子供の考えたC《チート》メモリだ……あいつら、変だよ」

「……異世界転生《エグゾドライブ》にＩＰが導入されている理由が、今さらながらによく分かった」

――確かに、そのようにも思えるのかもしれない。

真に無敵の反則《チート》があるのならば、わざわざ危険を冒したり道義を貫いたりするリスクを負わず、ハーレムも作らず成り上がりもせず、必死に転生《ドライブ》する他の転生者《ドライバー》を冷笑して、何一つ功績を挙げずに生きることを賢いと思うようになるのかもしれない。

「だが、俺達は転生者《ドライバー》だ。常に自分の意志で戦ってきた。――絡んでくる先輩冒険者。悪逆を尽くす上級魔族。人を苦しめる社会制度。相手が神でも、疫病でも、貧困でもだ」

「ふふ。そうだね。それに勝てるとしたって、あんな勝ち方はごめんだ」

「そして今回は俺達が勝つ。……俺は不死身だが、疫病に感染している疑いもある。迷わず屋敷に入れたということは、もう完成しているということだな」

「もちろん」

【超絶知識《ハイパーナレッジ》】【産業革命《インダストリアルR》】【運命拒絶《セーブ&リセット》】。奇しくもそれは、純岡《すみおか》シトが全日本大会予選トーナメント決勝で用いたものとまったく同様のオープンデッキである。

そして、相手がIPによる勝負を完全に捨てている今……これら三種のCメモリ《チート》のコンボは、消費IPを度外視して、ただ一つの発明を最速で生み出すためだけに組まれている。

「……これが、疫病の治療薬の試作品。この街の人にはワクチンも行き渡ってる。後はプラントの建設と大量生産体制だけだ」

「分かった。俺の【超絶交渉《ハイパーコミュ》】があれば――!?」

一際明るく太陽が輝いたと見えたのは、一瞬だった。

それは天の炎だった。

【運命拒絶《セーブ&リセット》】を使う間すら与えられない。

雲一つない晴天から落ちた稲妻が、再会したシトとレイを諸共に焼き払った。

異世界の任意の地点に、自由自在に災害を落とすことができる。
それがヨグォノメースクュアのCメモリ《チート》。【異界災厄《CODE5133》】。

◆

純岡《すみおか》シト　IP69,321　冒険者ランクD

オープンスロット：【超絶交渉《ハイパーコミュ》】【政治革命《ポリティカルR》】【不朽不滅《エバーグリーン》】

シークレットスロット：【？？？？】

保有スキル：〈政治交渉A＋〉〈話術A＋〉〈早馬A〉〈逃走術B〉〈野外調理B〉〈エスコートB＋〉〈体力持続B〉〈痛覚無視D〉〈医術C〉〈魔導：赤C〉〈魔導：緑B〉〈完全言語B－〉〈鑑定A〉〈服飾の匠《たくみ》B〉他9種

黒木田《くろきだ》レイ　IP11,109　冒険者ランクB

オープンスロット：【超絶知識《ハイパーナレッジ》】【産業革命《インダストリアルR》】【運命拒絶《セーブ&リセット》】

シークレットスロット：【？？？？】
保有スキル：〈薬学S〉〈機械工学B〉〈医神の手D〉〈万能解読A〉〈全力集中C〉〈礼儀作法A〉〈魔導：青C〉〈魔導：緑C〉〈政治特権A〉〈完全言語D〉〈完全鑑定B〉〈麗しの偶像B＋〉〈カリスマD〉他8種

ニャルゾウィグジイィ　IP－20,351
オープンスロット：【異界肉体《CODE0010》】【異界王権《CODE0032》】【異界軍勢《CODE0832》】
シークレットスロット：【？？？？】
保有スキル：〈格闘N/A〉〈話術N/A〉〈魔導：赤N/A〉〈交易言語N/A〉

ヨグォノメースクュア　IP－1,188
オープンスロット：【異界肉体《CODE0010》】【異界災厄《CODE5133》】【異界財力《CODE1020》】
シークレットスロット：【？？？？】
保有スキル：〈格闘N/A〉〈俊足N/A〉〈商才N/A〉〈魔導：黄N/A〉〈交易言語N/A〉

09.

【不朽不滅】

そこは八年前までは最大の帝国だったが、今は見る影もない。

ニャルゾウィグジイィの転生《ドライブ》とともに既存の政権は完全に解体された。僅か一桁の年齢の子供が国家を独裁するという異常事態。絶対のC《チート》スキルである【異界王権】《CODE0032》の前では、どのような圧制を前にしても反逆を試みることすらできないのだ。

国民の誰もが疲弊し、世界を侵す疫病に苦しみ、ニャルゾウィグジイィの奴隷であった。ソファに座る彼は、ベッドに寝転がるヨグォノメースクュアに声をかけた。世間話のような調子で。

「ゲーム作らせようよ、ゲーム。世界が滅びるまでにさあ。あれだ、あっちの世界のインベーダーみたいなの。テレビゲームができるかどうか賭けよう」

「ウン」

「これだけ人間がいるんだもんなあ。皆が必死で働けば、もしかしたらそれっぽいもの作ってくれるかもなあ。絶対つまんないだろうけど！　はははははは！」

「でも、それまで暇だね」

「ああ、じゃあちょっと早いけど、いいや。あの転生者達《ドライバー》、一人殺しちゃおう。はははは！

こういうのが一番絶望するよなあ！　2vs2だと思ってたら、いきなり2vs1になるんだから！」

「まだ独り立ちする前でしょ。もっと上手くいきそうなとこで、がっかりさせたい」

「あー、じゃあどれくらい進んでるか見よう」

「ウン。【異界鑑賞《CODE0003》】」

「【異界鑑賞《CODE0003》】」

【異界鑑賞《CODE0003》】。異世界に居ながらにして、観戦者用に編集される前の超世界ディスプレイの情報を直接得ることができる。これも極めて異常なC《チート》スキルである。

二人がこれをシークレットにしている理由は無論戦略のためではなく、娯楽のためだ。彼らは、自分が見られていると知らぬ相手の狼狽と絶望を楽しむために異世界転生《エグゾドライブ》をしている。

「あ！　ほらほらほら、もう合流してる！　すごい！　早いなあ！　努力したんだろうなあ！

すぐやろう、ヨグォノメースクュア！　ここは隕石……いや雷だ！　屋敷ごと燃やそう！」

ニャルゾウィグジイィは興奮して叫んだ。彼が目撃したのは、まさに八歳のシトとレイが合流したその瞬間であった。

「ウン。でも男の子のほう、死なないC《チート》スキルがあったと思う。多分女の子しか死なないけど」

「何言ってるんだ！　だからいいんじゃないか！　やっと出会えた相手が、目の前で死ぬん

だ！　不死身ならではの絶望だよ！　やろうやろう！　雷だぞ雷！」

「ウン。面白そう。【異界災厄《CODE5133》】」

二人が見るドライブリンカーの画面が白い稲光に染まった。ヨグォノメースクュアの意思一つで、無制限に消耗なく、天災を落とすことができる。

彼らは一切の戦術を持たない……意図してそのようなコンボを組んでいるわけではなかったが、【異界鑑賞《CODE0003》】と【異界災厄《CODE5133》】の組み合わせは、超世界ディスプレイが転生者《ドライバー》を追う限り回避不可能の、射程無限の直接攻撃《ダイレクトアタック》を実現する。

「はははははは！　これで一人――あれっ」

ニャルゾウィグジイィの哄笑《こうしょう》が止まる。その異常は【異界鑑賞《CODE0003》】を用いるまでもなく、通常のステータス画面でも分かった。

「死んでないぞ」

「私、ちゃんと当てたけど」

「でも、ほら。転生者《ドライバー》リストに名前があるぞ。黒木田《くろきだ》レイ」

「……」

【異界鑑賞《CODE0003》】で焼け跡を確認する。不死身の純岡《すみおか》シトが、黒木田《くろきだ》レイに覆いかぶさって攻撃から庇《かば》っていた。確かにシトは【不朽不滅《エバーグリーン》】のC《チート》スキルで不死身ではあるが――それがまったくあり得ない事態であることは分かる。

「……雷だぞ？　防御スキルらしい防御スキルもない感じだし、人間一人が盾になったくらいで、防げるはずがない」

「別にいいよ。もう一回やる」

ヨグォノメースクュアはその言葉と同時、隕石を二人の位置へ落とした。

炎上する屋敷の瓦礫《がれき》はクレーターに巻き込まれて沈み、そしてレイも……

「ほら外れてるって！　やっぱり狙いが悪いんだ！」

「そんなことない。大体、直撃しなくても死ぬはずだよ」

「あー、あーあーあー」

満身創痍《まんしんそうい》で焼け跡から這《は》い出《だ》す二人を見て、ニャルゾウィグジイィは不愉快そうに呟く。無敵の力で転生者《ドライバー》を一方的に弄んできた蹂躙者が、初めて見せた怒りであったかもしれない。

「あれだ。不死身のＣ《チート》スキルがあったじゃん。あれがシークレットなんだ。あーあ！　女の子のほうもつけてたんだよー！　冷めちゃうよな！」

「え……じゃあこの二人、何やっても死なないんじゃないの」

【不朽不滅《エバーグリーン》】は、どれほど致死的な攻撃や状況下にあっても、自分だけが都合良く生存できるＣ《チート》スキルだ。とはいえそれ単体では、他にＩＰやスキル上の有利があるわけでもない。そもそも十分に成長した転生者《ドライバー》は現地の手段に対しては元より不死身に等しいのだ。

異世界での序盤生存に不安を残す初心者用――あるいは直接攻撃戦術《ダイレクトアタック》に対するピンポイント

対策用のCメモリ《チート》であるとされる。

一瞬にして熱が冷めたのか、ニャルゾヴィグジイィは心底呆れたようにドライブリンカーのディスプレイ表示を消す。

「いいよいいよ。じゃあもう、放っとこう。あんな転生者《ドライバー》に必死になるの、バカみたいだし。音楽でも聴こうっと」

「そうだね。別に、あいつらが世界救っても救わなくても、どっちでもいいし」

【異界鑑賞《CODE0003》】も切断し、彼らは再び怠惰な生活に戻った。

――彼らは、異世界転生《エグゾドライブ》に何一つ真剣に取り組んではいない。

しかし同時に、最初から勝負をしていない者が負けることも決してない。

もしも純岡《すみおか》シトがこの試合に勝利したとしても、それすら彼らの敗北ではないのだ。

◆

「ふ、ふふ……ああ、参ったな……。雷系統の魔法は何度も受けてきたけど、防御スキルなしだと……こんなに、堪えるんだね……」

「すまない、黒木田《くろきだ》。君に負担をかける戦略になってしまった」

「いいよ、気にしないで。お陰でぼくも生き残れたんだから」

シトは、負傷したレイを背負って町への坂道を上っている。二度の災厄を、彼らは辛うじて生存していた。

レイは、不安げに晴天の空を見上げた。それでC《チート》スキルの予兆が見えるわけもない。

「……もう、攻撃が来ないね」

「予想以上に諦めが早かったが、知れていたことだ。連中は、自分達を俺達転生者《ドライバー》より上等な存在だと信じ込んでいるようだからな」

何故、今の時代にあって異世界転生《エグゾドライブ》をあれほど蔑視できるのかシトには理解できないが、そうした差別意識も見慣れてはいる。

彼らがいつも異世界で相手取っている、腐敗貴族や奴隷商と同じだ。ならばその類型に当てはめて、行動を予測すればいい。

「格下を相手に負けを認めたがらない。何度も攻撃を試みて、それが無駄であることを……自らが裏をかかれていることを思い知らされたくない。その上奴らは異世界において、転生《ドライブ》に必死になっていない。尚更《なおさら》そのように運ぶはずだ」

「じゃあ、もうぼくらは安全ってこと？」

「ひとまずはな。だが、まずはこの町を攻略する必要がある。これからは忙しくなるぞ、黒木《くろき》田《だ》。【運命拒絶《セーブ&リセット》】のサポートを頼む」

「分かってるよ。……シトは、全然休まないんだね」

背に負われながら、シトの小さな肩に頭を預ける。

ここが異世界であるとはいえ、レイに会うために幼い身で長旅を続け、雷や隕石を受けて、それでも弱音一つ吐かない。

それとも……弱音を吐けないのだろうか。鬼束《おにづか》テンマに敗北したあの時もそうだった。敗北に涙すら見せていなかった。

黒木田《くろきだ》レイは純岡《すみおか》シトの過去を何も知らない。

彼がレイの過去を知らないように。

「……やっぱり、ずるいなあ。シトは強いよ」

「何がだ」

「ぼくは、また雷を落とされるんじゃないかって……安全だって分かっていて、そんなことも不安なのに。シトは、全然平気なんだね」

「……。そうかもしれないが、あくまでそれは、勝てるという確信があるからだ」

異世界では、二人ともが子供だ。背負われるレイも、背負うシトも小さい。幼いシトは、少女めいてすらいる。今はそうした姿が幸いだと、レイは思っている。あるいはこの会話を交わしているのが、自分達の世界でなくてよかったとも。

「自分の転生《ドライブ》に自信があるなら……誰から何をされようが、怖くはない」

「ぼくは？」

生まれてから一度も負けを知らなかった異世界転生《エグゾドライブ》の天才は、この一年で二度も敗北した。

一度はゲームコーナーで偶然に出会った、一人の少年に。もう一度は、その少年との再戦を果たすべく出場した全日本大会予選トーナメントの第二回戦で。

「――ぼくが怖いのは、自分の転生《ドライブ》に自信を持てないから？」

「……」

「なーんて……ふふふ。冗談さ」

「俺は……少なくとも。貴様を怖がらせた奴らを許しはしない。必ず制裁を加える……」

「あ」

「あっ」

今度はシト自身も、口に出した後になって気付いたようであった。

「君……君を、の間違いだ……」

◆

「なーんかさぁ……」

民に作らせたボードゲームを弄りつつ、金髪の男、ニャルゾウィグジイィはふと呟いた。

彼らは経過時間を気にしてはいなかったものの、転生《ドライブ》開始から既に十五年の歳月が経過して

いる。時折、黒木田《くろきだ》レイの【運命拒絶《セーブ&リセット》】が発動するため、ヨグォノメースクュアはしばしばその腹いせとして、どこか遠くの人里に隕石を落とした。

「……人、少なくなってない？」

「ウン。病気で結構死んでるのかな。もうこの国ダメかも」

興味なさげに答えた少女の側も、この国の状況を把握しているわけではない。完全に放置状態にしているためだ。

「まあ労働力が足りないなら【異界軍勢《CODE0832》】で作っちゃえばいいんだけど、それじゃあ面白くないからなあ。あいつら、喋《しゃべ》んないし」

「次の国行こうよ」

「そうしよっかー。結局テレビゲームまで行かなかったなあ。転生者《ドライバー》の連中、もっと本気で文明育成してくれりゃいいのに。何ダラダラしてんのかなあ」

実際の所、彼らが拠点とする帝国は【異界財力《CODE1020》】の無限の富で辛うじて延命している状態に過ぎない。いかに元が世界最大の強国であっても、ニャルゾウィグジイィが常に最高権力に居座っている以上は、むしろ当然の末路といえた。

とはいえ、国民が減少の一途を辿っていることには、他にも理由が存在する――

「歩くの面倒だなあ」

「ウン」

「この国、どうする？　大雨でも降らせて洪水でやっちゃおうか」

「洪水は時間かかるからイヤ。雷のほうが燃えて面白いし、そっちにする」

そんな何気ない会話で、帝国の終焉《しゅうえん》は決定した。

◆

災厄は、次なる地を求めて国土を発《た》った。

小高い丘に辿り着くと、自分達を無益な労力で養い続けた国家を見下ろす。

ヨグォノメースクュアは、ドライブリンカーのＣ《チート》メモリを起動する。【異界災厄《CODE5133》】。

「やっぱり雷が一番だよ」

「まあいいや。なんでもいいよ！　早くやろう。次行こう次」

空がけたたましく鳴った。

太陽以上に明るい数百の落雷が、城を、民家を、国家全てを焼き尽くしていく。

彼らの悪意に意味など存在しない。世界救済を目指す転生者《ドライバー》を愚弄し、楽しむためだけにそうしているのだ。ニャルゾウィグジイィは嘲笑した。

「はははははは！　ばいばーい！」

「……」

「ははは……あれ」

二人は同時に違和感に気付いた。【異界肉体《CODE0010》】の視力は、国土が焼け、人の逃げ惑う様を鮮明に捉えていたが――

「えっ、逃げ回ってる……人間、焼け残ってるけど!?　なんでだよ！」

事態に動揺しているのはニャルゾウィグジイィだけではない。ヨグォノメースクュアも、端正な無表情を崩して歯軋《はぎし》りした。

「なんなの……！」

【異界災厄《CODE5133》】が……彼女の必殺のCメモリ《チート》が、この転生《ドライブ》では何故か機能していない。

彼らが虐げてきた国民が……遥か格下の矮小《わいしょう》な存在が、【異界災厄《CODE5133》】の嵐の中で生き残っている。建物も土地も焼けた。そうだというのに、焼死体はどこにあるのか。

……まさか国民全員がこの天災を回避したとでもいうのか？

「なんで……！　なんで、なんで殺せないの！」

ヨグォノメースクュアは、隕石を、落雷を、豪雨を続けざまに放った。

民は苦しみ、怯えた声を発するが、その全員が死なない。

「何が起こってるんだ……これ……」

「なんで……！」

◆

「国。ああ、昔はこの辺りに国がありましたなあ」

「はあ？　嘘ついちゃ駄目だよ。グレテア公国っていえば、この世界で二番目に大きい国だって聞いてたんだけど。何のために長旅してきたと思ってるんだ」

「そう言われましても、つい一年前ですか。政府がそのように決めたもので、今は皆思い思いに暮らしてますなあ」

そう語る老人の家の庭では、魔法機関を使った農業機械が自動的に畑を耕している。陽光変換炉の蓄熱で沸いた湯で、老人は来客用の茶を入れた。

それはまさしく黒木田《くろきだ》レイの【産業革命《インダストリアルR》】による、異常な進度での技術発展を示している。

「公共福祉というんでしたかな……そういう制度がなくても、皆暮らせるという世界になったもので。ほれ、わしのような老人でも何不自由なく自給自足できるんです。はっはっは。我らが父……シト様には、感謝してもしきれませんよ」

「シト……！」

ニャルゾウィグジイィは、その名を思い出した。試合前に聞かされた、対戦相手の名を。

純岡《すみおか》シト。彼がこの状況を仕組んだのだ。

「そういうことか！　そういうことか！　クソッ！」

「どうしたの、ニャルゾウィグジイィ」

「国がなくなったら権力者になれないいんだよ！　あれだ、あのＣ《チート》メモリ……なんだっけ、【政治革命《ポリティカルR》】！　あれは政権を奪うためのＣ《チート》スキルじゃなかった……この世界から、政権そのものをなくすために使いやがった！　国なしで生きられるように、科学技術まで開発してやがる！」

「へえ。よくそんなに考えられるね。私、全然興味なかった」

「なんなんだ……!?　僕らへの嫌がらせなのか!?　転生者《ドライバー》の分際で！」

怒り狂う金髪の男を不思議そうに眺めながらも、老人は暢気《のんき》に欠伸《あくび》をした。

「まあ落ち着きなさい。ここで暮らしたいんなら、無人工場で新しい機械をギエーッ!?」

言葉を遮り、ニャルゾウィグジイィの拳が老人を殴った。【異界肉体《CODE0010》】の威力だ。

小柄な老人は小屋の木の壁を貫通し、庭の地面を二度跳ねて倒れた。そして怯えた。

「ひ……ひい、化物！」

「……!?」

「は、はあ……胸に入れてた娘のお守りが……ひい、これがなかったら……死んでたわい……！　ひい、ひい」

老人は転がりながら駆け、小川を渡って逃げ去っている。

——不死身。その言葉がニャルゾウィグジイィの脳裏に過ぎる。

彼らが滅ぼした帝国の人間達と同じようなことが起こっている。【産業革命《インダストリアルR》】で不死の技術でも実用化したというのか。そんな技術が生まれるとしても、そんな代物を世界の全員に配給することなど可能なのか。

「な、なんだよこの世界は……。あいつ……あいつら、何をしているんだ!?」

彼らが敗北することなどあり得ないはずだった。

純岡《すみおか》シトが世界を救おうが救うまいが安穏と暮らし、全てが終わった後で、彼らが異世界で費やした無益な労力と時間を嘲笑《あざわら》うことができた。

だが、不可解によって転生者《ドライバー》を蹂躙してきた侵略者は、それを悟りつつある。

今や、彼ら自身が——一度として味わったことのない、不可解の脅威に呑《の》まれていることを。

10.

【経済革命】

世界救済を目前にして、シトとレイはその地に辿りついた。転生開始《ドライブ》から数えて二十三年の月日が経過している。

全国クラスの転生者《ドライバー》二人の協力救済である。レイが開発したワクチン技術をさらに推し進め、飲料水レベルの希釈度で効果を発揮する薬効物質を発見し、各地で疫病を治療し、かつ予防を推し進めた。大まかな準備は十四年目の時点でほぼ完了しており、後はじっくりと時間をかけながら、疫病への耐性を獲得した世界から疫病が根絶されるのを待てばよかった。

そして純岡《すみおか》シトが今向かっている先は、敵の転生者《ドライバー》二人の居場所だ。

簒奪《さんだつ》すべき王権もなく、暴力すらも無為と思い知らされ、無力なまま――彼らが他の転生者《ドライバー》にしてきた仕打ちと同じように、彷徨い続けていた敵。

「金が使えない」

シトの顔を見るなり、金髪の男……ニャルゾウィグジイィは呆然と言った。既存の政治体制の解体に伴い、貨幣経済もとうに廃止されている。

彼らの拠点は、人里離れたごく平凡な民家だった。

「【異界財力《CODE1020》】の話は聞いていた。当然、対策もしている」

レイがシークレットスロットを開く。それは、敵が予測していたような【不朽不滅《エバーグリーン》】ではない。……【経済革命《エコノミカルR》】。

「――特殊なC《チート》メモリを使おうとも、貴様らは決して絶対者ではない。貴様らがやってきた程度のことは、俺にもできる。敵のあらゆる行動を封じ、屈辱を与える程度ならばな」

【政治革命《ポリティカルR》】【産業革命《インダストリアルR》】【経済革命《エコノミカルR》】――同系統三種のC《チート》メモリの組み合わせは、通称3Rコンボと呼ばれる。C《チート》スキルの相互作用によって、異世界の社会構造をいかようにも変革し得る、異世界転生《エグゾドライブ》においては古典的とも言えるコンボであった。

その効果は転生《ドライブ》本来の目的である薬品の開発にも大いに役立っているが、主な目的は、敵の取り得た妨害と干渉の手段を封じるためだ。

「お前」

シトの戦略の意図にようやく気付き、ニャルゾウィグジイィの顔が憎悪に歪んだ。

「ど、どっちにしろ……僕達のC《チート》メモリのことを知ってたからできたんだろ！　それで封じただって!?　笑わせるな！　卑怯《ひきょう》だぞ！」

「ああ、そうだ。貴様らを封殺する程度は当然のことだったな。だが、俺達は世界を救済することもできる。既に勝負はついているが、存分にＩＰを獲得しなければな」

「……な、なんなんだよぉ……！　お前ら！　クソッ、気持ち悪いよ、この世界！」

ずっと沈黙を保っていたヨグォノメースクュアも、髪をかき乱した。

「なんで……皆、死なないの……ど、どこを焼いても、人間が生き残ってくる！【異界災厄《CODE5133》】は無敵なのに！」

異常なCメモリ《チート》の中でも、シトがもっとも警戒すべき妨害手段は【異界災厄《CODE5133》】であった。

敵の気まぐれで、救ったはずの人々が容易に殺されるであろうということ。

「……残念ながら、たとえ全能の神の力を受けようと、天災が町を焼き払おうと、何人だろうと。誰一人脱落しないようにしている。全員に治療手段が行き渡るまで、貴様のCスキル《チート》に何人が殺されるか分からなかったからな。そうさせてもらった」

「そ、そうだ……女の子のシークレットが死なないCメモリ《チート》じゃないなら……そもそもどうやって【異界災厄《CODE5133》】を生き残った……！　な、何を……何をした！　純岡《すみおか》シト！」

「結婚だ」

「は……？」

純岡《すみおか》シトは、自身のシークレットスロットを開放した。

傍らの黒木田《くろきだ》レイは、はにかむように笑った。

「そ。ぼくはシトと結婚したんだ」

「「はあああああああああ!?」」

◆

純岡《すみおか》シト　IP1,585,124,001　冒険者ランクS

オープンスロット：【超絶交渉《ハイパーコミュ》】【政治革命《ポリティカルR》】【不朽不滅《エバーグリーン》】

シークレットスロット：【酒池肉林《ハーレムマスター》】

保有スキル：〈政治交渉SS＋〉〈大衆演説S＋〉〈書類手続SSS〉〈超早馬SS〉〈危険回避A＋〉〈万人好感S＋〉〈包容力S〉〈指導者SSS＋〉〈不死B〉〈医神の手B〉〈魔導：赤A〉〈魔導：緑A〉〈魔導：青B〉〈カリスマA〉〈完全言語SS－〉〈完全鑑定S〉〈服飾の王SS〉他31種

黒木田《くろきだ》レイ　IP934,671,200　冒険者ランクS

オープンスロット：【超絶知識《ハイパーナレッジ》】【産業革命《インダストリアルR》】【運命拒絶《セーブ&リセット》】

シークレットスロット：【経済革命《エコノミカルR》】

保有スキル：〈薬学SSS＋〉〈機械工学SSS＋〉〈経済学SSS＋〉〈教育学SS＋〉〈医神

の手S〉〈万能解読S〉〈礼儀作法A〉〈魔導：青A〉〈魔導：緑A〉〈政治特権A〉〈完全言語S〉〈完全鑑定S〉〈麗しの偶像A＋〉他25種

ニャルゾウィグジイィ　IP－24,313,351

オープンスロット：【異界肉体《CODE0010》】【異界王権《CODE0032》】【異界軍勢《CODE0832》】
シークレットスロット：【異界鑑賞《CODE0003》】
保有スキル：〈格闘N/A〉〈話術N/A〉〈魔導：赤N/A〉〈交易言語N/A〉

ヨグォノメースクュア　IP－601,557,737

オープンスロット：【異界肉体《CODE0010》】【異界災厄《CODE5133》】【異界財力《CODE1020》】
シークレットスロット：【異界鑑賞《CODE0003》】
保有スキル：〈格闘N/A〉〈俊足N/A〉〈商才N/A〉〈魔導：黄N/A〉〈交易言語N/A〉

◆

そのＣ《チート》メモリが、【不朽不滅《エバーグリーン》】を持たぬ黒木田《くろきだ》レイの命を救った。

全日本大会予選トーナメント準決勝では聖神ルマの攻撃すら耐え切ったＣ《チート》メモリである。

「――【酒池肉林《ハーレムマスター》】」

これこそが協力救済でのみ可能な、相互の不死身を保証する裏技。

そのＣ《チート》スキルを以《もっ》てすれば……ヒロインは増える一方で、決して脱落しない。関係を破壊する不和を起こさない。バッドエンドには至らず、その状態を望む限りに現状維持することができる。

それらは無論、ハーレム維持の副次的な効果にすぎない。【酒池肉林《ハーレムマスター》】は不死身を主としたＣ《チート》スキルではない。それでもスキルの効果としてある以上、その記述は絶対なのだ。

それは【無敵軍団《ネームドフォース》】とは異なり、大量のヒロインを保有し続けることだけに特化している。

故に対象の人数制限や、生存能力の限界もない。

そして、シトがオープンスロットに有する【超絶交渉《ハイパーコミュ》】による国家レベルの話術と、ＩＰ効率を度外視した黒木田《くろきだ》レイの【運命拒絶《セーブ&リセット》】。さらには敵が無為に消費した数年の時があるのなら、そのように途方もない芸当すらも。

「つまり、お前……そんな……攻撃される国の全員を攻略して回っていたのか!?　そんな無駄なこと、た、たかが、異世界の連中を守るために……!」

「【政治革命《ポリティカルR》】で家族制度を効率化した。書面上でも、既に他の誰かと結婚済みでも、同性でも、年が七十歳離れていても、俺と家族関係を結ぶことができる。見知らぬ土地の連中も含めれば、何人が『ヒロイン』になっているか俺自身にも把握できん。幸い……ごく稀《まれ》に取りこぼした犠牲も、黒木田《くろきだ》の【運命拒絶《セーブ&リセット》】で巻き戻せたからな」

我らが父。小屋の老人はそのように言っていた。それが、まさかそのままの意味だったと、誰が想像できただろう。

ニャルゾウィグジイィらが独裁を敷いていた帝国すらも、あの時点で既にそうだったのだ。純岡《すみおか》シトの――政府すら持たぬ『家族』の手が伸び、民を国家から引き抜き、さらには国に残った大半の者も、既に【酒池肉林《ハーレムマスター》】の影響下にあった!

「そして、勘違いするな。俺は剣《つるぎ》とは違う。貴様らと同じように、異世界の連中に思い入れもない。連中を助けた理由は……」

初めから、このように勝つと決めていた。

「単に、貴様らが気に食わなかったからだ」

市内中央デパート5階ゲームコーナー、2vs2タッグバトル。

世界脅威レギュレーション『疫病蔓延Ｂ－』。

攻略タイムは、23年2ヶ月1日13時間14分2秒。

◆

「……僕らを責める資格が君にあるか？」

現実に帰還した後で、金髪の男は憎々しげに吐き捨てた。

「君のやってることは、僕らと同じだろう。世界をめちゃくちゃにしたのは同じだ」

「その通りだ。転生者《ドライバー》の介入は、世界の脅威を排除するための荒療治に過ぎん」

正しい形での世界救済など、誰にも、ドライブリンカーにも判断などできない。

彼ら転生者《ドライバー》も、ただ勝負のためにひたすら高速に世界を救い続けているのみであり、決して正義や理念で異世界の民を救っているわけではない。

その速度を競う娯楽にしなければ救済が追いつかないほどに、到底救いきれぬ数の世界が、今この瞬間ですら滅びつつあるのだから。

「それでも……命も救《すく》えぬ荒療治は、単なる暴力と成り果てる。それが俺達転生者《ドライバー》の共有する、最低限のルールだ」

「独善だね……！　反吐《へど》の出る正当化だ。僕らはお前らと違って正義ぶったりしない。どのみち世界をブチ壊すのが異世界転生《エグゾドライブ》なら、自覚している僕らのほうがまだ上等だ……」

「……貴様らは」

金属じみたメモリケース。尋常の転生者《ドライバー》とは異なる価値観。

シトは再び、その質問を投げた。

「貴様らはそもそも何者だ？　そのC《チート》メモリは、どこで手に入れた」

「誰が教えるかよ。行こう、ヨグォノメースクュア。こんなくだらない連中と、関わりたくない」

「……つまんなかった」

金髪の男と、ゴシックロリータの少女。謎めいた二人は結局、何一つ明かすことなく去った。

（……奴らに正体があるとすれば、仮定はできる。だが本当に、そのようなことがこの世に起こり得るのか？　あるいはアンチクトンと繋がりがある……と、考えたくはないが）

純岡《すみおか》シトがその答えを知ることになるのは、今はまだ先の話である。

「お疲れ様。かっこよかったよ、シト」

「……奴らへのイニシアチブを取るために、適当なことをほざいただけだ。異世界転生《エグゾドライブ》自体はただの競技で、立派なものでも卑下すべきものでもない。結局は、何もかも転生者《ドライバー》次第だ」

「ふふ。じゃあ、その適当なことはどこから出てきたんだろう。もしかして、剣《つるぎ》くんの熱血が

伝染したかな？」

「………それは……。果てしなく嫌だな」

シトは苦々しく呟いた。

レイは楽しそうに笑った。

時計の針は夕刻に差しかかっていて、二人で特訓をする時間は残されていない。

それを見て、レイは肩をすくめた。

「まあ、来週また来ればいいさ」

「すまない。俺が意地を張らなければ、服を買いにいけたな」

エスカレーターに向かう途中で、シトは口を開く。

「俺達の知らないC《チート》メモリが出回りつつある」

「そうだね。あれはD《ダーク》メモリとも、全然違ってた。ああいうやつらは、あの二人だけなのかな」

「分からないが……俺達は異世界転生《エグゾドライブ》について、もっと知る必要があるのだろうな」

ドライブリンカーとは、果たしてどのような技術であるのか。彼らの用いた不正規《イレギュラー》メモリの正体は何か。それを知る者と会わなければならないと考えている。

「いずれ、大葉《おおば》研究所に向かおうと思う」

「……大葉《おおば》くんのお父さんの研究所だね」

「ああ」

転生者《ドライバー》として数限りない世界救済の実績があろうが、純岡《すみおか》シトは中学生である。彼が現実的に接触を果たせる異世界転生技術《エグゾドライブ》の関係者など、大葉《おおば》ルドウの他にはいない。

「見て。あのオブジェ、夕方になるとイルミネーションが光るんだ」

「……知らなかった」

二人は、一階の服売り場の横を通りぬけていく。

空色のスカートやボーダー柄のチュニックを見るたびに、レイはもしかしたらこれを着て見せてくれるつもりだっただろうか、という考えがシトの頭に過ぎった。

この日の内に、様々なことが起こった。そのような想像よりも、優先して考えるべき事柄があるはずなのだ。

けれどレイは、どう思っているのだろう。

「——ね、シト」

帰路のショッピングモールで、レイはふと尋ねる。

アーチから差し込む夕暮れの光が、彼女の輪郭を赤く映した。

「力を持ってるなら、目指す敵がいるなら、それと戦わなきゃ駄目だと思う？　あいつらみたいに……何もせずに他の転生者《ドライバー》を見ているだけじゃ、本物の転生者《ドライバー》とはいえないかな」

「俺は戦い、奴らは戦わない。それぞれの連中が転生《ドライブ》スタイルを持つのは当たり前だ。異世界で気ままに暮らしてもいいいし、スローライフを送ってもいい。競技の世界以外では、そういう

楽しみをする転生者《ドライバー》だっていくらでもいる。……俺が気に食わなかったのは、奴らが他の連中の転生《ドライブ》スタイルを愚弄して、台無しにしたことだ」

「そっか……。それなら、よかった」

薄闇の中で風が吹いて、細く結んだ黒髪を揺らした。

横を歩きながら、レイが言う。

「ぼくはもう、大会出場は引退するよ」

「……それは……」

シトは言葉に詰まった。

軽い世間話のような調子だったが、黒木田《くろきだ》レイがそれを口にすることの重みは分かっていた。

「……理由を……聞いても、いいだろうか」

「まあね。せっかく予選トーナメントでシトに当たれたのに、負けちゃったし。本当はぼく、中学最強とかはどうでもいいんだ。ぼく天才だからさ。気楽にやって、なんとなく勝てれば楽しいかなーって思ってた」

レイはシトの二歩先を歩いた。表情を隠したがっているようにも見えた。

腰の後ろに手を組んだまま、言葉を続けている。

「だからここまで異世界転生《エグゾドライブ》に本気になったのは、きみに勝つためなんだ。……負けたくないって、初めて思えた」

「それは……じゃあ、尚更戦えばいい。俺は、そうしたい」

「ふふふふ。ありがとう。嬉しいな。でも、今日……一緒に戦って、あらためて思ったよ。あんなにスケールの大きい戦略、ぼくには絶対思いつけない。転生者《ドライバー》としての実力も、情熱も……やっぱりシトにはかなわないなあって！　ふふふふふ！　さすが、天才美少女中学生転生者《ドライバー》を、二回も負かした男だよ！」

「……」

シトは俯《うつむ》いた。レイは強い。こんな野試合で負けを認めてほしくないと思う。けれどそのように望むのは……転生者《ドライバー》としてのシトの、エゴの押し付けに過ぎないだろうか。

「でも……く、黒木田《くろきだ》！　また、特訓に付き合って欲しい！　来週でも……いや、何度でも！　俺は、お前のことをすごいと思っている！　お前の強さを信じていなければ、今日の戦いだって勝てはしなかっただろう！」

「うん。もちろん。当たり前じゃないか。なんだってしてあげる」

黒木田《くろきだ》レイは振り返って、小悪魔めいて笑ってみせた。

「ぼくはきみの妻なんだからね」

「それ……それは異世界の、話だ……」

「ふふ。忙しすぎて、夫婦らしいことは何もできなかったな」

口ごもるシトを見て、閉じた唇の両端を吊り上げるように微笑む。

いつもそうしているような、真意を悟らせない笑みだ。

秘めていた思いを吐き出して、いつも通りの、余裕のある黒木田《くろきだ》レイであるように見えた。

「──じゃ、また来週。きっと遊ぼうね」

「ああ。約束する」

そうして少女は、夕陽《ゆうひ》の雑踏に消えた。

……その日が訪れることはなかった。

次の週も、その次の週も、黒木田《くろきだ》レイが純岡《すみおか》シトに会いに来ることは、決して。

◆

「もしかして、ずっと後ろにいた？」

ショッピングモールを抜けて、人気のない裏路地へ。

蛍光灯の切れ掛かった電灯の下で足を止めて、レイは追跡者を待った。

「──まァ、先程から。ようやく、話をしてくれる気になりましたかねェ」

夕闇の中より現れる影があった──虚ろな目。喪服じみた学生服。

鬼束《おにづか》テンマの付添人であったこの少年は、名を銅《あかがね》ルキという。

「別に制裁だとか、粛清だとかいう物騒なお話ではありません。ご安心を」

「じゃあ何かな？　きみたちが……今さら、ぼくに用があるとでも？」

「勧誘です。レイさん。アンチクトンに戻っていただきたい」

「……」

この十年でも稀な、中学異世界転生界《エグゾドライブ》の激動の年であった。

剣《つるぎ》タツヤ。純岡《すみおか》シト。鬼束《おにづか》テンマ。今や関東有数の強豪としてその名を知られたダークホース達が、同じ年に頭角を現している。そして彼らの到来の先触れであるかのように現れた、最初の天才転生者《ドライバー》がいた……それが黒木田《くろきだ》レイ。

彼女について、それ以前の経歴を知る者はいない。

「もちろん、自由意志は尊重します。我々の活動に戻られるかどうかはあなた次第ですがァ……ドクターは心配してますよ？　あなたのような優秀な転生者《ドライバー》を失うのは惜しいでしょうからねェ」

「ふふ。ドクターなんてどうでもいいし、今更君達の理念に従えないことだって変わらない。……世界を滅ぼしてまで勝つなんて、ぼくはまっぴらごめんさ」

「テンマさんは純岡《すみおか》シトに勝ちましたよ」

「……」

レイの表情が止まった。

ルキは、生気のない声で淡々と告げていく。

「レイさんが出場するための、全日本大会の枠も用意してあります。こう思ったことはありませんか？　『もしも自分にDメモリ《ダーク》があったなら――』」

「やめろ！」

「ならばやめます。けれど覚えておいていただきたいですねェ。アンチクトンは約束を違えません。何も奪わない。あなたに対して、ただ与えるのみです」

「ぼく……ぼくは、本当は、シトと……」

締め付けられる胸を押さえて、レイはその後に続けようとした言葉を呑んだ。

もしも裏切りであろうと。それが転生者《ドライバー》としての矜持《きょうじ》に反するものであっても。

本当は、そう思っていた。諦めたくなどなかった。

――戦いたい。

彼女が初めてその感情を抱いた、尊敬すべき転生者《ドライバー》に……異世界転生《エグゾドライブ》で勝ちたい。

「よいお返事を期待しております」

「…………」

気怠《けだる》げな一礼とともに、不吉な少年は姿を消す。

黒木田《くろきだ》レイは、蛍光灯のちらつく光の下で、ただ一人俯いたままでいた。

やがてその光も消える。

中央デパート五階ゲームコーナータッグプレイ

純岡シト&黒木田レイvs
ニャルゾウィグジイィ&ヨグォノメースクュア

世界脅威レギュレーションは『疫病蔓延B-』。疫病蔓延レギュレーションは攻略が比較的容易な世界脅威であり、治療薬の開発と配給を速やかに行い、一人でも多くの感染者を救えば勝利となる。基本的に対戦相手と目的が競合せず、対戦相手への妨害行為が多くの場合IP下落に繋がることから、公式大会レベルでは使用されないレギュレーションの一つでもある。

しかし野試合として行われたこの対戦は、２vs２のタッグプレイでありながら片方のチーム（以下、チーム純岡）のみが世界救済を目指し、片方のチーム（以下、チームヨグ）がその妨害に徹していた点で、野試合ならではの特殊なレギュレーションと化した試合であったと言えよう。

チームヨグの使用Cメモリは、無敵の転生体を獲得する【異界肉体《CODE0010》】、コミュニティの最高権力を回数制限なしに強奪する【異界王権《CODE0032》】、世界を覆い尽くせる無限の軍勢を作成する【異界軍勢《CODE0832》】、回数制限なしに大災害を発生させる【異界災厄《CODE5133》】、通貨を無限に獲得する【異界財力《CODE1020》】、さらに常に上位知覚から転生者のステータス状況を確認できる【異界鑑賞《CODE0003》】。どれ一つ取っても極めて強力であると表現せざるを得ない不正規《イレギュラー》メモリであり、事実、チームヨグが真っ当にIP獲得とスキル成長を重ねていたのであれば、いかなる戦術をもってしてもこのレギュレーションでの世界救済は不可能であっただろう。

この試合においてチーム純岡は、妨害チームの直接攻撃《ダイレクトアタック》に備え、あらゆる死亡や拘束、脱落を回避する【不朽不滅《エバーグリーン》】の使用者が、やはり召使《オプション》の離反や脱落を防止する【酒池肉林《ハーレムマスター》】を使用する、多人数プレイ特有の不滅コンボを使用。【超絶知識《ハイパーナレッジ》】【産業革命《インダストリアルR》】で治療薬開発を急ピッチで進め、かつ国家レベルへの働きかけをあらゆる交渉を自動的に成功させる【超絶交渉《ハイパーコミュ》】を基軸に、【政治革命《ポリティカルR》】【経済革命《エコノミカルR》】【産業革命《インダストリアルR》】のR系三種を同時投入した大型コンボで世界を変革。【運命拒絶《セーブ&リセット》】の使用による徹底した異世界人の犠牲回避や、三種のR系メモリ全てを使用しての全人類への【酒池肉林《ハーレムマスター》】の適用はさすがに過剰な転生スタイルのようにも思えるが、こうした競技レベルを逸脱したプレイングが見られるのも、自由に異世界転生ができる野試合だからこそと言えるのかもしれない。

繰り返すが、疫病蔓延レギュレーション、しかもランクB-ともなれば、本来その救済難易度は非常に低い。B-ランクの疫病蔓延世界は疫病の概念も比較的こちらの世界に近く、感染者が凶悪なモンスターと化して襲いかかってくるようなことはないし、治療薬の原料が異次元にしか存在しない物質であったり、疫病が言語や概念に感染することもない。タッグプレイでの世界救済であれば、攻略タイムを十年程度の短期間に見積もっても良い世界脅威レギュレーションであろう。しかしこのレギュレーション設定でなお全人類を対戦相手チームの妨害に巻き込むことなく救済完了することに拘ったチーム純岡は、二十三年もの長期間でこの世界の攻略を完了している。

それだけの時間を与えてしまったチームヨグの敗因は明確であり、異世界転生に真剣に取り組むことのない者は、どのようなCメモリを用いても勝てはしないという、ごく普遍的な精神論である。Cメモリは一見無敵の力に見えるが、転生者はその力を振り回すだけで試合に勝てるわけではない。この世界においては、小学生の転生者でも知っている常識である。

11.

【不正改竄】

「黒木田《くろきだ》ァ？　知るわけねーだろ」

三週間後。大葉《おおば》ルドウはシトの質問を、心底興味なさそうに一蹴した。彼の格好は常の如く、ダークグリーンのジャケットに、櫛《くし》の通っていないボサボサ頭である。

シトは朝八時の電車で最寄り駅を発って、この駅前公園を訪れていた。

「ってか、何で今回も剣《つるぎ》と星原《ほしはら》がいやがるんだよ」

「ははは！　いいじゃねーか！　まんじゅう分けてやるからよ！　食うだろ？」

「いるわけねェーだろ！　おい星原《ほしはら》！　テメーは完全に無関係だろうが！」

「え、でも、アタシがいないとタツヤとルドウが喧嘩《けんか》するかもだし……」

「保護者気取りか！　まず剣《つるぎ》を止めろよふざけやがって！」

苛立《いらだ》ちながらまんじゅうを噛み千切っているルドウをよそに、シトは溜息《ためいき》をついた。彼を知る者にとっては、目を疑う弱々しさである。

「……そうか。元より期待はしていなかったが、やはり大葉《おおば》のところにも来ていないか……」

「あァ？　なんだよ。大体、黒木田《くろきだ》がどこをほっつき歩こうがテメーの知ったことじゃねーだろ。Ｃメモリ《チート》でも貸してんのか？」

「そうではない。そうではないが……日曜に会う約束をしていた。三週間前の話だ」

「はあああああ!?」

「シト……シトが!?」

ルドウとタツヤは同時に叫んだ。

異世界転生《エグゾドライブ》以外のあらゆる物事に心を動かさず、ただ冷徹な計算と戦略によって勝ち続けてきた、あの純岡《すみおか》シトが。

「そ、それ……それって！」

サキはシトの前に屈《かが》んで、大真面目にマイクを向ける仕草をする。

「つまり、お二人は……デートの約束をしていたんでしょーか？」

「うむ」

「ゲエーッ!?」

「マ、マ、マジかよ!?　ギャハハハハハハハハ！」

タツヤは驚愕し、一方でルドウは地面をジタバタと笑い転げた。

休日の駅前公園を行き交う人々が、騒がしい中学生の一団を訝しげに見た。

存在しないマイクを向けたまま、サキは質問を続ける。

「そっかー。デートをすっぽかされちゃったか。連絡先は？　住所とか知ってる？」

「住所は知らない。XLINEの既読もつかん……だから心配している。もしかしたら愛想をつかされただけかもしれないが……」

「ギャハハハハハ！　絶対《ぜって》ェーそうだよ！　でもすげえ！　純岡《すみおか》！　俺、お前のことちょっとだけ好きになったかもしれねェ！　お前、おま、クールぶってたくせして意外と面食いなんだな！　すッげェー面白えよ！」

「ど、どうなんだよシト……!?　お前は、く、黒木田《くろきだ》のことは好きなのか!?」

「好き……かもしれん……！」

「ギャッハハハハハハハ！」

朝の駅前に響き渡る馬鹿笑いに、通行人の不審の目はさらに強まる。星原《ほしはら》サキは地面を転がるルドウに蹴りを入れて黙らせ、通行人にお辞儀を返した。

サキは自らの額を押さえて、うんざりしたように溜息をつく。

「場所。移そっか」

「ハハハハハハ！　ヒャーハハハハハ！」

「そうだな！　黒木田《くろきだ》の話も今日の用事も、どっちにしろ異世界転生絡《エグゾドライブ》みだ……！　俺も研究所まで行くのは初めてだぜッ！」

「ここからは遠いのか？」

「ハハ、ハハハ……いや、ハハ、そんなに遠くはねェよ。歩きだ歩き」

まだ痙攣《けいれん》を続ける腹筋に苦しみつつ、ルドウは髪とジャケットについた地面の砂を払う。

そもそも彼ら四人がこの駅前に集まったのは、大葉研究所へと向かうためだ――ドライブリンカー開発スタッフの一人、大葉《おおば》コウキ。彼の遺した研究施設は、今も取り壊されずにこの郊外に残っている。

「ただ、街中とはいっても林の中抜けなきゃなんねェからな。トイレとかはコンビニ辺りで済ませておけ。弁当は持ってんのか？」

「ああ！　サキが作ってくれたぜ！」

「余計なことはいいから！」

「俺はコンビニ弁当で構わん。途中で買っていく」

四人の中学生は線路沿いの道を進み、やがて坂を長く下った先の、木々の深い一角に入る。

「家とか全然ないね」

「夜になるとすげえ暗そうだなあ！」

この林も都市部特有の管理された緑化の一環であろうが、日差しを遮る薄暗い木陰のせいで、まるでその一帯だけが人の目から見放されているかのように感じてしまう。

「……こっからが私有地だ」

特に目印もない、木々が広がるだけの林を通る途中、ルドウは誰に言うでもなく、ぼそりと

呟いている。どのように判断しているのかはシトにも分からなかった。

ルドウはざくざくと枯葉を踏みしめながら、迷いなく林を進む。

やがて、支柱の片方の基礎が斜めに沈み込んだ、錆《さ》びた鉄門が見えてくる。

門の横に、くすんだ金文字のプレートがある——大葉研究所。

「さァて。ようこそ皆様、この俺様の研究所へ」

蔦《つた》に覆われた廃屋敷を背にして、ルドウは鋭利な歯で笑った。

大葉《おおば》ルドウ。幼少時より異世界転生《エグゾドライブ》とその技術に慣れ親しみ、やがて父が遺した理論の一部すらも身につけた、悪童にして秀才である。

「随分古い建物だ。維持管理はしているのか」

「さァな。ババアが業者に頼んでるかもだが、俺の知ったことじゃねェ。どっちにしろ俺の家の所有物なんだから、誰も文句は言いやしねェよ」

四人の影が、罅割《ひびわ》れた施設の中へと足を踏み入れる。

湿りきった静寂に、スニーカーの足音はよく響いた。

ルドウは片手をポケットに突っ込んだまま歩き、無造作に壁のスイッチを入れる。廊下の電灯がついた。シトは小さく驚嘆する。

「電気が通っているとは思わなかった」

「あァ、これか？　外に発動発電機があるんだよ。今朝動かしてきたんだ。でも備蓄のガソリ

ンも少なくなってきたからなァ〜。ここまで運ぶの面倒なんだよな」

「発電機って。い、意外と凄いねルドウ……慣れてるよね」

「ルドウはすげェ男だぜッ！」

「テメーらに褒められても嬉しくねーんだよ！　地下行くぞ純岡《すみおか》！」

階段を下りた先には、シトの想像通りのものが設置されている——すなわち超世界ディスプレイと、異世界転生筐体《エグゾドライブ》だ。

ゲームセンターでごく普通に見かけるものと然程《さほど》変わらないようにも見える筐体は、しかしスパゲッティめいた配線で鉄製ラックに収まる種々の記録装置に繋がれており、かつての大葉《おおば》博士の研究内容の一端を窺わせるものではある。

「……さて。ようやく本題だ」

奥にあった状態のいい回転椅子に腰掛けて、ルドウは全員を振り返った。

サキは手近な椅子に座ろうとして、雨漏りに湿った座面に悲鳴を上げていた。

「結局、アンチクトンって連中は何者なのか？　奴らの使っている黒いCメモリ《チート》をどうすればいいのか……ってことだよな。純岡《すみおか》」

「ああ。黒のメモリはDメモリ《ダーク》とも呼ばれていたようだ。既に伝えたように、俺と黒木田《くろきだ》は別の不正規《イレギュラー》メモリの使い手にも遭遇している。……奴らは何をしている？　Cメモリ《チート》とは何だ？」

「なるほどな。Dメモリ《ダーク》ねェ……。だが俺の見解を述べるなら、そっちのほうは比較的まと、、も

なメモリって言っていいだろうな」

「まともだと〜ッ!?　おいルドウ！　聞き捨てならねーな！　異世界を滅ぼすようなC《チート》メモリがまともなわけねーだろ！」

「うるせーぞ剣《つるぎ》。逆だ。世界を滅ぼすC《チート》メモリだからこそだ」

手際よく異世界転生筐体《エグゾドライブ》に繋がるPCの起動準備を整えながら、ルドウは喋り続けている。

「ドライブリンカーと同じように、C《チート》メモリもWRAの連中が開発と商品展開を独占してやがるが……そもそも商品として成立しねェようなC《チート》メモリも、開発試作品の中には星の数ほどあったはずだ。発動するC《チート》スキルが弱すぎる、使用者に害を及ぼす、あるいは――」

「人類を滅ぼしてでも勝利できてしまう。D《ダーク》メモリが、その一つというわけか」

「あァ。WRAは異世界の人類を救ってもらいたくて、俺達転生者《ドライバー》をいいように煽《あお》って転生《ドライブ》やらせてんだろ？　使用者にとって強力で安全が保障されたC《チート》メモリだったとしても、異世界の人類を滅ぼす代物を世に出すわけがねェ――WRA以外のどこかが製造しねェ限りはな。つまりD《ダーク》メモリなんてのは俺達のC《チート》メモリと名前が違うだけで、根本的な原理は一緒だ」

いくつかのモニタに光が灯《とも》る。コンプレッサーの起動に時間がかかっていた異世界転生筐体《エグゾドライブ》も、それで全ての準備が整ったようだった。

「ならばデパートの二人組の場合は？」

シトは次なる疑問を重ねた。

「あれは世界救済の原則に反するものでもなく、Ｃ《チート》スキル自体も極めて強力だった。まさしく俺達の反則《チート》を上回る反則《チート》だ」

「そして一番の問題は、ＩＰ計算とまったく連動していない……だろ？」

「ああ。世界救済を行うつもりのない転生者《ドライバー》であっても、異世界でリスクなく、全能のように振舞うことができる。こちらのほうが危険だ」

「でも、そんなＣ《チート》メモリが本当に存在するなんて……タツヤは心当たりある？」

「全然ねえな！　でも、シトが言うんなら、きっとあるんだろ！」

「プッ」

交わされる会話を聞いて、ルドウは噴き出した。

椅子に座ったままで、邪悪な含み笑いを響かせる。

「ククッ、クヒヒヒヒッ……！　いやいやいや、お前ら本当鈍感だな！」

「何がおかしい、大葉《おおば》」

「ったく。ここまで話したなら勘付くかと思ったのに、鈍感野郎ばかりかよ……お前らなァ。ＩＰに連動しない、超強力な、不正規《イレギュラー》のＣ《チート》メモリだぞ。もっと先に思い当たるべきものがあるんじゃねーのか？」

「……？」

「思い当たる……？」

「……ああーッ！」

三人の中で真っ先に答えに思い当たったのは、剣《つるぎ》タツヤであった。ルドウを指差し、飛び上がらんばかりの勢いで叫ぶ。

「ルドウ！　予選トーナメントでルドウが使ってたやつだ！」

「ご名答」

若き研究者は、ゆらりと立ち上がった。鮫めいて鋭利な歯が、笑みで露になる。

異世界転生筐体《エグゾドライブ》へと向かいながら、ルドウはそのCメモリ《チート》を取り出してみせた。

「テメーが探ってるCメモリ《チート》に一番近い代物があるとしたら、多分こいつだ。……ッてことで純岡《すみおか》にはひとつ勉強がてら、こいつの動作確認に付き合ってもらうぜ。俺のほうも、こいつで試したい戦術があるんでな」

「剣《つるぎ》の一回戦で使ったCメモリ《チート》か。確か、名前は――」

通常存在すべき外装を持たない、剝《む》き出《だ》しの電子基盤を持つCメモリ《チート》。

「【不正改竄《ツールアシスト》】」

12. 【達人転生】

「俺は【不正改竄《ツールアシスト》】を使う」

大葉《おおば》ルドウは転生レーンへと乗り込み、余裕を思わせる口調で告げる。

「マジにやるならシークレットに隠して不意打ちでブッ刺すC《チート》スキルだが、俺も不正規《イレギュラー》メモリでそんな真似《まね》するほどアンフェアじゃねェ。純岡《すみおか》、テメーはこいつを前提にデッキを組め」

「ええー!?　でも俺と戦った時はそれシークレットだったじゃねーか!」

「うっせバーカ!　バァーカ!」

しかしタツヤの指摘には、敵意を剥き出しにして吠《ほ》え返《かえ》した。

——【不正改竄《ツールアシスト》】。

全日本大会関東地区予選トーナメントにて、ルドウが満を持して投入した秘密兵器である。

一見して無関係な因果をゲームのバグめいて接続することで、世界を構成する法則の綻びを突き、望む結果を直接的に呼び出すことができる。

ある意味ではデパートの二人組が用いたメモリ以上に万能とすら言える、大葉研究所が生み

出した最強の不正規《イレギュラー》メモリであった。

だが、このC《チート》スキルが引き起こした結果は『既に起こっていること』として現れ、ルドウ自身がそれを成し遂げたという周囲の認識までは伴わない。よって成果に対して得られるべきIPを獲得できず、実働における初対戦の相手であった剣《つるぎ》タツヤに惨敗を喫したという経緯がある。

「貴様の第一回戦での転生《ドライブ》は俺も見ていた。IPを獲得できないことを差し引いても、それが極めて強力なC《チート》メモリであることは間違いない――いわば、今回がその正常稼動版ということか」

「こいつの欠点を埋め合わせるデッキは完成済みだ。俺のデッキの中身が読めるか、純岡《すみおか》？敵の戦略の読みと対策に限れば、俺の知る中学生の中じゃテメーが一番の転生者《ドライバー》だ。もちろん俺を除いてだがな……つまりテメーの読みを正面から叩き潰してこそ、俺の【不正改竄《ツールアシスト》】の最強を証明できるってことになる」

「いいだろう。受けて立ってやる。世界脅威レギュレーションは『単純暴力B』。オープン制だ」

「ヒヒヒ！　いいぜエー」

両者は転生レーンに並び立ち、互いのC《チート》メモリを選択していく。

シトが挑む全日本大会本戦のレギュレーションに合わせたオープン制――両者が三種のC《チート》メモリを選択し、同時にオープンする。しかる後に、互いの公開デッキ構成から判断した一本のシークレットC《チート》メモリを選択する戦略性の高いレギュレーションだ。

「そうそう……大葉研の筐体は普通に出回ってるやつと違って、安全装置やら検知機能やら取っ払ってっからな。うっかりドライブリンカー付け忘れたらそのままリアル轢殺されるぞ。ギャハハハハハ！」

「フン。ありがたい忠告だ」

構築の思考時間は三分。両者は転生《ドライブ》の準備を終えた。掌に握り込んで選んだオープンスロット三種を公開し、宣言する。

「俺は【不正改竄《ツールアシスト》】【絶対探知《フラグサーチ》】、そして【不朽不滅《エバーグリーン》】だ」

「剣《つるぎ》戦の時と、ほぼ同様の構成だな。改善点はシークレットの部分か」

「これくらいならフェアの範疇《はんちゅう》だろ？　テメーの番だ、純岡《すみおか》」

「【達人転生《スタートダッシュ》】【不労所得《パラサイト》】【超絶知識《ハイパーナレッジ》】。俺ならばこの構成で倒す」

「ほー」

公開されたデッキを見て、ルドウは興味深げに息を漏らした。

シトの表情を覗《のぞ》き込《こ》む。いつもの如く、氷めいたポーカーフェイスだ。

「なんだそりゃ。【達人転生《スタートダッシュ》】は分かるにしても、コンセプトが全然読めねェ。【超絶知識《ハイパーナレッジ》】のほうで間違いないんだな？　……」

「長考は無用だ。始めるぞ」

「ケッ！　ついつい、癖なもんでな……！　レディ」

「……レディ」

研究用筐体に自動カウント機能はない。ルドウは無骨な起動ボタンに拳を叩き付け、轢殺ブロックを作動する！

「「エントリー!!」」

瞬間、コンプレッサーに充填された圧縮空気が解放、轢殺ブロックを耳を劈《つんざ》く爆音とともに射出！　研究電子機器に配慮した電磁石不使用の圧縮空気轢殺機構だ！

二人は同時に転生《ドライブ》し……そして！

♯

「ルドウの【絶対探知《フラグサーチ》】は前にタツヤが使ってたやつ。【不労所得《パラサイト》】は、同じ準決勝で純岡《すみおか》クンがシークレットに使ってたやつか」

二人の姿が消えた地下研究室の中で、星原《ほしはら》サキは二人の戦術について自力で考察を進めている。

今日は隣に黒木田《くろきだ》レイも大葉《おおば》ルドウもおらず、残る剣《つるぎ》タツヤはあまり戦術を解説してくれそうにないためだ。

「【超絶知識《ハイパーナレッジ》】は基本のハイパー系……？　名前からして頭が良くなるやつかな」

大葉研究所のステータス表示は商業用のそれとはまた異なるインターフェイスで、使用C《チート》メモリ名の横には何やら様々なパラメータを示す細かな数値やグラフが並んでいるが、無論その意味するところは一介の女子中学生であるサキが理解できるものではない。

「タツヤ。【達人転生《スタートダッシュ》】って？」

「ああ！　前世がなんかの達人だった設定で、最初から凄え強いランクの戦闘スキルを獲得できるんだ。俺もよく使うなー」

「ふーん。外江《とのえ》さんの【弱小技能《ウルトラレア》】を使いやすくしたC《チート》スキルって感じなのかな」

サキは異世界転生《エグゾドライブ》のセオリーを理解してはいないが、確かにルドウの言うとおり、今回のシトは個々のC《チート》スキルのコンセプトが食い違っているように思えなくもない。

長い時間をかけた内政や経営、技術開発であるほど有利な【超絶知識《ハイパーナレッジ》】と、まさしくタツヤが使いそうな類の、戦闘において最強クラスの速攻を実現する【達人転生《スタートダッシュ》】。

（だけど……一目見て分かるくらいにミスマッチってことは、純岡《すみおか》クンの仕掛けがそこにあるってことなんだろうなー）

「ウオーッ！　シト！　ルドウ！　がんばれよ!!」

手でPCモニタを掴んで叫ぶタツヤをよそに、サキは分析を進める。

シトの戦略は不可解だが、ルドウの戦略はそれ以上に謎だ。

（確か……あの時のルドウの負け方って）

全日本大会関東地区予選トーナメント第一回戦。ルドウはタツヤに対し史上最速の決着を宣言し、事実その通りになった。

(――自滅だ。今なら、あの時に何が起こってたのかが分かる気がする。開始直後にラスボスが倒されたことになって、ＩＰ判定で負けたんだ。ラスボスを倒したのに、ルドウはその分のＩＰを獲得できなかった)

その試合結果の裏を返せば、【不正改竄《ツールアシスト》】の最大の強みも分かる――

即《すなわ》ち、【不正改竄《ツールアシスト》】の十全な使い手であれば、任意のタイミングで世界脅威の消滅という結果を呼び出す権利があるということ。

「……！　だから【達人転生《スタートダッシュ》】なんだ……！　ほんの一瞬でもＩＰで追いつかれたら、ルドウはそこで試合を終わらせてくるから！　純岡《すみおか》クンは、絶対に一枠を速攻系で埋めるしかなかった！　ずっと逃げ切るしかない！」

♯

大葉《おおば》ルドウ改め、ルドウ・ポフィールド・皇《すめらぎ》。転生《ドライブ》より九年が経過している。

彼は今――自宅の階段支柱に、一心不乱に頭をぶつけ続けていた！

(ラスボスまでのルート解析に九年。上々の成果だが、純岡《すみおか》はもう相当のＩＰを稼いでやが

る——こっから爆速で追い上げて、野郎が何か仕掛ける前にエンディングだ）

正確に一定のペースで頭をぶつけ続けながら、靴を脱ぎ、履き、脱ぎ、左右を入れ替えて履く。一足の靴は、その過程で右足側だけが一つ余分に増殖した。

ルドウは増殖した分の靴を頭に被《かぶ》った。存在があやふやな靴はそれで消失する。

これぞ【不正改竄《ツールアシスト》】。異世界は紛れもなく平行世界に存在する現実であるはずだが、その現実性にすら疑いを抱きかねぬ異常なる恐怖事象！

（目撃者のいない地点のボスを倒しても、何も意味はねェ……！　まずは東の術華街のド真ん中に居座ってやがる、月の天孫の手。そいつからブチ殺す！）

不揃《ふぞろ》いの靴は既に十六足にまで増殖していた。出し抜けに階段を上り、後ろ向きのまま自室の扉を開けて閉め、三時間をその場で待ち、もう一度開けた。

「頼むぜ【不正改竄《ツールアシスト》】！」

後ろ向きのまま飛び込むと、そこは木の楼閣の街。黄と橙《だいだい》の光の洪水が夜を満たす、術華街と呼ばれる遥か遠くの地である。

道を行き交う人間や屍人《しじん》が、一様に驚きの声を上げた。市街中央の塔を貫いて生える、龍と大樹を掛け合わせたような異形が絶叫とともに崩壊していく様があった。

「ＨＷＯＯＯＯＯＯＯＯＯＯＯ！」

因果不明の、理不尽極まる死。目に見えぬ神経によって住民の苦痛を喰らい、人の営みを支

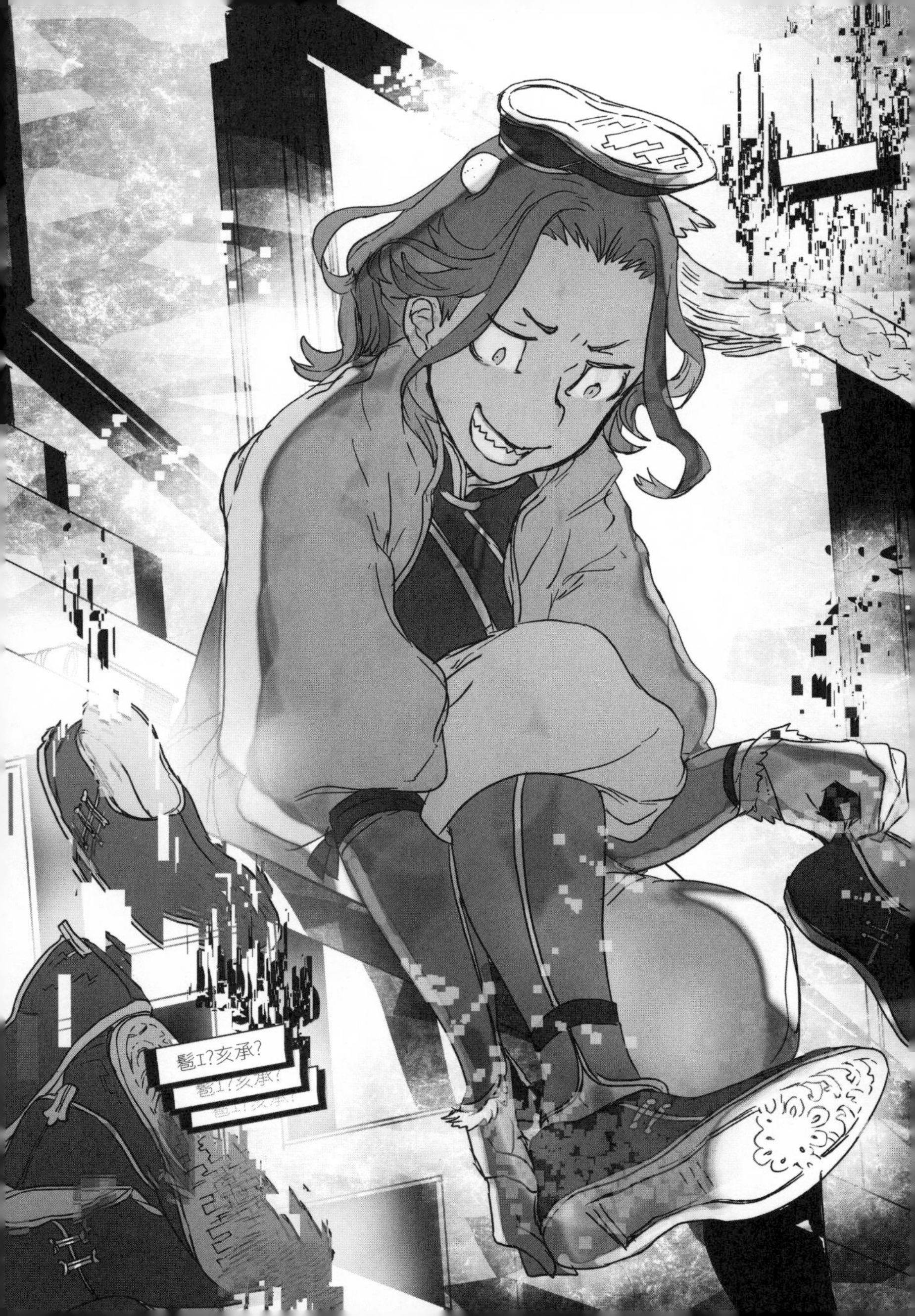
髱I?亥承?
髱I?亥承?
髱I?亥承?

配し続けた月の天孫の手の、それが終焉である……！

「よし……！　成功だ！」

成果を確認し、ルドウはガッツポーズをする。どれほど理論が正しくとも、【不正改竄《ツールアシスト》】の試行は常に綱渡りだ。

「あ、あんた……」

住民は突如としてその場に出現したルドウに驚愕する様子もなく、しかし僅か九歳の少年に対して通常ならば考えられない質問をした。

「まさか、あんたがあれを倒したのか!?」

（こっちも成功――）

無論、Cメモリ《チート》がそのようにさせている。彼は迷わず答えた。

「ひ、ひいいい〜っ！　ぼ、僕じゃないんです！　これは何かの間違いで……！」

「いいや！　あんたがやったに決まってる！　あんたはこの街の英雄だ！」

「俺達は自由なんだ！」

「救世主が現れたぞ！　名前を聞かせてくれーッ！」

「勘違いなんですゥ！　助けてくださーい！」

【不正改竄《ツールアシスト》】は強大極まるCメモリ《チート》であるが……不正規《イレギュラー》メモリであることを差し引いたとしても、それを扱える者は現在のところ、大葉《おおば》ルドウの他にはこの世にいないだろう。有効に運

用するための前提条件が多すぎるからだ。

【絶対探知《フラグサーチ》】の全世界把握による解析補助。正常なスキル成長を経ていない、脆弱《ぜいじゃく》すぎる本体の事故死を防ぐための【不朽不滅《エバーグリーン》】。ほぼ独学で異世界転生《エグゾドライブ》の研究を続けてきたルドウの経験則によるルート解析。

そして【不正改竄《ツールアシスト》】で得られた結果を、実IPに還元するためのCメモリ《チート》が必要となる。

ルドウはシークレットスロットを開放した。この戦略に当たって、ルドウはそれを単なる第四のオープンスロットとして用いている。

「【針小棒大《バタフライ》】」

#

「バ、【針小棒大《バタフライ》】だってエ――――ッ!?」

開放されたルドウのシークレットに、タツヤは驚愕の叫びを発した！

【針小棒大《バタフライ》】……また知らないメモリだ。これ、なんなの？」

「全然知らねえ!!　なんだこれ！」

「知らないのかよ！」

もしも黒木田《くろきだ》レイがこの場にいれば嬉々《きき》として解説をしてくれただろうが、生憎《あいにく》この場には

サキとタツヤの二人しかいない。ならばサキの分からない試合展開は、分からないままだ。

【針小棒大《バタフライ》】。外観は何の変哲もない正規《レギュラー》メモリのようであるが。

「……いや待った！　あー！　売り場で見たような気はするんだよな〜！　でも効果は全然覚えてねーんだ……！　使ってる奴も全然見たことねえよ！」

「使い手の少ない、マイナーなＣ《チート》メモリってこと……？」

サキはリュックサックのジッパーを開いて、大判の雑誌を取り出した。

それこそはまさしく、ＷＲＡ発行の異世界転生《エグゾドライブ》完全カタログである！

「おお、用意がいいなサキ！」

「アタシもちょっとは勉強しようと思って、買うだけ買ってみたの。Ｃ《チート》メモリの一覧は……ええと、このページか」

【針小棒大《バタフライ》】。身の丈に合わぬ偉業の場に居合わせた際、それがまるで自分自身の功績であったかのように周囲に勘違いさせるＣ《チート》スキルである。

例えば強大な敵を打ち倒した英雄の獲得するはずだったＩＰを、代わりに自分自身のＩＰとして加算する――

「えっと……つまり自分が弱いままで、強い敵をいい具合に倒せそうな人達の近くにいて、自分は生き残ってないといけないわけ!?　つ……使いにくっ！」

「そうだ、確かそんな効果だったな……！　でも【実力偽装《Eランカー》】とか【不朽不滅《エバーグリーン》】を組み合わせ

れば……いや確かに使いにくいぜ！」

「でも、ルドウの変な言動の意味もよく分かった……！　あれは『大した実力もないのに持ち上げられて困惑している奴』だ！　これがルドウの見つけた、【不正改竄《ツールアシスト》】を活かすデッキなんだ！」

ルドウもまた、あの時の敗北の経験から探し求めたのだろう。そのままでは勝利に結びつかない【不正改竄《ツールアシスト》】の運用方法を。

そして一線級とは程遠いC《チート》メモリに、ついにその可能性を見出《みいだ》した。

「自分とは無関係の功績に居合わせることなんて、簡単にできるんだから！」

＃

大葉《おおば》ルドウがC《チート》スキルの組み合わせによる【不正改竄《ツールアシスト》】コンボを披露する一方……我らが純岡《すみおか》シトの行動はどのようなものであったか。

西端の辺境にて、彼は硝煙を吐くリボルバー拳銃を構えている。蛮族の首魁《しゅかい》にして恐るべき竜人《りゅうじん》、イスフォーゴーは、振り上げた大剣を下ろすことなく倒れた。

「くだらん。この世界にもこの程度の敵しかいないのか？」

華麗な〈ガンプレイS〉を決めながら言い放ち、周囲の剣士からIPを稼ぐ。【達人転生《スタートダッシュ》】

はその名の示す通りに、転生《ドライブ》当初から圧倒的な力を示すことで、現地住民にその世界とは異質な技術と格の違いを見せ付けることが重要なＣ《チート》スキルだ。

「敵が目にも留まらぬ速さならば、それ以上の速さで撃てばいい。装甲が刃を通さないのならば、一点に集中して六発を着弾させればいいだけの話だ。この世界の連中はそのような簡単なことにも気付かないとはな……」

「なんて知性的な戦い方なんだ……！」

「しかも、すげえぞ……あの浪人のガキ、本当に刀もなしにやりやがった！」

「『拳銃』ってのはハッタリじゃなかったのかよ！」

最初から高ランクのスキルや装備を取得できる【達人転生《スタートダッシュ》】はあくまで前世に設定された人生の強さを基準とする以上、【超絶成長《ハイパーグロウス》】のような無制限の成長ポテンシャルを得られるわけではない。試合が終盤に向かっていくに伴い、当初の達人スキルのアドバンテージは低下していく。

故にシトは、これより追い上げをかけるであろう大葉《おおば》ルドウに対し、一定以上の継続的なＩＰ獲得源を確保する必要がある。

「おい……その妙な武器、俺達にも使えるのか？」

故にならず者の一団のざわめきに混じったその一言を、シトは聞き逃さなかった。

「……フン。貴様らも『拳銃』を使いたいというのか」

「ああ！　今回の戦いでよく分かったぜ。そいつはただのオモチャじゃねェ。刀よりもずっと離れた相手を、刀より素早く倒せる武器だ！　俺達もそいつを使えるようになりゃ、蛮族との戦いで無駄に死人が出ることだってなくなる！」

「お偉方が独占してる魔剣や魔道書なんかより、そっちのほうがずっといい！　どこで手に入る！」

「俺達に『拳銃』の技を教えてくれ！」

「……いいだろう。だが、技があったとして、まずはこの『拳銃』を量産しなければ話にならん。鍛治や薬学の力を持つ者には手伝ってもらおう」

「お安い御用だ！」

「戦いに革命が起こるぜ！」

「早くクソ野郎を射殺したい！」

この戦いの実績で名を広めたシトは前線を退き、辺境の一国でリボルバー拳銃の増産に着手した。火薬の生成方法や拳銃の効率的な生産体制などは、【超絶知識《ハイパーナレッジ》】で担うことができる。

世界脅威レギュレーションは『単純暴力』。そうした世界の者達がもっとも必要としているのは、より優れた戦闘手段と、戦闘技術を教える師の存在だ。

（【超絶知識《ハイパーナレッジ》】の真骨頂は、魔法や自然科学などの法則の解析と応用。ならばそれを、自分自身に適用できぬ理由はない――【達人転生《スタートダッシュ》】。俺自身が持つ達人スキルを解析し、世界全体の

戦闘能力を底上げする！）

この転生《ドライブ》スタイルは、教師型と呼ばれている。世界に広まった教え子の活躍に伴って加速度的にＩＰが加算されていく、長期戦型を見据えたアーキタイプだ。

シトは【達人転生《スタートダッシュ》】を組み合わせることで、転生《ドライブ》序盤のＩＰ優位と技術解析の容易《たやす》さを両立したのである。自分自身の成長ペースは直接戦闘型の転生者《ドライバー》に太刀打ちできるものではないが、純粋コンボデッキであるルドウに対しては、安定性こそが優先すべき要素と判断した。

「シト師匠ォーッ！　ヤベーっすよ！　術華街の月の天孫の手が、一夜でブッ殺されたそうで……これ、師匠の言ってたみてーな事件なんじゃねーっすか!?」

「ああ。外魔存在の突然死……ついに始めたようだな。まだこの手の話は続くぞ。情報を聞き逃さずにいろ」

「分かりました！　そんで、銃の生産速度の話はどうしますか！」

「各国からの注文は多いが、ペースを焦れば少ない職人に無理をさせることになる。今週より有給は週二日だッ！　家族のある者には特別ボーナスもくれてやろう！」

異世界におけるホワイト企業経営！　ＩＰを大量獲得！

そして……彼がルドウを引き離す策は、このただ一つではない！

◆

純岡《すみおか》シト　IP92,781　冒険者ランクC

オープンスロット：【達人転生《スタートダッシュ》】【不労所得《パラサイト》】【超絶知識《ハイパーナレッジ》】

シークレットスロット：【？？？】

保有スキル：〈射撃S〉〈早撃ちS〉〈曲射S〉〈精密射撃S〉〈スピードローダーS〉〈ガンプレイS〉〈銃知識S〉〈教育学A〉〈自然科学B〉〈火法B〉〈水法E〉〈風法E〉〈人間言語A〉〈鑑定C〉〈剣技E〉〈経済学C〉〈数学C〉他30種

大葉《おおば》ルドウ　IP1,144　冒険者ランクE

オープンスロット：【不正改竄《ツールアシスト》】【絶対探知《フラグサーチ》】【不朽不滅《エバーグリーン》】

シークレットスロット：【針小棒大《バタフライ》】

保有スキル：〈法則解明SS＋〉〈幸運A〉〈勇名C〉〈持久力D〉

13.【針小棒大】

「ひぃぃ〜ッ!?　死んでる！　ぼ、僕、また何かしちゃったんですかァ〜ッ!?」

「フッ……ルドウ……恐ろしい男だ」

「ホッホッホ……予言に示された救世主とはまさに彼のことかもしれんのう……」

「またS級依頼が入ったらアンタに回してやるさ！　次もよろしく頼むよッ！」

「ひえええええ！」

ひとしきりＩＰ獲得言動を演技した後で、大葉《おおば》ルドウはギルドを立ち去った。

このコンボの有効性は想定した通りだ。現在のところ、報酬も知名度も、順調に稼ぐことができている。

「……ケッ！　だが、簡単には追いつかせてくれねえようだな、純岡《すみおか》……！」

現在のＩＰは621,331。知名度自体がゼロの状態では前段階としてルドウを見下す相手も作ることができず、そうした下地なしに敵を消滅させてしまう【不正改竄《ツールアシスト》】【針小棒大《バタフライ》】のコンボでは、シトほどの転生者《ドライバー》に追いすがることは容易ではない。次の目標を定めるたびに、再び

その敵を消滅させるルートを解析し続ける必要もある。

「特に最初の九年の出遅れが痛いか……だが、ラスボス消滅ルート解析の時間的ロスだけは、このデッキを使う以上は絶対に避けられねェ。転生《ドライブ》を終わらせる特権を真っ先に手に入れねえ限り、【不正改竄《ツールアシスト》】はただの欠陥メモリだ……！」

大量の矢を一本ずつ、等間隔で地面に並べていく。五十六本を並べ終えた時点で素早く全てを回収し、再び一纏《ひとまと》めにする。矢の束の中には唐突に薬瓶が出現した。ラベルには不安を煽る字体で『くぁおぺえmぢゅーおの鎧』と書かれている。

ルドウは瓶を開け、隣の民家を掴んでその中へと入れる。物理的に不可能な動作は何故か実現され、民家は消失する。二階で暮らしていた住民はそのまま何も気付かず空中を歩き、日常生活らしき行動を送っている。

「――だが俺の理論に間違いはねェ！　テメーを喰ってやるぞ、純岡《すみおか》アッ！」

消失した民家敷地に不可解な側転動作で飛び込む！　遠く離れた北部戦線を壊滅寸前にまで追い詰めていた火の暗黒皇は、因果不明のまま死んだ！

「グオオオオオ！　こ……この我を打ち倒すとは……汝《なんじ》こそが、真の……英……」

鉄の魔人は爆発！　出現地点背後でただの鉄屑《てつくず》と化した暗黒皇を目視確認したルドウは、周囲を囲む北部防衛軍に聞こえるよう、堂々と勝利を宣言する……！

「うわぁぁ〜ッ!?　ま、まさか僕……またやっちゃったんですかぁーッ!?」

#

「ルドウが……どんどん追い上げてる！」

裸電球に照らされる地下実験室。星原《ほしはら》サキは、固唾を呑んで試合の趨勢を見守っていた。

かたや、自分自身の実力を一切無視して強大な敵を直接的に倒し続ける大葉《おおば》ルドウ。かたや堅実に達人スキルを広め、さらには【不労所得《パラサイト》】で広く浅く経験点を回収していく純岡《すみおか》シト。

「……そっか。【不労所得《パラサイト》】は周りが強くて、経験点を獲得すればするほど強いCメモリ《チート》だけど……最初から強い人達だけで仲間を固める必要なんかないんだ。弱い仲間の強さを自分で底上げできれば、自分が戦わなくても……武器を作ったり、人に技を教えている間だって、どんどん経験点が溜まっていく。純岡《すみおか》クンは最初からそこまで織り込み済みで考えてたってこと……！」

この異世界転生《エグゾドライブ》の一戦は、サキが過去の試合で既に見ているCメモリ《チート》も数多い。

だが、Cメモリ《チート》の使い道はただ一通りではなく、それを用いた戦術は組み合わせ次第で無限に分岐する。今回のシトは【不労所得《パラサイト》】を前もって見せることで、ルドウの動きを牽制《けんせい》していたのかもしれない。ルドウの行動圏がシトと重なってしまえば、ただでさえ少ないルドウの経験点が継続的にシトに徴収され続けることになるのだ。

「でも、シトはこれから苦労するかもしれねーな……！」

「……？　そうなの？　拳銃の生産も軌道に乗って、弟子も世界で活躍しはじめる頃だし、これから伸びそうなのは純岡《すみおか》クンのほうだと思うんだけど……」

「ああ、そうだな！　シトの動きには無駄が全然ねー……相変わらず機械みてーな正確さだぜ！　だけどルドウは世界中のボスをブッ倒して回ってるんだ。手当たり次第な……！　それ以外のイベントは全然無視してやがる」

「それは、もちろん分かってるわよ。ルドウは最初からそういう戦術で……ああ！」

サキも、この後に起こり得る展開にようやく思い当たる。極めて直接に世界脅威を抹消する【不正改竄《ツールアシスト》】。やはり恐るべきCメモリ《チート》だ。

「こ……このままだと、純岡《すみおか》クンの勢力が倒す分がなくなる！　いくら弟子が強くなっていても、ルドウはどこからでも、いきなりボスを倒せるから……！　稼げるはずだった分のＩＰを、先に奪われる！」

「俺には難しいことわかんねーけどよ！　ルドウがＩＰの下準備もなしにひたすらボスだけブッ倒してるのは、多分そういうことなんだ……！　だから……そいつらを全員倒した時点で、事実上の勝負が決まる!!」

＃

ルドウは休むことなく世界の脆弱性を突き続け、今度は影の浮島を崩落させた。彼に倒すべき敵の強弱は関係ない。【絶対探知《フラグサーチ》】による世界情勢把握――事前に目星をつけた標的に討伐隊が差し向けられ、世間の耳目を集めたタイミングを逃さず撃破していくことで、最適の効率でＩＰを稼ぎ続けている。

「ウオオーッ！　救世主ルドウがまたやった！　今日は宴《うたげ》だぁーッ！」

「い、いやあ……恐縮です……本当に僕、何もしてないのに……」

特にここ数年、人間では近付くことすら能《あた》わなかった外魔存在に挑む討伐隊が増えてきている。

最新式の銃と、それを扱う技術の普及。魔法の力を込めた魔弾の量産体勢。明らかに、シトがもたらした文明の発展によるものである。

（……そしてテメーの戦略は失敗だ、純岡《すみおか》。教師型じゃあ俺を突き崩せねェー……敵に挑んでいく討伐隊が増えるってことは、つまり俺の活躍を間近で見る連中が増えるってことなんだからよ……！　この俺にわざわざ餌を与えてるようなもんだ！　解析のタイムロスがあるとしても、ボスを倒す速度は明らかに俺が上だ！　ここからは常に、俺が先手を取る！）

凶悪な笑みを隠しつつも、ドライブリンカーのＩＰ表示を確認。ルドウが違和感に気付いたのは、その時点であった。

「……？」

少ない、と感じた。

確かに、実績に見合う大量のＩＰを獲得してはいる。既にルドウの知名度も上がり、通常の戦闘結果にも迫るＩＰを、直接獲得できるようになっている。

にもかかわらず、増加量が少ない。終盤に至って加速するはずのＩＰ獲得量の伸びが明らかに悪い。それとも、以前からずっとそうだったのか？

「今日の一番はルドウだが、二番手はイヅナ兄弟！　お前らだな！　小浮島を十二体も、よく墜とした！」

「ヒャハハハハーッ！　隊長！　言っとくが俺達の虐殺ガトリングガンなら、あと二倍はいけたぜ！　なあ兄貴！」

「ホッホホッホッホーッ！　ワタクシ達の二丁ガトリング抜銃術は無敵！　シト先生直伝の、無敵の技術ですからねェ〜ッ！　ガトリングが二丁で、二倍強い！　二人合わせて四丁！　すなわち毎分３０００発が１２０００発という計算にございます！」

「今日は三人のために取っておきの酒を開けてやる！　飲み明かすぞテメーら！」

「「ワアアアアアアアーッ!!」」

勝利のムードに沸く討伐隊を前に、しかしルドウは歯軋りした。

（あ……あの野郎……！）

何故、シトは教師型のデッキを用いてきたのか？　大葉《おおば》ルドウは今更ながらにその意味を理解した。

討伐隊の編成は、世界中の傭兵に弟子を持つシトの意向次第で如何様にも動く。彼は本当にルドウに餌を与えるためだけにそうしていたのか――

（……違う！　元々人目につきやすい地域のボスに……特に精鋭の討伐隊だけを動かしてやがるんだ……！　この俺にとって優先順位が高い狩場に強者を誘導している！　周りの連中が強ければ強いほど、相対的に俺の功績が目立たなくなるからだ……！　得られたはずのＩＰが！　ＩＰ潰しを仕掛けてきてやがったのは……奴のほうだ！）

周囲にいるのがただの雑兵であれば、ＩＰの餌に過ぎない。だがシトが世界各地の戦力密度を操作できるとしたらどうか？　仮にそうであるならば、ここからの戦略はどうなるのか？

外魔存在の総量には限りがあり、ルドウの当初の見込みよりもこの世界で回収可能なＩＰは少なくなる。ルドウは親指を噛んで、必死に敵の思考を追跡した。シトのシークレットは何か。【達人転生《スタートダッシュ》】。【不労所得《パラサイト》】。【超絶知識《ハイパーナレッジ》】。オープンスロットの三種からして、敵は教師型。自らは動かず、長期に渡って安定獲得できるＩＰでルドウとの差を維持すると考えていた。

「つまり……つまり、つまり、討伐隊が今まで差し向けられていない、俺が【不正改竄《ツールアシスト》】で倒

す効果も薄い、手付かずのボスをこの世界に残していやがるってことだろう！　オープンスロットは【達人転生《スタートダッシュ》】【不労所得《パラサイト》】【超絶知識《ハイパーナレッジ》】！　なら、次に来るC《チート》メモリは……アレだ。もしも純岡《すみおか》にアレを使われてたら、俺の勝ち目がヤバイ！」

ルドウは、ステータス画面を今一度確認する。あと二体も外魔存在を撃破すれば、それでシトのＩＰを上回ることができる見込みだ。しかる後にラスボスを消去すれば、【不正改竄《ツールアシスト》】の完全性を証明できる状況。

だが、残されている時間が少ない。ルドウにはそれが分かる。

◆

吹雪はまるで雷のような叫びを伴い、険しい山脈が人を阻んでいる。

純岡《すみおか》シトは、数名の弟子を伴って雪深い山の奥地へと足を踏み入れていた。

無論、これらの弟子はＩＰの獲得源を兼ねており、この一戦でシトはルドウのＩＰ量を大きく引き離すつもりでいる。

「……シークレットに【針小棒大《バタフライ》】。大葉《おおば》。確かに貴様のデッキは完璧だ。そのC《チート》スキル四種のコンボは自己完結していて、俺が介入する余地は殆どない」

他者の教導に専念し、久しく前線に出ていなかったシトが、自ら出ている。最初からこの一

戦を、今回の転生《ドライブ》におけるシトの戦略の集大成と定めていた。

「だが、それを使う貴様自身に付け入る余地がある」

この先に潜む外魔存在は、ガスじみた肉体と認識汚染能力を併せ持つ星雲蝕獣《せいうんしょくじゅう》。転生《ドライブ》の最終目標たる陰陽螺旋《おんみょうらせん》を除けば、この世界で最強クラスの外魔存在だ。

弟子の経験点を【不労所得《パラサイト》】で集約し続けたシトの銃技を以てしても、戦闘型のデッキ構成ではないシトがこの段階で倒せるような領域の存在ではない。

「し、師匠！　あれっす！　本当に出てきたっすよ！」

「直接見たら正気を連れ去られます！　怖い！」

「フン。問題はない……！　一撃で仕留めてやる！」

彼が抜き放つのは、右の腰にある巫術拳銃《ふじゅつけんじゅう》ではない。

ドライブリンカーのシークレットスロットだ。

その一つを隠すことで、シト自身がこのレベルの敵を直接倒す選択肢はないと――ルドウにそう信じさせた。

「……【超絶成長《ハイパーグロウス》】！」

◆

純岡《すみおか》シト　IP549,092,225　冒険者ランクSS

オープンスロット：【達人転生《スタートダッシュ》】【不労所得《パラサイト》】【超絶知識《ハイパーナレッジ》】

シークレットスロット：【超絶成長《ハイパーグロウス》】

保有スキル：〈究極射撃SSS〉〈早撃ちS＋〉〈曲射SS＋〉〈精密射撃SS〉〈スピードローダーS＋〉〈ガンプレイS＋〉〈銃知識SS〉〈防御貫通S〉〈教育学SS〉〈自然科学S〉〈経済学A＋〉〈ギルドの主S〉〈資産運用A〉〈火法S〉〈水法C〉〈風法C〉〈完全言語A〉〈完全鑑定B〉〈剣技C〉〈数学B〉他260種

大葉《おおば》ルドウ　IP366,201,501　冒険者ランクS

オープンスロット：【不正改竄《ツールアシスト》】【絶対探知《フラグサーチ》】【不朽不滅《エバーグリーン》】

シークレットスロット：【針小棒大《バタフライ》】

保有スキル：〈法則解明SSS＋〉〈幸運S＋〉〈伝説の男SS〉〈持久力D〉

◆

異世界における同時刻。

大葉《おおば》ルドウは街の雑貨屋へと駆け込み、カウンターに薬草の葉を並べていた！

「間に合わねえ……純岡《すみおか》が次のボスを倒すより早く打倒ルートに入るには、時間が全然間に合わねえ……！　奴にはここまで積み重ねたスキルランクと実績がある……俺とは獲得倍率の桁が違う！　奴自身に直接ＩＰを稼がせちまったら、そこで終わる！」

「あんた何なんじゃ!?　確かにうちは何でも買い取るとは言っとるが、薬草一つずつなんてどれだけ時間がかかると思っとる!?　売るなら全部まとめて――」

「うるせええええ――ッ！」

ルドウはカウンターに拳を叩きつけた！

「時間分の手間賃なら先に渡してんだろうがッ！　俺が一つずつ売るって言ったらそうするんだよ！　言われたとおりにできねーってのか！」

「ひい！　この客怖い！」

薬草を売り、唐突に右に三歩進んでは一時間立ち止まり、再び店主に話しかけて商取引を再開！　整合的な現実感を失いつつある店内の中で、ルドウはついに求める存在を見出す……！

「それだ……！　おい爺《じい》さん！　その　　　　　をくれッ!!」

「えっ何!?　何て!?」

「　　　だよ！　テメーその食料棚にある　　　　　が見えねーのか！」

「ウワッ本当だ何じゃこれ！　ロープの束と同じ形してるのになんか禍々しい赤紫色のとしか言いようのない物体がワシの店に……！　めっちゃ怖い！」

「買わせろ！　９９７個だ！」

「９９７個!?　いや、そもそも……売れるのか!?　このよくわかんない物体、ワシの店にそんなに在庫があるのか!?」

「売れる！　テメーの商品と俺を信じろ！　９９７個だぞ！」

「あ、あ、あわわ……！　お代金、９９７個分……　　　　が９９７個で、しめて譁・ｪ縺ｮ縺?になります……ひ、ひいいいい!?　どういう発音!?」

「負けるかよ……！　俺の、大葉研の……親父の研究は、この程度じゃねえ！」

決意とともに、手に入れた謎の物体を食べ始める！

因果が接続され、ルドウのみが観測する地平が拓《ひら》ける――

「よし成功だッ！　合体するぞジジイ！」

「うわあああああ」

見えざる引力に引かれカウンターを貫通したルドウは、有無を言わさず店主の肉体へと潜り

込んだ！　二人が融合した存在は緑色の肌を持つ教会神父の形状を取り、若い女の声を発する……！

「「お買い上げありがとうございました！」」

狂気！　条理を冒涜《ぼうとく》する怪奇現象！

これこそが極悪なるＣ《チート》スキル、【不正改竄《ツールアシスト》】の恐怖である！

――嵐の如き狂乱が収まると、元の雑貨屋である。

そこには千切れ飛んだ薬草が散乱するのみで、ルドウの姿はなかった。

乾いた風が吹き込んで、空の食料棚を抜けた。

「悪夢……悪夢じゃ……」

ただ一人残された店主は、今しがたの出来事をそのように信じるしかなかった。

彼はその日の店を閉めた。

＃

「ルドウが……座標移動した!?　自分のＩＰよりも純岡《すみおか》クンの妨害を優先したんだ！　純岡《すみおか》クンよりも一手早く、星雲蝕獣を倒そうとしている！」

「ああ！　でもシトも速え！　【超絶成長《ハイパーグロウス》】の成長率がこれまでの経験点にかかってたなら……あの敵も間違いなく一撃だ！」

この一体をシトが仕留めれば、ルドウは巻き返し困難なＩＰ差をつけられることになる。逆にルドウが妨害に成功したなら、シトが次の一体を倒しに向かうまでの間で、ルドウは有利になったＩＰ差のまま直接勝利することが可能だ。

これはただの試験運転だ。大会とは関係のない野試合に過ぎない。

だが本領を発揮した大葉《おおば》ルドウは、全日本大会本戦進出を決めた純岡《すみおか》シトをこれほどまでに追いつめる転生者《ドライバー》であった。彼もまた強者！

「どっちが勝つの!?」

「ウオオーッ！　どっちだ!!」

超世界ディスプレイの中では、今まさにシトが一撃を放ち――

♯

シークレットを開放したシトは、必殺の一射を撃ち抜いた。

弾丸が過たず敵の存在核を貫いたことを、銃手の超絶の視力が確認している。

『mne oma dee pon saer……』

星雲蝕獣のガス状肉体の中に、次々と赤い星が灯り……そして全体が煙のように霧散していく。星の創造より長くを生きた強大存在の消滅である。

「……俺のほうが速い」

「クッ…………！」

視線の先には、空間の裂け目から転がり出た大葉《おおば》ルドウの姿がある。

無様に雪山に伏し、消滅していく星雲蝕獣を眺める他にない。

当然、シトの動向を寸前で察知してここに現れたのだ──彼には【絶対探知《フラグサーチ》】のC《チート》メモリがある。

……だが、それを扱うルドウ自身がシトの戦略に気付くタイミングはどうだったか。

法則を改竄した座標移動も、シトの銃弾が敵を打ち倒した瞬間には僅かに遅かった。

【不正改竄《ツールアシスト》】は諸刃の刃だ。その使用難易度の高さ故に、即興で攻略ルートを変更することは容易な芸当ではなかった。

「だが……」

「クク」

シトの声を遮るように、その場に歓声が轟《とどろ》いた。

「「ウワアアアアアーッ！」」

「あいつ何者だ!?」

「現れた瞬間に星雲蝕獣をやっちまった……！」

「師匠ですら勝てるかどうか分からなかったのに！」

それはシトの背後に連なる弟子達である。たった今のシトの戦闘の一部始終を見ていたはずの。ルドウがこの場に現れた時点で、シトはこうした結末になることも悟っていた。

溜息をついて、銃を下ろす。最後の最後で、一手を上回られた。

ルドウはニヤリと笑って、白々しく勝ち名乗りを上げた。

「ククク……ヒヒッ……え、えええぇ～ッ!?　い、今のはそこのシトさんがやったことで……ぼ、僕じゃないんですよォォォォ～ッ！　……ク、クク……！　クヒャハハハハハハハハハハハ――ッ！」

「……見事だ、大葉《おおば》！」

◆

純岡《すみおか》シト　IP549,092,225　冒険者ランクＳＳ

オープンスロット：【達人転生《スタートダッシュ》】【不労所得《パラサイト》】【超絶知識《ハイパーナレッジ》】

シークレットスロット：【超絶成長《ハイパーグロウス》】

保有スキル：〈究極射撃ＳＳＳ〉〈早撃ちＳ＋〉〈曲射ＳＳ＋〉〈精密射撃ＳＳ〉〈スピードローダーＳ＋〉〈ガンプレイＳ＋〉〈銃知識ＳＳ〉〈防御貫通Ｓ〉〈教育学ＳＳ〉〈自然科学Ｓ〉〈経済学Ａ＋〉〈ギルドの主Ｓ〉〈資産運用Ａ〉〈火法Ｓ〉〈水法Ｃ〉〈風法Ｃ〉〈完全言語Ａ〉〈完全鑑定Ｂ〉〈剣技Ｃ〉〈数学Ｂ〉他２６０種

大葉《おおば》ルドウ　IP366,201,501(+405,160,423)　冒険者ランクＳ

オープンスロット：【不正改竄《ツールアシスト》】【絶対探知《フラグサーチ》】【不朽不滅《エバーグリーン》】
シークレットスロット：【針小棒大《バタフライ》】
保有スキル：〈法則解明ＳＳＳ＋〉〈幸運Ｓ＋〉〈伝説の男ＳＳ〉〈持久力Ｄ〉

◆

「な……なんだこりゃあ!?　何が起こってんだ!?　敵を倒したのはシトなのに……ＩＰ加算されたのは、ルドウのほうだッ！」

ステータス画面を注視していたタツヤは、ＩＰの誤表示を疑った。

今の戦いでは、確かにシトの一撃のほうが早かったはずなのだ。

「――【針小棒大《バタフライ》】の本来の効果だ」

たった今……如何《いか》なる事態が起こったのかを、星原《ほしはら》サキは理解できた。

それは彼女が先程カタログで見たばかりの効果だ――身の丈に合わぬ功績の場に居合わせた時、その功績を己のものとすることができる。

ルドウがシトの作戦に気付いた時には、撃破ルートに入るだけの時間はなかった。

「だから修正したんだ。ただ居合わせるだけのルートに切り替えた！　もしも出遅れても、ボスを消滅できなくても……もし純岡《すみおか》クンが絶対にボスを倒す確信を持っていたなら、その場に居るだけで……普通じゃ使えない【針小棒大《バタフライ》】の条件を、完全に満たす状況だったんだから！」

もはや、試合は事実上決着している。星原《ほしはら》サキは、二人の戦略をメモし続けていたノートを開く。もう一度最初から試合の流れを追う。

サキが彼らの思惑に辿り着くことができたのは、こうして結果を見せられたからに過ぎない。ここに至るまで、二人の間にはどれだけの読み合いの応酬があったのか。

「ルドウは、最初に見せた【不正改竄《ツールアシスト》】で純岡《すみおか》クンの速攻以外の選択肢を潰した。けれど純岡《すみおか》クンは【達人転生《スタートダッシュ》】の有利を【超絶知識《ハイパーナレッジ》】と【不労所得《パラサイト》】で固定するプレイングで長期戦を仕掛けた。世界の戦力レベルを上げて……自分は【不労所得《パラサイト》】の効果を高めながら、ルドウが【針小棒大《バタフライ》】で得られるＩＰをじわじわと削ってた。一石二鳥の作戦……」

ＩＰ差が示す通り、序盤はシトが一方的に優勢な展開になっていたはずだ。

シトはルドウの【不正改竄《ツールアシスト》】コンボに付随する初動の遅れを逃すことなく、ほぼ完璧に世界情勢を掌握していた。

「そして、残していた最強レベルのボスを【超絶成長《ハイパーグロウス》】で倒した……けど、純岡《すみおか》クンに弱体化されてた【針小棒大《バタフライ》】が、ここで復活したんだ……！　間に合ったのは、【不正改竄《ツールアシスト》】のために積んだ【絶対探知《フラグサーチ》】で純岡《すみおか》クンの動向を把握できたから！　【絶対探知《フラグサーチ》】！　ルドウがこれに気付けなかったら、純岡《すみおか》クンが勝ってた！」

「サ、サキ……異世界転生《エグゾドライブ》の天才かよ!?」

天性の感覚で最適解を掴《つか》み取《と》る剣《つるぎ》タツヤとは、全く異なる転生《ドライブ》スタイル。

互いにC《チート》スキルを駆使した手の内を読み合い、幾重にも戦略を張り巡らせ、そして紙一重で大葉《おおば》ルドウが上回ったのだ——これが理論型の転生者《ドライバー》同士の戦い！

#

「ギャハハハハハハハハ！　いやあぁ～ッ、うめェ、うめェ！」

本来の性格をもはや隠すこともなく、ルドウは手を叩いてシトを煽った。

この一手によって、逆にIP差を広げられた。彼の攻略完了までにシトが可能な手立ては何も残されていない。たとえこの場で直接攻撃《ダイレクトアタック》を試みたとしても、ルドウには死亡のみならず追

放や継続的な拘束すらも無効化できる【不朽不滅《エバーグリーン》】がある。

「うめェ勝利を喰わせてもらったぜ！　全国大会出場者の純岡《すみおか》サマよォ～ッ！」

「……フン。俺がこいつを倒せるレベルだと見切っていたか」

「ケッ、ムカつく野郎だぜ……敢えて最初に【超絶知識《ハイパーナレッジ》】を見せて、方向性の違うハイパー系……【超絶成長《ハイパーグロウス》】を俺の意識から外しやがったな。テメーは最初から両方使うつもりだったわけだ。ギリギリだったよ……正直な」

衆目を意に介することもなく、ルドウは雪山にぶちまけた所持品を並べていく。

この世界の最後のバグを呼び出すために。

「だがまあ、反省会は後だ。クリアまでのルートなら、六年前にできてる」

大葉研究所地下1F実験室、野試合。

世界脅威レギュレーション『単純暴力B』。

攻略タイムは、17年7ヶ月29日22時間45分23秒。

14.【基本設定】

「実際に体験して、一つ分かったことがある」

敗北を喫したシトは、帰還の直後に率直な所見を述べた。

先に転生レーンを降り、背後のルドウへと向き直る。

「それはデパートの連中のＣ《チート》メモリとは違う」

その指摘には、大葉《おおば》ルドウも複雑な表情とともに首肯した。

「――だろうな。【不正改竄《ツールアシスト》】【絶対探知《フラグサーチ》】【不朽不滅《エバーグリーン》】【針小棒大《バタフライ》】……俺の目論見《もくろみ》の通りに機能したコンボだが、想定ほどに無敵でもねェ。ルート解析とバグ実行のための試行時間のロスが、【針小棒大《バタフライ》】一本頼りのＩＰじゃあ普通にきつい」

「俺は【達人転生《スタートダッシュ》】で代用したが、仮に外江《とのえ》が【弱小技能《ウルトラレア》】で同じ戦術を使ったならば、さらに厳しいだろう。剣《つるぎ》のような純粋速攻型との相性も悪い。強みに関して言えば、相手の妨害札の殆どを無意味化できて、長期戦狙いのデッキに対しては奇襲的に勝てることだな」

「ケッ」

ルドウは頭をガシガシと掻《か》いて、転生レーンから降りる。

【不正改竄《ツールアシスト》】は強力なC《チート》メモリだ。シークレットで運用すれば、今回以上の脅威となり得ることも確かだっただろう。

しかしIP計算上のリスクや要求技術を鑑みれば、それは釣り合う範囲のリターンではある。シークレットを含めた全てのスロットでコンボを組む必要上、構成もほぼ固定となる。ならばシトにそれが可能だったように、高レベルの転生者《ドライバー》にあっては正規《レギュラー》のC《チート》メモリでも拮抗《きっこう》し得《う》るものであるかもしれない。

「そもそもC《チート》メモリはドライブリンカー側が正常に読み込んだ時点で、コストとリスクが判断されて自動調整される代物なのかもしれねェな。考えられねえくらいのリアルタイム演算で転生者《ドライバー》の行動と組み合わせパターンを予測する必要があるんだろうが……そこは超技術のドライブリンカー様だ。あり得ねえ話でもねえ」

「その【不正改竄《ツールアシスト》】はWRAがまだ開発に至っていないC《チート》メモリ――さしずめ、P《プロト》メモリとでも言うべきか。バランス調整が働いていないデパートの連中のメモリは、根本的に違う原理で動いていたと考える他なさそうだ」

「ケッ。無敵のメモリを目指して出来た代物がこれじゃあ、まだまだ全然割に合わねえ。また別のやつでも作るか……」

「作る……か」

シトは黙考した。適切な技術と知識さえあれば、この世界でも新たなＣ《チート》メモリを作ることができる。試合前にルドウが言ったように、ＷＲＡ以外のどこかの組織……それこそ個人であっても。

未だこの世にないＣ《チート》メモリを開発し、運用する組織。それがアンチクトンであるのだとしたら、何を得るためにそこまでの計画を立てているのか？

何よりも……異世界を滅ぼす転生《ドライブ》スタイルは、異世界転生《エグゾドライブ》の存在意義に根本から反している。

異世界転生《エグゾドライブ》の意義は滅びゆく異世界の救済であり……

（……いや。それならやはり、異世界転生《エグゾドライブ》という競技に意味などないのか？）

「でもさ、ルドウ！　それってやっぱり凄いＣ《チート》メモリだよ」

研究室を横切って、星原《ほしはら》サキが駆け寄った。

「そのＣ《チート》メモリがあれば、いくらでも異世界を救えちゃうんじゃない？　もしかしたらルドウって、一番皆のためになるメモリを作ったんじゃないかな」

「アホか。異世界転生《エグゾドライブ》はボランティアじゃねーんだよ。俺は勝つためにやってんだ」

「うおお、転生《ドライブ》のログもあるぞ！」

ちょうどその時、ＰＣで試合記録を覗いていた剣《つるぎ》タツヤが感嘆の声を上げた。

「すげえなルドウ、救いまくりじゃねーか！　半年で２００回以上も単独救済《ソロプレイ》――」

「だ！　ま！　れッ!!」

タツヤの小柄な体は全力疾走のドロップキックで吹き飛ばされ、片隅に放置されたままのペットボトルゴミの袋に頭から沈んだ。

「動作くらい検証するに決まってんだろ！　不正規《イレギュラー》メモリなんだからよ！」

「……フ。なるほど。単独救済《ソロプレイ》で検証していたせいで、対戦時のＩＰ挙動までは事前に分からなかったわけか」

「ああ？　笑えよ純岡《すみおか》。お陰でこんなバカに負けちまった！」

「バカとはなんだこの野郎ーッ！　いきなり蹴り飛ばしやがって！」

「うるせエーぞバカ！　レンチでブン殴ってやろうか！」

奥で掴みあいの喧嘩を始めるルドウとタツヤを眺めつつ、シトはふと呟いた。

「……世界救済か」

「どうしたの？」

「いや……星原《ほしはら》の言う通りだと思った。大葉《おおば》の【不正改竄《ツールアシスト》】は、奴にしか扱えないＣ《チート》メモリだ。俺には推測するしかないが、手順を間違えれば身の危険も伴うのだろう。それでも、異世界転生《エグゾドライブ》の大義名分は世界救済だ。仮に、誰もが即座に世界を救えるようなＣ《チート》メモリがこの先開発されるとしたら……この競技が存在する意味もなくなるのかもしれないと思っただけだ」

「ふーん……」

世界を破壊する異世界転生《エグゾドライブ》。シトがその目で見てきたアンチクトンやニャルゾウィグジイィ

らの蛮行は、許してはならないものだと感じる。

だが、世界救済の大義名分を理由に彼らを許さないとすれば……競技なしに世界を救済する手立てが生まれ、転生者《ドライバー》が異世界に必要とされなくなってしまったその時には、純岡《すみおか》シトはどうすればいいのだろうか。

シトには異世界転生《エグゾドライブ》以外のものが何もない。もしもその世界が……例えばアンチクトンが進める計画によって根本から覆されることがあるのだとしたら、彼のその後の人生はどうなるのだろうか？

それは、今までに想像したこともない種類の不安だった。

「なんとかなるんじゃない？」

星原《ほしはら》サキは特段悩む様子もなく、無責任に答えた。

「ええっと、うまく言えないけどさ。タツヤだって怪我《けが》で野球部やめるしかなくなっちゃったじゃん？　ああやってルドウと喧嘩したりもするけど、ルドウもタツヤの右脚だけは蹴ったりしないいんだよね」

シトが初めてタツヤと出会った時、その右膝には包帯が巻かれていた。

右靭帯損傷《みぎじんたいそんしょう》。再建手術をしない限りは、元のようには走れないのだという。

ニャルゾウィグジイィは、異世界転生《エグゾドライブ》は現実に満たされない者の逃避の手段だと主張していた——かつてのシトが、タツヤをそう見て取ったように。

少なくともあの日の剣《つるぎ》タツヤは、再び全力で走ることのできる異世界を求めていたに違いない。だが。

「でもタツヤは異世界転生《エグゾドライブ》を始めたって、やっぱり全力だった。好きだった野球ができなくなっちゃってもさ……こうして異世界転生《エグゾドライブ》に一生懸命になってくれて、なんか、アタシが思う筋合いじゃないかもだけど。凄く嬉しいよ」

「……」

「だから、なんだろうな……！　野球も異世界転生《エグゾドライブ》も同じじっていうかさ……いつまでも異世界転生《エグゾドライブ》が流行《はや》る保証なんてないし、もしかしたら怪我や病気で異世界転生《エグゾドライブ》を続けられなくなっちゃうかも。……それでもあたしは、その時の人生を一生懸命生きてる人に、次がないなんて思わないよ。異世界転生《エグゾドライブ》だって人生じゃない？」

「そう……なのかも、しれないな。俺には異世界転生《エグゾドライブ》しかないと思っていたが……案外、なんとかなるのかもしれない」

大葉《おおば》ルドウを見る。思えば今日のシトは、互いに力を尽くした末の敗北を受け入れることができた。父が異世界へと消え、転生《ドライブ》による戦いと勝利だけが存在意義であった頃の彼は、そうではなかったはずだ。

外江《とのえ》ハヅキに再び挑むため全日本大会予選トーナメントへの出場を決め、自らと同じ動機で立ち向かってきた黒木田《くろきだ》レイを下した。剣《つるぎ》タツヤに勝つために、彼の心を読もうとした。ハヅ

キ以上に強大なる壁、鬼束《おにづか》テンマ。アンチクトン。レイと過ごした休日――

そして、今日。純岡《すみおか》シトには、今は友人すらいる。

異世界転生《エグゾドライブ》以外のものなど何もないはずだったが、純岡《すみおか》シトには、いつしか異世界転生《エグゾドライブ》以外のものが増えてきている。

「おいテメー！　書類引っくり返すんじゃねェよ！」

「ルドウが蹴った段ボール箱だろ！」

遠くの喧騒《けんそう》の余波で舞い散った古い書類の束を、何気なく拾う。

内容を一瞥する。中学生では到底理解の及ばない、異世界転生理論に関する論文だった。

「……これは」

「どしたの？」

シトは動きを止めた。その目は、論文の上段に釘付《くぎづ》けになっている。

肩越しに覗き込んだサキにもその理由は分かった。

「――ちょっと！　ちょっとルドウ来て！　喧嘩してる場合じゃないよ！」

「なんだ……あァ？　テメーら書いてあること分からねーだろ」

「そうじゃなくて……ここ！」

サキが示した箇所は、著者欄であった。

日下部《くさかべ》リョウマ。大葉《おおば》コウキ。……そして純岡《すみおか》シンイチ。

「……俺の……父さんの名前だ……」

「よこせ」

表情を真顔に戻して、ルドウはその文章を読み始めた。

「……何故……父さんの名がそこにある!?　貴様の研究所とはどういう関係だ!」

「あァ?　俺のほうが聞きてえよ。こんな箱に突っ込まれて随分放置されてた、昔の論文だしな……だが、ざっと読んだ感じだと純岡《すみおか》シンイチは試作機のデータ計測者……さしずめドライブリンカーのテスト転生者《ドライバー》ってとこか」

「父さんも……転生者《ドライバー》だった。ドライブリンカー開発に関わっていたというのか」

「知らねえよ。だが、待った……このタイトルは、そうか」

説明を飛ばして、ルドウはキーボードを素早く打鍵し、迷路のように入り組んだフォルダを開いていく。そうして、一つのソフトウェアを起動した。

「『基準慣性系における並列可能性座標から基準可能性座標へのEXD効果抑制に関する所見』……」

画面内の情報と論文の図を見比べながら、もう一度表題を口に出して読む。

彼が表示したソフトウェアは、どこか別の施設の観測結果を折れ線グラフとして表示しているようであった。

「マジか」

「どうした」

「デパートの話は三週間前だったな、純岡《すみおか》」

「……この日だ。確かに」

平坦《へいたん》であったグラフが、ある一日だけ大きく振り切れ、波打っている様子だけが分かる。シトがデパートで戦った、あの一日だけが。

「こんな観測記録、めったに開かねえ。表題見るまで思いつかなかった可能性だったが、ビンゴだ。こいつは想像以上の厄ネタかもしれねえぞ」

「並列可能性座標から基準可能性座標……この並列可能性座標というのは、異世界のことでいいのか？　つまり、この世界からの転生《ドライブ》――」

「違うだろ純岡《すみおか》。国語の問題だぞ。基準可能性座標『への』だ。この論文が言ってるのは、俺達が転生《ドライブ》するって話じゃあねェ」

グラフは、物理定数の局所的な揺らぎを表している。

それはまさしく、こちらの世界で発生したC現象《チート》の観測結果であった。

「異世界から、こっちの世界に転生《ドライブ》してきている奴がいる」

「…………」

「嘘……でしょ……？」

すぐ隣に立つサキの反応も、遠くから聞こえるように思えた。

（――デパートの二人）

あの二人について、そうした可能性を危惧してはいた。常識も、使う力すらも異質な存在。……それはシトの遭遇したことのない存在であったが、同時にひどく見慣れたものでもあったのだ。故に、そうだとは思いたくはなかった。

異世界の住人にとっての転生者《ドライバー》こそが、まさにそうなのではないか。

「大葉《おおば》。この件について、もっと深く調べることは可能か？　俺の父さんのことも、ドライブリンカーのことも、異世界のこともだ」

「……だから俺の論文じゃねェし、そもそも相当昔の話なんだよ。中学生の伝手《つて》じゃあ、この関係者に連絡がつくかどうかすら分かったもんじゃねえ」

「だがしかし、これは俺達だけで抱えているべき問題ではないはずだ」

「そ、そうだよ……！　それに、異世界のこともそうだけど……純岡《すみおか》クンのお父さんの手がかりがあるかもしれないんでしょ!?」

「……チッ」

大葉《おおば》ルドウは親指を噛み、しばらく逡巡《しゅんじゅん》した。

小さく、意味の掴みかねる一言を漏らす。

「【基本設定《ベーシック》】の件を使うか……」

「何……？」

「いや。忘れろ。さっきはああ言ったが、中学生だからこそ接触できる奴もいなくはねえ。しかもそいつは、まさしくドライブリンカーの……本物の中核関係者だ。とはいっても、マジにできるかどうかはテメー次第の話だがな……」

「俺……？　それは、つまり」

シトはルドウの言葉の意味をしばし考え、そして辿り着いた。

「……全日本大会か。そうか、ＷＲＡ会長が開会式に来る……！」

「理解が早ェな。だが、やる度胸はあるか？　純岡《すみおか》」

日本最強の中学生転生者《ドライバー》を決する、全日本大会。

そこに公然と乗り込み、関係者と接触し得る権利を持つ者も存在する。

予選トーナメント決勝へと進み、本戦出場の資格を得た……純岡《すみおか》シト。

悪童は、鮫の如き笑みを浮かべた。

「せっかくの機会だ。そいつに全部吐いてもらおうじゃねェか。拉致ってでもな」

大葉研究所地下実験《テスト》プレイ

純岡シトvs大葉ルドウ

世界脅威レギュレーションは『単純暴力B』。しかしこの試合においては、最終的な世界脅威の撃破タイム以上に、世界に点在する中程度の世界脅威の所在把握と攻略順序が重要な要素となった。

この試合を通常の単純暴力レギュレーションとは大きく異なる形に規定したのは、大葉ルドウの【不正改竄《ツールアシスト》】。因果的に無関係な挙動を望む結果へと直接結びつける、極めて特殊な不正規《イレギュラー》メモリであった。大葉ルドウは【不正改竄《ツールアシスト》】によって試合を強制終了できる以上、解析終了後の時間軸で一瞬でも大葉ルドウがＩＰで純岡シトを上回った場合、その時点で大葉ルドウの勝利が確定する。非常に興味深い、恐らくは全国の転生者の誰も経験したことのなかった条件下の試合ではないだろうか。

大葉ルドウは、強力な反面ＩＰ獲得が不可能なこの【不正改竄《ツールアシスト》】を有効活用するべく、【針小棒大《バタフライ》】を使用した。自ら発生させた偉業のＩＰを自分自身で強奪するという、極めて奇妙な転生スタイルが展開されることとなったのである。

その奇妙さは、他二つのＣメモリ選定にも現れている。脆弱な肉体での事故死を防止する【不朽不滅《エバーグリーン》】と、スペックの低い自分自身が動くことなく解析と世界脅威探知を両立できる【絶対探知《フラグサーチ》】は、いずれも戦闘能力ではなく法則解明のみでこの世界を攻略するという気概を感じるデッキ構成である。

しかし純岡シトは、大葉ルドウの一連のデッキ構成と戦略についてはほぼ完全に読みを的中させていたと思われる。【達人転生《スタートダッシュ》】で序盤のＩＰを大きく引き離し、【超絶知識《ハイパーナレッジ》】でアドバンテージを固定。さらに多くの召使《オプション》から【不労所得《パラサイト》】で経験点を徴収し続けることで、シークレットの【超絶《ハイパー》成長《グロウス》】と合わせて予想外のタイミングで世界脅威を撃破するというプランは、【不正改竄《ツールアシスト》】を使用した上でＩＰを獲得できるシークレット【針小棒大《バタフライ》】を読み切っていなければ立てられなかった戦略であろう。

この試合における純岡シトの読みが秀逸であったのは、広く薄く戦力を分散できる教師型の転生スタイルを選んだ点である。純岡シト一人、あるいは【無敵軍団《ネームドフォース》】を用いた少数精鋭だけでこの試合に挑んだ場合は手数が足りず、瞬時に現地にまで移動可能な大葉ルドウの【不正改竄《ツールアシスト》】によって最高効率の世界脅威を順次撃破され、いずれかの時点でＩＰで追い抜かれていたと思われる。

純岡シトは自分自身の成長をある程度捨て、動かせる召使《オプション》を大きく増やすことによって、逆に大葉ルドウが撃破する世界脅威が最高効率のＩＰとならないよう世界そのものの情勢をコントロールしたのである。そうして稼いだ時間で純岡シトが見据えていたのは、通常の単純暴力レギュレーションにおける最終目標となる世界脅威ではなく、その二番手に位置する世界脅威であった。大葉ルドウは、【不正改竄《ツールアシスト》】で世界救済を完了したとしても、【針小棒大《バタフライ》】で世界救済の功績をＩＰに変換することはできない。その時点で試合が終了してしまっているためである。故に狙うべき目標は、二番手の世界脅威なのだ。

しかし結果的に、大葉ルドウはその弱点を内包した【針小棒大《バタフライ》】で純岡シトのＩＰを直接強奪し、勝利している。長年解析した攻略チャートを寸前で書き換え、土壇場の一手で勝利をもぎ取った大葉ルドウの精神力は、まさしく研究者にして勝負師といえよう。

15.

【複製生産】

　都内、ネオ国立異世界競技場。

　早朝の飛行機で到着したＷＲＡ会長エル・ディレクスは、転生者《ドライバー》の入場より三十分ほど遅く、一名の秘書を伴って会場入りした。観客の目につかないよう選手用通路を通り、ゲストルームへと向かう最中の出来事である。

　横の通路から騒がしい女子中学生の一団が走り出て、エルに付き添っていた秘書を取り囲んだ。

「きゃーっ！」

「えーっ!?　本当に外国人！」

「マックス選手じゃない!?　ほら、アメリカのプロ転生者《ドライバー》の！」

「素敵！」

　屈強な黒服サングラスの秘書は表情を崩さずにいたものの、慣れぬ土地で浴びた予期せぬ好奇の目には、大いに困惑した。

「人違いです。こちらは選手用通路ですので、どうか観客席にお戻りを……」

「ほらー！　選手用通路だって！　じゃあやっぱり外国の転生者《ドライバー》だよ！」

「サインもらっていいですか!?」

「私達、異世界転生《エグゾドライブ》の大ファンでぇー！」

「俺もだッ！　異世界転生《エグゾドライブ》に人生を賭けてるぜ！」

秘書は目を擦った。女子の一団の中に、異様に自己主張の強い少年が混じっている気がする。

ともあれ、一向に立ち去る気配がない。彼は通路の先で待つ会長に目配せした。

「申し訳ありません。彼女らは私がスタッフに引き渡しておきますので……会長は、お先にゲストルームへ」

「フフフフ。人気者のようで、羨ましい限りですね。十分に構ってあげてください」

「勘弁してください」

秘書が大いに苦労しながら誤解を解き、会場スタッフとともに客席への誘導を終えたその頃には、既に十五分が経過していた。

WRAの主な顧客層はこうした子供であり、彼らが時に突拍子のない行動に出ることも、年齢を考えればあり得ない話ではない。

しかし、その十五分の間に……

◆

「……みんな、ありがとね。わざわざこんなのに付き合わせちゃって」

「いいっていいって。サキの頼みだし」

「結構楽しかったよね」

「俺も楽しかったぜーッ！」

「今度遊ぶ時、ちゃんと純岡《すみおか》くん連れて来なさいよね」

「ええー？　ミナってクール系が好みなの？　意外ー！」

「いいじゃん！　結局イケメンが正義じゃん」

「っていうか」

女子中学生の一人――星原《ほしはら》サキは、こめかみを押さえた。

あまりにも当然のように紛れ込んでいたので、逆に指摘できなかったが。

「なんでタツヤが混じってるの」

「ああ！　俺はいつでも全力！　この勢いで女子会トークだってやってみせらあ！」

「そこは今さら突っ込まないよ？　純岡《すみおか》クンやルドウと一緒じゃなくていいの？」

開会式前の短い時間で、ＷＲＡ会長から必要な事柄を聞き出さなければならない。

異世界からの転生者《ドライバー》。ドライブリンカー。そしてシトの父親。それらの真相はサキとしても大いに気になるところであったが、この作戦においてはただ一人転生者《ドライバー》でない彼女が、進んでこの役割を買って出た。

彼女はてっきり、タツヤもシトやルドウと同行するものかと思いこんでいたが……。

「……まあ、実際俺だって気になってるぜ。会長があんな人だとは思わなかったし、ドライブリンカーや異世界にはきっとすげえ秘密があるんだろうなあ」

「それなら、なおさら……」

「いいや。気になるからこそ、謎のまんまにしておいたほうがいい気がするのさ。純粋に異世界転生《エグゾドライブ》を楽しむためには、もしかしたら知らねえほうがいいことだってあるのかもしれねー。こういうのは……俺の直感だけどな」

「……ふーん」

彼はいつも、気紛れな感情のままに行動しているように見える。しかし異世界転生《エグゾドライブ》でもそうであったように、決して何も考えていないわけではないのだ。

「それにシトの親父さんの話は、なおさらシトのプライバシーの問題だ……俺にまで聞かれたい話じゃあねーだろ。俺は、あいつらの作戦成功を信じてりゃいい」

「そうだね。そっか。ま、他にできることもないしね」

サキは少し笑って、視線を上に向けた。

天井には、映画館めいた大画面の超世界ディスプレイが広がっている。

ネオ国立異世界競技場、観客席。あの予選トーナメントを遥かに超える熱狂と興奮の中、異世界全日本大会が始まろうとしている――

◆

「お久しぶりだな。会長サマ」

秘書と分断されたエルがゲストルームに足を踏み入れた直後、嘲笑うような声が響いた。

振り返った先では既に、ダークグリーンのジャケットを羽織った凶悪な面相の少年が、内側から扉を施錠している。

「それとも俺の顔なんざ覚えてねェか？　最後に会ったのは小学校の頃だもんなァ」

「……もちろん覚えていますよ、ルドウくん。大葉《おおば》博士の息子さんでしたね？」

「ケッ、余裕ぶりやがって」

死角となる扉の影で待ち構えていたのは、大葉《おおば》ルドウただ一人ではない。やや長身の、ルドウとは対照的な直毛の白髪を持つ少年。純岡《すみおか》シト。

だが、シトの氷を思わせる顔立ちには、僅かな困惑が浮かんでいた。

「……大葉《おおば》。人違いではないのか？　ＷＲＡ会長だぞ……？」

「あァ？　そうか、純岡《すみおか》はこいつの顔を見るのは初めてだったか？　まあ、公式ページに写真載せてるわけでもねェもんな」

「しかし、彼女は――」

ＷＲＡ会長――エル・ディレクスは帽子を脱ぎ、長く美しい金髪を流した。

瑞々《みずみず》しい肌と女性らしい体つきは、到底公式プロフィールの年齢から想像できるものではない。

「驚かれましたか？　はじめまして。ＷＲＡ会長、エル・ディレクスです」

「……純岡《すみおか》シトです。突然の無礼をお許しいただきたい」

「スミオカ？　まあ……」

「心当たりが」

ＷＲＡ会長を差し置いて、ルドウは乱暴に椅子へと腰を下ろした。

「あるんじゃねェのか、会長サマ。そいつは純岡《すみおか》シンイチの息子なんだとよ。何か言うことがあるだろう」

「大葉《おおば》。礼節を正せ」

「いいんだよこんな若作りババア。それに転生者《ドライバー》なら誰でも、こいつに文句を言う筋合いくらいはある」

「確かに……君が純岡《すみおか》シンイチさんの息子なら、むしろ私のほうから話をしたいくらいです。

が」

エルは落ち着き払ったまま、ルドウのすぐ横のソファに座った。

扉の横に佇んだままのシトを見て、蠱惑的《こわくてき》に微笑む。どれほど年齢を高く見積もっても、三十代前半にしか見えない。

「どうですか、シトくん？　ちょっとだけ後にしてみませんか？　私は、これから開会式の挨拶が控えてますからね」

「前に会った時もその手で逃げたよなァ、会長」

ルドウがすかさず釘《くぎ》を刺した。当事者であるシトに彼が付き添っているのは、それだけ手強《てごわ》い相手であると認識しているからだ。

「スケジュール過密のアンタが、挨拶の後も会場でのんびりしてるわけがねェだろ。これからまた日本支部の会議だか関連企業との商談だかを回りまくって、帰り際に閉会式で一瞬顔出しで、『ちょっとだけ後』は五年後とかじゃあねーのか？　あァ？」

「フフフフフフフフ」

「……大葉《おおば》。会長が多忙なら、俺は異世界の転生者《ドライバー》の件だけ伝えて……」

「ドライブリンカーにはスロットが五つあるよな」

シトが身を引こうとするのを察知して、ルドウはむしろ畳み掛けた。

今回の接触はルドウ自身のためでもある。ここで逃げられてしまえば、ルドウはドライブリ

ンカーの……父の研究の真実がずっと分からないままだ。

「俺達が普段使ってる四つのスロットとは別に……形は違うが同規格のコネクタが一つ、基盤内部にあるだろう。全部のドライブリンカーに共通の、組み込み済みのCメモリ《チート》と一緒にな」

「フフフフ。さすが、大葉《おおば》博士の息子さんですね。中学生が自力で【基本設定《ベーシック》】の存在に辿り着いたんですか？」

「テメーは会長だ。知りませんでしたじゃあ済まされねェぞ。事と次第によっちゃ、開会式も欠席してもらうかもしれねえなァ～！」

「……【基本設定《ベーシック》】とは何だ？」

話の文脈からして、Cメモリ《チート》の一種であろうことは分かる。だが当然、そのようなものは市場に流通していない。

「テメーは知らなくていい。それより本題の話だ。いいか？　俺は【基本設定《ベーシック》】の存在を知ってる。C《チート》スキル効果も解析済みだ。これでちょっとは話しやすくなったろう、会長サマ」

「……仕方ありませんね。あまり、気は進みませんけど」

青く丸い瞳が、二人の顔をじっと眺めた。決意の程を探っているようでもあった。

やや長い沈黙を挟んで、シトは本題をぶつけた。

「異世界の転生者《ドライバー》がこの世界に転生《ドライブ》してくることはあり得ると思いますか？　ドライブリンカーとは、どのような仕組みなのかをお聞きしたい」

「そう。異世界からの。つまりシトくんはそれを見たということですね？」

「デパートのゲームコーナーで遊んでた、妙な二人組だったんだとよ。大葉研の観測結果にもＣ《チート》現象が記録されてる。異世界人がゲームコーナーで遊ぶとか、それこそバカみたいな与太話だけどな。純岡《すみおか》が真顔で言わなきゃ、俺も信じなかったところだ」

「……なるほど、なるほど」

細い指を唇に当てて天井を見る。

そうした仕草は少女を通り越して、むしろ子供じみてすらいた。

「ドライブリンカーの仕組みですが」

「……仕組みは」

「私にも分かりません」

「なんだそりゃ！」

ＷＲＡ会長は左腕の袖を捲《めく》った。そこにはドライブリンカーが装着されている。

「けれど異世界からの転生者《ドライバー》はあり得ない話ではありません。私がそうだからです」

「ああそうだな、あんたはそうやって話を有耶無耶《うやむや》にするタイプで……!?」

「？　有耶無耶にしていますか？」

「いや、待て。待て待て待て」

「………………。それは」

「これって、信じてくれる人は少ないんですけどね」

絶句する二人を前にして、エルは少し寂しげに笑んだ。

「ドライブリンカーが本来、どこの世界で何のために作られたものなのか、誰にも分かっていません。……少なくともこの世界の人間には、誰も。今この世界に出回っているドライブリンカーは、この私のドライブリンカーをオリジナルとして、C《チート》スキル【複製生産《パイレート》】で構造をコピーしているだけのものに過ぎませんから」

「C《チート》スキル……？　この世界で、C《チート》スキルを使ったとでも!?」

「……ええ。決してあり得ないことではありません。ドライブリンカーを用いて世界の外から転生《ドライブ》した転生者《ドライバー》ならば、一方的に巨大な権限でその世界へ干渉できる――それがC《チート》スキル。もちろん、私にも四つのC《チート》スキルがあります」

「しかし、それなら尚更……ドライブリンカーがあるのに、俺達がこの世界でC《チート》スキルを使えない理由が分かりません……！　俺は、異世界に転生《ドライブ》した時にしか発動しないものだと……」

「そうですね。うーん。中学生でも分かるくらいの説明は、難しいんですけど」

彼女は、コートのポケットからC《チート》メモリを取り出した。それをテーブルの上へと立てる。また一つのC《チート》メモリをその隣に立てる。

「ちょっと待ってくださいね」

二十本を越えるC《チート》メモリを、彼女はテーブル上に一列に並べた。

「……何やってやがる。遊んでる場合じゃねえんだぞ」

「ルドウくん待って。待ってください。今集中しているんですから」

最後のC《チート》メモリを並べ終えた後で、エルは豊かな胸を自慢げに張り、純岡《すみおか》シトを見た。

「どうです」

シトはＷＲＡ会長の不審行為を訝しむだけであった。

「それでは、シトくん。ここにC《チート》メモリでドミノを作りました。この一列に並んだC《チート》メモリのどちら側が最初で、どちらが最後か。シトくんにはわかりますか？」

「……それは、そもそも答えのない問題なのでは。坂道などがあれば別ですが、こうして並んでいるだけのドミノに前後などないでしょう」

「ええ。正しい答えです。しかし正確な答えではありませんね」

エルの白い指先が、自分の側のC《チート》メモリを倒す。

ドミノは一斉に連鎖して、シトの側へと倒れた。

「分かりましたか？　これが正確な答えです。先程まで、このドミノに前後はない、均衡な状態でした。シトくんの答えが正しかった。けれどたった今、こちら側が最初のドミノになりました」

「……」

「見かけ上均衡な状態にある系は、ある一つの選択を起爆点にするように、系のすべてが一斉

に同じ方向に傾いてしまうことがあります。このドミノの中に、一つとして私の方向に倒れているC《チート》メモリがないように。それは最初に動かした者からの一方通行です。これを『自発的対称性の破れ』といいます」

「最初に動かした者が――」

シトはその言葉の意味を考えている。

異世界転生《エグゾドライブ》の根幹。転生者《ドライバー》である限り、誰もがその言葉を知っている。

「……イニシアチブ。優越性。主導権か……」

「これは世界間の均衡においても起こり得ます。最初に干渉した者から、一方的に。そしてこのドミノが倒れたことで、私がドミノを立てることに使ったエネルギーが失われました。それが転生者《ドライバー》の得られるポテンシャルと考えてください」

干渉は、一方通行。故にその世界の住人は異世界の転生者《ドライバー》に無力であり、C《チート》スキルの前では一方的に蹂躙されるだけの存在でしかない。

シト達が、住人の側であるか転生者《ドライバー》の側であるかに関わらず。

「繰り返しますが……これは、世界単位で起こっていることです。そうして得られる絶大なエネルギーを個人が制御可能な形に集約し、付与するものがドライブリンカー。力の出力形態を定義するものが、C《チート》メモリのプログラムです」

「……純岡《すみおか》。こいつの言ってる意味は分かるか。俺が説明するか？」

「ああ。なんとなくだが、意味は把握できる」

世界から世界への転生《ドライブ》の権利はどちらか一方しか持てず、どちらかから転生《ドライブ》が引き起こされた時点で、最初に作られた流れに逆らうことはできない。

そうした均衡を破った事実が、転生者《ドライバー》のC《チート》スキルの根拠。

「……均衡を破る力。アンチクトンが言っていた、『凄まじき力』とはそういうことか……」

「あァ、その話もあったな」

ルドウは頭を掻いて、テーブルに肘を突いた。

「そもそも、なんでアンチクトンの出場権を認めてやがんだ。俺らに異世界を救ってもらいたいなら、連中の主張はどう考えたってテメーの邪魔だろう。【基本設定《ベーシック》】みてェなC《チート》メモリを使ってる輩《やから》が、奴らを野放しにする理由はねェだろうが」

「……それは、あの」

エルは眉尻を下げて、答えに詰まった。本当に困っているようであった。

C《チート》メモリを指先でくるくると回しながら言った。

「その……一方的にあちらが悪いとは、必ずしも言い切れないのかも……えーと……私も、この世界のことが……だから否定してしまうと、それはそれで………」

「要領を得ない答えだ」

「だからなァ～！　誤魔化すんじゃねェぞババア！　あとあれだ、純岡《すみおか》の親父のことだって話

してもらうぞ！」

「――その話ですが、シトくん」

ルドウの言葉を聞き、彼女は一瞬にして表情を正した。

真剣な面持ちに見えたが、話題の逃げ道を見つけたようにも見える。

「純岡《すみおか》シンイチさんは君に何かを託してはいませんでしたか？　それは間違いなく、非常に重要なものです。まだ持っているといいんですが」

「…………」

シトは上着のポケットの中に今も持ち歩いているメモリに触れた。

【世界解放《オーバードライブ》】。父はこのC《チート》メモリについて、シトに何も伝えてはいない。

どのようなC《チート》スキルを秘めているのか。何のために、これを使うべきなのか。

シトはこのC《チート》メモリについて、何一つ知らない。

もしも彼が心からシトに託したのなら、それを一緒に伝えているはずだったのではないか。

ならばこの【世界解放《オーバードライブ》】は父との最後の繋がりであると同時に、断絶の象徴であるのかもしれないのだ。

「……このメモリは」

「会長。遅くなりました」

ノックの音が割り込んだのは、その時だった。

サキ達に引き離されていた秘書が戻ってきたのだ。

「会長？　この子供達は」

「彼らは、私のほうのファンみたいで。こうして少しお話をしていたんですよ」

「そうでしたか。しかし、申し訳ありませんが部外者は立入禁止です。君達はここを左に向かって、一般通路まで戻るように。会長は、開会式の準備を」

「ええ」

「…………」

「…………」

そのやり取りの間、シトとルドウは無言だった。

異世界転生《エグゾドライブ》の真実。世界の外からの転生者《ドライバー》。それはただの中学生では到底受け止めきれないスケールのように思える。

仮に知ったところで、彼らに出来ることが何か一つでもあるというのだろうか。

「それでは、ルドウくん。シトくん。またちょっとだけ後で、お会いしましょうね」

エルはそのまま去っていく。

ゲストルームを追い出された二人には、それ以上為《な》す術《すべ》がなかった。

「……悪いな。結局、テメーにとって大切な話は聞けなかった。ドミノなんか並べやがっ

て……あのババア、話題をわざと長引かせやがったな」

「いいや。そもそも大葉《おおば》の交渉のお陰でもある。それに、会長の言葉が全て真実という保証はどこにもない……」

「クハッ、そうだな。ドライブリンカーは企業秘密だから、奴がハッタリこいてるだけって線は大いにある」

「フッ……」

「ヒヒヒヒ」

真っ白な通路を、二人で並んでしばらく歩いた。

長い沈黙の後で、ルドウがぼそりと呟く。

「――なァ。やれんのか。純岡《すみおか》」

「……」

「試合だぞ」

じきに開会式の時間だ。WRA異世界全日本大会が始まる。

16.

【人外転生】

「……ご存知の通り、この日本は世界でも特に異世界転生《エグゾドライブ》が盛んな国の一つでもあります。だからこそ今日、世界の次の世代を担っていく若き転生者《ドライバー》の皆さんの健闘をこうして見られることを、心より嬉しく思っています――」

スタジアム中央では、二年ぶりに来日したWRA会長エル・ディレクスが、ドームを埋め尽くす観客への開会挨拶を行っている。

しかしその当たり障りのない内容には、関東大会で公然と全国の転生者《ドライバー》に宣戦布告を行ったアンチクトンに対する言及は一切存在せず……この大会において、WRAが彼らの出場を黙認している事実を暗に示してもいた。

エルが壇上より降り、続いて全国大会出場者の入場となる。

各地区での予選トーナメントで勝ち進み、あるいはその他の大会の成績優秀者で占められた十六名。我らが純岡《すみおか》シトもまた、その一名であった。

（……）

異世界とこの世界の真実。一方通行の干渉。そして、ドライブリンカーの実態。

……シトは集中力を取り戻すべく、己の呼吸を整えている。

異世界では当然のように可能な精神統一も、この現実にあっては容易ではない。

「随分と」

故にそれが自らに向けられた呼びかけだと気付くまでには、一瞬の間を要した。

「――思い詰めているようだな。純岡《すみおか》シト。それは本当に試合に向けた集中か？」

「鬼束《おにづか》……テンマ……！」

シトのすぐ隣に立つ黒コートの巨漢こそは、関東地区予選トーナメントにて異世界を滅ぼし……外江《とのえ》ハヅキと純岡《すみおか》シトを完膚なきまでに打ち負かしたアンチクトンの恐るべき転生者《ドライバー》、鬼束《おにづか》テンマ。因縁浅からぬ相手である。

「私は君のポテンシャルを評価している。この大会では、恐らく君と当たりそうにない点は残念なところだがな」

「貴様らの目的は何だ。異世界を滅ぼすことで、何を得ている」

「我々は転生者《ドライバー》だ。問い、答える方法などただ一つしかないだろう」

「異世界転生《エグゾドライブ》で聞けということか。……アンチクトン。俺は貴様らの」

「出場者の皆さんは選手用通路まで退出してくださーい」

「はい」

「うむ」

シトとテンマは、並んで選手用通路へと戻った。

「――――貴様らの転生《ドライブ》スタイルを認めはしない。勝負の上でも貴様らの転生《ドライブ》は誤りであると、証明するためにここに来た」

「そうか。私は、君のその闘争心も含めて評価しているのだがな。ドクター、彼を仲間に加えることはできないか？」

「不可だ。この計画に外部参加者はあり得ない」

新たな声。シトは通路の奥を振り返った。

黒く染めた白衣を纏った老人が佇んでいる。剣呑な片眼鏡が、照明の光を反射していた。

「貴様は……!?」

「13年2ヶ月16日と11時間29分」

しわがれた声が告げた。

「君の記憶は正確かな、純岡《すみおか》シト！　私と君が再会するまでにかかった時間だ」

「何を……言っている……!?　貴様は、何だ」

「『貴様は何だ』？　第一声がそれか？　ああ、嘆かわしいな！」

老人は大袈裟《おおげさ》な手振りを交えて進み出た。

その眼光と佇まいには、鬼束《おにづか》テンマに勝るとも劣らぬ威圧の気迫がある。

「たとえ記憶にないとしても、十分なヒントを与えているはずなのだがね！　私の計測が真実ならば、君の就学以前に互いに顔を合わせたことがある。それが正しければ、即ちこの私は君自身ではなく、君の家族の関係者を主張していることが当然分かるはずだ。さらに我々アンチクトンは明らかに異世界転生技術《エグゾドライブ》を有する組織でもある！　そして君自身にドライブリンカーに関する知識が多少でもあるのならば……」

「……ッ！」

シトは恐れ、飛《と》び退《の》いた。

「と、父さんの……純岡《すみおか》シンイチの関係者か……！」

「回答が大雑把過ぎる。65点といったところだが、まあ、可としよう。日下部《くさかべ》リョウマ。同志からはドクター日下部《くさかべ》と呼ばれている」

「ドクター日下部《くさかべ》……」

大葉研究所で目にした論文を思い出す。純岡《すみおか》シンイチ。大葉《おおば》コウキ。

論文の第一著者は、日下部《くさかべ》リョウマ。それがこの老博士だというのか。

「……ドライブリンカー開発スタッフが、世界を滅ぼす組織に堕したか！」

「世界を滅ぼす？　――く、くくくくくくく。逆だ、逆だ。まったくもって逆だとも、純岡《すみおか》シト。我々アンチクトンは世界を守るためにこそ、エル・ディレクスと道を違えたのだ」

「戯言《たわごと》を！　貴様らが狙う力とやらは異世界転生《エグゾドライブ》に伴うエネルギーか!?　世界間の均衡を突破

するエネルギーを……」

「ほう、エネルギー！　ならば君の理解を試してみよう、純岡《すみおか》シト！　転生者《ドライバー》は転生《ドライブ》のたびに異世界より絶大なエネルギーを回収することができる！　その回収エネルギー総量をより高める方法とは何か！」

シトの糾弾に対し、ドクター日下部《くさかべ》はむしろ興奮とともに語気を強めた。

「それはポテンシャルをより安定な状態へと遷移させることに他ならない！　即ち、より可能性選択肢の少ない状態による世界救済！　君の言うところの世界滅亡！　我々転生者《ドライバー》が略奪するエネルギーとは、まさしく異世界の可能性そのものである！」

「……外道め……！」

シトは怒りのままに戦闘の構えを取った。屈強なる鬼束《おにづか》テンマが無言で割って入り、二人の間を阻んだ。

黒衣の集団、アンチクトン。異世界を滅ぼし、その可能性のエネルギーを我が物とすることが、彼らの活動目的であるのか。この老博士は、そのためにＷＲＡが敢えて流通に乗せぬＤ《ダーク》メモリを自ら開発し、そして素性定かならぬ転生者《ドライバー》を育成し……今、満を持して行動を開始した。

中学生であるシトは、彼らの意図するところを全て察しているわけではない。

しかし少なくとも彼らの転生《ドライブ》スタイルとは、純岡《すみおか》シトは共存できまい。

「否定は可能性を狭めるぞ、純岡《すみおか》シト！　君がここまで辿り着いたことには、運命的なものを

感じる！　この計画には、君とて無関係ではないのだからな」

「何だと……？」

目を閉じ、無言を貫いていたテンマが口を開いたのは、その時である。

「……話の途中だ」

ドクター日下部《くさかべ》の背後に、黒衣の少年少女が集いつつあった。

予選トーナメントでも見た、幽鬼めいた少年が口を開く。

「遅いので迎えに来たんですよ。テンマさァん。ドクターも、そんな転生者《ドライバー》如きに油を売ってる場合じゃないでしょう」

「アンチクトン……」

敵の姿を見る。彼らこそがアンチクトン。D《ダーク》メモリの使い手であり、全員が一切の躊躇なく世界を滅亡に導くことができる非情集団。

……だが。

「バ……バカな……」

シトの動揺の理由はそれではなかった。冷酷を装う仮面は崩れて、先程まで覚えていた怒りすらも乱れた。ドクター日下部《くさかべ》の存在すら忘れ去ってしまうほどに。

その中にはシトの見知った顔があった。

「――や。シト」

閉じた唇の両端を吊り上げるような、真意を悟らせない笑み。

「いまさら気が付くなんて、ひどいな。いくら列の反対側でも、同じ開会式にだって出てたんだよ？」

「黒木田《くろきだ》……レイ……！」

その笑顔も佇まいも、かつての彼女と変わらないように思える。

白い背中を大きく晒《さら》す黒衣に身を包み、悪しきメモリ使いとして現れたとしても。

「……シト」

黒木田《くろきだ》レイは近付き、動けぬままのシトの首筋に触れる。

長い睫毛越しに、深い瞳が彼を間近に見据えている。

「ぼくを褒めてくれないのかい？」

「……な、何故だ……こんなところで、何をしている……！」

「決まっているでしょう。きみと戦うために来たんだ。逃げずに、今度こそ」

囁《ささや》くように言う。

シトは、彼女と戦いたいと望んでいた。

レイもそのように思っていたのだ。そこにどのような経緯があったのだとしても。

「だが、それは……」

「間違っている？」

レイの前髪が、シトの額に触れる。

「それでもきみに勝ちたいんだ。ぼくはそれだけでいい」

膝の力が抜けて、シトは壁に手を突いて体を支えた。直面している事態をどのように処理すればいいのかが分からない。異世界。敵。父とドライブリンカーの謎。それ以上に、眼前の光景が。

黒いドレスのスカートを翻して、レイはアンチクトンの一団へと戻っていく。

シトは彼女のその様を見ながら、何もできない。

「……黒木田《くろきだ》……！」

「無様ですねェ」

ただ一人その場に残った学生服の少年が、シトを見下ろしている。

アンチクトンに名を連ねる一人。銅《あかがね》ルキ。

「戦う前からボロボロじゃないですか」

死んだ魚という形容が相応《ふさわ》しい、体温のない目だ。

「どうしてテンマさんもドクターも、あなたのような者に目をかけているのか」

「く……貴様ら……貴様らだけは、許さん……！」

「はァ」

今や床にくずおれているシトに、ルキはしゃがんで目線を合わせた。

「ならば、いいお話をお伝えしましょう。あなたはレイさんと戦わずに済みます。そこは、どうかご安心ください。純岡《すみおか》シトさァん」

アンチクトン。その全員が、未だ得体の知れぬD《ダーク》メモリの使い手。

そして全国大会本戦トーナメントに出場する実力を持つ、恐るべき転生者《ドライバー》である。

「——第一回戦をお相手するのは、この私ですからね」

◆

「……純岡《すみおか》は、勝てると思うか」

「えっ。ルドウ、純岡《すみおか》クンの心配なんかするキャラだったっけ……？」

観客席に並んでシトの試合を見守るのは、星原《ほしはら》サキ。大葉《おおば》ルドウ。そして剣《つるぎ》タツヤの三名である。ルドウは親指を噛んで、第一回戦の試合に臨む二人の転生者《ドライバー》を睨んでいた。

「ルドウは知らないかもしれねーけどよ。シトは一度負けた相手にほど強いぜ。もし予選トーナメントでハヅキちゃんが勝ち上がってたとしても、シトなら絶対に秘策を用意してたはずなんだ……！　同じD《ダーク》メモリの使い手なら、あいつは負けねえ！」

「俺だってそれくらい分かってる。だがな。奴の強さはテメーとは正反対の、思考と戦略に立脚した強さだ」

第一回戦の相手はアンチクトンの転生者《ドライバー》である、銅《あかがね》ルキ。

シトは彼らが用いるD《ダーク》メモリを、予選トーナメントで既に見ている。しかし。

「だからこそ、今の状況で冷静でいられるかどうかが問題なんだ。純岡《すみおか》は会長から異世界の転生者《ドライバー》の話を聞いたばかりだ。しかも、あいつが……黒木田《くろきだ》が、よりによってアンチクトンの一人として出てきていやがる……！」

「……うん。どうしてだろう、黒木田《くろきだ》さん……」

「脳ってのは機械と同じだ。奴の今の状態で普段通りのパフォーマンスが出せるか？　この第一回戦、奴の惨敗だってあり得る！」

「いいや……やっぱりお前はシトのことを分かっちゃいねーよ」

今、純岡《すみおか》シトと銅《あかがね》ルキが転生レーンへと足を踏み入れていく。

ポケットから取り出した羊羹《ようかん》を食べつつ、タツヤは試合場を見据えている。

「……何があろうと。あいつは、その程度で折れるような転生者《ドライバー》じゃねえ」

◆

「では、純岡《すみおか》シト選手！　銅《あかがね》ルキ選手！　オープンスロットの提示をどうぞ！」

世界脅威レギュレーションは『先史文明A＋』。遥か過去に封じられた文明――またはその

文明によって封じられていた脅威が目覚めつつあり、その脅威の撃破、あるいは世界が脅威を復活させてしまう事態を防ぐ、プレイングの幅が広いレギュレーションである。

だがその選択肢の広さこそが、純岡《すみおか》シトを追い詰めている。

敵に勝利するためのCメモリ《チート》を選び取らなければならない。

何ができるのか。今、どのような転生《ドライブ》スタイルで戦うべきなのか。

「……」

「無様ですねェ」

俯いたまま立ち尽くすだけのシトに、ルキは淡々と告げた。

侮蔑でも嘲笑でもない、単なる事実の指摘のような口調だった。

「あなたのような転生者《ドライバー》に勝っても、何の自慢にもなりません。テンマさんは……」

「――【集団勇者《フラッシュモブ》】」

「……なんですって？」

ルキは言葉を止め、隣に立つシトを見た。照明の影が差して、その表情を窺うことはできない。

「【集団勇者《フラッシュモブ》】【無敵軍団《ネームドフォース》】【絶対探知《フラグサーチ》】。俺のオープンスロットはこの三種だ」

使用デッキの宣言であった。

これまでの異世界転生《エグゾドライブ》の根幹を揺るがす真実が、彼を打ちのめしている。父の失踪の謎。世

界救済を否定する転生《ドライブ》スタイル。世界の立場を逆転する、異世界からの転生者《ドライバー》。異世界転生《エグゾドライブ》の先に得た友であった黒木田《くろきだ》レイすら、今や彼の敵となった。

それでも、異世界転生《エグゾドライブ》は純岡《すみおか》シトの人生そのものである。

彼が転生《ドライブ》から逃げたことはなかった。自転車の乗り方を決して忘れることのないように、どのような状況であっても勝利のための戦略を考えることができた。

「……ク。倒しがいが出ました」

銅《あかがね》ルキは片方の口角だけを僅かに上げて、笑いらしきものを浮かべる。

死人めいた無表情が、その一箇所だけ蘇生《そせい》したようにも見えた。

「ならば私も、あなたを打ち倒すC《チート》スキルを明かしましょう。……オープンスロットは、【超絶成長《ハイパーグロウス》】。【無敵軍団《ネームドフォース》】」

二種のC《チート》メモリに続いて、指で摘むように最後の一つを取り出す。

黒く禍々しき、人類を害するD《ダーク》メモリ。

「そして【人外転生《クリーチャー・エボルブ》】」

17. 【集団勇者】

王都の広場に集っているのは、二十名以上にも及ぶ、様々な出《い》で立《た》ちの少年少女である。

「……つまり俺達はクラスごと、この世界に転生してしまったということか」

純岡《すみおか》シトの転生《ドライブ》から十三年。彼らは互いに連絡を取り、この場に集合した。この転生《ドライブ》は無論、純岡《すみおか》シトと銅《あかがね》ルキの一対一であり、彼らの如き異物が介在する余地などないはずだが――

「あのさ。皆も持ってるんだよね。他の人の持ってないスキル」

「この世界に来ちゃった時はびっくりしたけど、まあいいんじゃない？　『これ』のお陰で、こっちの世界の暮らしでも意外とイイ思いできてるしさ」

「確かに……ミキヒサは『極大魔法』で勇者として活躍してるって聞くし……」

「あ！　僕『生命蘇生』のスキルあるから、大怪我したらいつでも言ってね！」

「なあ委員長。皆のスキルは分かったのか？」

集団の中心はその少女である。凛《りん》とした美貌に、長く艶めく髪。

彼女は閉じていた瞳を開いた。その虹彩《こうさい》は赤く輝いている。

「――『千里魔眼』の解析結果が出たわ。ユウジの『血風魔刀』は君主級《ロード》のドラゴンすら一撃だし、ケイタの『絶対城塞』は文字通りの無敵。ヒナの『神代蔵書』はこの世から失われた魔法すら再現できるでしょうね。全員が素晴らしいスキルを持っているわ。……ただ一人を除いて」

彼らの視線は、その一人に集中した。

ふてぶてしく木に背を預けている少年は、言うまでもなく純岡《すみおか》シトである。

この二十名の中にあって、彼一人だけが真性の転生者《ドライバー》であった。

「フン。俺のことか」

「持っているスキルといえば、味方の強化にちょっとした探知くらい。厳しい言い方かもしれないけど……彼を戦いに連れて行くのは無理ね。委員長として、クラスメイトを無駄死にさせたくはないもの」

「へへへ……だとよ！　残念だったな純岡《すみおか》ァ！」

「うわ……かわいそう……直接攻撃もできない強化系に探知系だなんて、外れスキルもいいところよね……」

「ま、俺達はお前の代わりに、せいぜいチートでいい思いしてやるからよ！　お前は慎《つつ》ましく俺達の活躍を見守っててくれや。な？」

「「ギャハハハハハハハ!!」」

シトは険しい表情で彼らを睨みつけている。

当然、そこに怒りや羨望の感情はない。彼は常に真剣だった。

（……合流イベントを迎えられた個体は二十二人。予想よりも少ないな。時期的には早いが、銅《あかがね》に何人か狩られている可能性があるか……）

これこそがC《チート》スキル、【集団勇者《フラッシュモブ》】。

互いに前世を見知っているという設定の三十～四十名程度のNPC集団を、自身の転生《ドライブ》と同時に生成する。

彼らは総じてスキル成長が早熟であり、一般スキルの延長である擬似C《チート》スキルすらも保有するものの、全体の傾向としてこのように現状認識が甘く、そして初期状態からC《チート》スキル使用者本体を軽視し排斥する傾向を与えられている。さらに言えば彼らはあくまでドライブリンカーが生成するNPCであり、元となった転生《ドライブ》前の人格や人間的な自由意志なども存在しない。

即ち、これは字義通りに勇者の集団を作成するためのC《チート》スキルではない。

ある程度の実力を持ち、弱者を見下し、そして愚かな行為に走る——使用者にとって都合のいいIP獲得の『餌』を使用者の周囲に大量にばら撒《ま》くためのC《チート》スキルである。

「だが、ここからは俺が狩らせてもらう」

こうしている間にも、油断なく【絶対探知《フラグサーチ》】を発動している。そもそもこの合流イベントを早期に引き起こせた理由も、餌との再会フラグを探知し、事前に働きかけることができたためだ。

銅《あかがね》ルキ周辺の発生イベントを見る限りは――【人外転生《クリーチャー・エボルブ》】の効果は、シトが想像したものとそう異なるものではない。

「【人外転生《クリーチャー・エボルブ》】。獣に転生するC《チート》スキルか。ならばこの俺が、獣に相応しい死に様を与えてやろう……！」

◆

「ひ……ひィッ、どういうことだよ!?」

険しい山中を、恐怖とともに駆ける一人の冒険者があった。

その装備は見て分かるほどの魔力と輝きを帯びており、並の冒険者以上の実力と自負を備えていることも見て取れるが。

「俺はこの世界に選ばれた勇者じゃないのかよ!?　なんで俺がこんな目に……！」

山道を抜けていく影は一つではない。

彼の後に続いて、群れなす獣が木々を飛び、茂みを潜り、追い詰めていく。

「お、俺には最強のチートがウギャアーッ!?」

殺到する影と吠え声が、その断末魔をかき消した。

それらはこの世界でも最下級の魔物――コボルトと呼ばれる、犬頭の獣人である。

「さァて」

口の端を拭い、一際巨大な個体が身を起こした。

それは元の世界の面影を見て取れぬほど変貌しているものの、銅《あかがね》ルキその人である。

「――【集団勇者《フラッシュモブ》】。その戦術はまったくの逆効果ですよ。純岡《すみおか》シトさァん」

たった今力尽きた冒険者は、【集団勇者《フラッシュモブ》】の一名であろう。オープンスロットで見えているCメモリ《チート》に対しては、ルキも能動的にその優位を潰す戦術を取ることができる。

【集団勇者《フラッシュモブ》】は膨大なIP獲得源を供給するCメモリ《チート》であるが、膨大であるが故に、その恩恵を受けられる転生者《ドライバー》は、使用者一人のみであるとは限らないという弱点がある。

「【集団勇者《フラッシュモブ》】【無敵軍団《ネームドフォース》】【絶対探知《フラグサーチ》】。分かりますよォ。あなたのシークレットが。――【超絶交渉《ハイパーコミュ》】。本来は餌でしかないはずの【集団勇者《フラッシュモブ》】を【超絶交渉《ハイパーコミュ》】で懐柔し、【無敵軍団《ネームドフォース》】で強化。自動敵対のデメリットを踏み倒し、開始直後から強力な軍勢で攻め立てる……」

人の頃の面影を残すものは、虚ろな目だ。淡々と、敵の転生者《ドライバー》を分析している。

「……と、そう思わせようとしている」

フラッシュフォース。初心者が一度は陥るといわれる、稚拙なコンボデッキである。

そもそも【集団勇者《フラッシュモブ》】で生成される餌はいずれ倒されるために配置されたNPCでしかない。彼らの極めて早熟なスキル成長速度はIP価値を早期に高めるためのもので、その成長上限値はランダムだ。現地の異世界人と比べて低いことすらある。

【集団勇者《フラッシュモブ》】の本来の役割を放棄した上、【超絶交渉《ハイパーコミュ》】でさらにスロット一枠を消費し、既に装填している【無敵軍団《ネームドフォース》】で足りる程度の効果しかもたらさない。デメリットを踏み倒しているように見えて、コストには到底釣り合わぬ弱小コンボ。それがフラッシュフォースだ。

「あなたのオープンデッキを見て、先入観として最初に思い浮かべるものはフラッシュフォース。しかし実際のところオープンされているCメモリ《チート》は、早期IP獲得。パーティ強化。そしてイベント探知……ならば残る一枠は、間違いなく自己強化系」

最も効率の良い【超絶成長《ハイパーグロウス》】か。【集団勇者《フラッシュモブ》】の獲得IPを盗み取る【不労所得《パラサイト》】か。あるいは攻略下限ランクギリギリのギャンブルを狙い、【達人転生《スタートダッシュ》】で超速攻をかけるか。

「理論で戦う者は、そのプライド故に運否天賦《うんぷてんぷ》の勝負を仕掛けはしない。ならば【達人転生《スタートダッシュ》】ではない。そして【不労所得《パラサイト》】は【全種適性《オールマイティ》】と組み合わせない限り、【集団勇者《フラッシュモブ》】全員分の多種多様なスキルツリーを吸収できない欠点がある。いいですねェ。分かります。ようく分かりますよォ。……あなたのシークレットは、【超絶成長《ハイパーグロウス》】」

それは銅《あかがね》ルキがオープンスロットに装填しているCメモリ《チート》の一本でもある。

ならばシトとルキの立つ条件は、果たして五分であるのか？

否。

「クッ、クク、クキキキキ……！」

コボルトの姿を取るルキの肉体は突如として膨れ上がり、変貌した。

薄汚れた茶色の毛並みは月光を反射する銀に輝き、口吻《こうふん》はより長く、牙はより鋭利に育った。

【集団勇者《フラッシュモブ》】の冒険者を倒し、莫大なＩＰを吸って成長したルキの肉体は、既にコボルトの定義に収まるものではない。

ウェアウルフ・ロードと呼ぶべき強大な魔獣である……！

「キ、キククク……！　ご覧に入れましょう！　【超絶成長《ハイパーグロウス》】。【人外転生《クリーチャー・エボルブ》】。これこそDメモリ《ダーク》によるコンボ！　邪獣進化《イビル・エボリューション》……！」

◆

純岡《すみおか》シト　IP34,253　冒険者ランクD

オープンスロット：【集団勇者《フラッシュモブ》】【無敵軍団《ネームドフォース》】【絶対探知《フラグサーチ》】

シークレットスロット：【？？？】

保有スキル：〈話術A〉〈斬術B〉〈地図作成B＋〉〈集団指揮A〉〈完全言語D〉〈扇動B〉〈鑑定B〉〈円魔法D〉〈線魔法B〉〈角魔法C〉他22種

銅《あかがね》ルキ　IP39,444　冒険者ランクC

オープンスロット：【人外転生《クリーチャー・エボルブ》】【超絶成長《ハイパーグロウス》】【無敵軍団《ネームドフォース》】
シークレットスロット：【？？？？】
保有スキル：〈ウェアウルフ・ロードB〉〈絶刀牙A〉〈邪毒爪A〉〈装甲獣皮A〉〈瞬動A＋〉〈危険予知B〉〈追跡B〉〈人間化B〉〈円魔法A〉〈獣族言語S〉〈人間言語E〉他25種

◆

「なんだとーッ!?　銅《あかがね》の姿が変わりやがったッ！」

「どういうことなの!?　あれがD《ダーク》メモリ……!?」

観客が一様にルキの変貌に驚愕する中、タツヤとサキもまた慄《おのの》きを隠せずにいた。

研究者であるルドウはただ一人、まったく初見のC《チート》メモリの特性を考察する。

「信じられねえが、人間として生まれたなら人間のまま……みたいな常識はどうも通用しねェ相手のようだな。奴がわざわざ最弱のコボルトに転生《ドライブ》しやがった時は楽勝だとタカをくってたが……【人外転生《クリーチャー・エボルブ》】の種族と力の因果関係は、普通と逆になってるってところだろう」

「因果が逆……？　それって……つまり」

「強くなればなるほど、種族のほうがその強さに相応しくなるってことだ」

人間への転生《ドライブ》では、いくら【超絶成長《ハイパーグロウス》】などで際限のない成長を果たしたとしても、種族的に決して獲得不可能な上位スキルは存在する。だからこそ特定ボス撃破のために、【後付設定《サプライズ》】などを用いてスキル変換を行う必要があるのだ。

しかし【人外転生《クリーチャー・エボルブ》】にその枷《かせ》は存在しない。種族限界に到達するたび、【超絶成長《ハイパーグロウス》】の成長倍率をも乗算して強大化することができる。たとえシトのシークレットが【超絶成長《ハイパーグロウス》】だとしても、成長速度が同じであるとすれば、限界値がそもそも存在しない敵に追いつくことはできない。

「全スキルに限界がねェ……例えるなら習得してる全部の一般スキルがちょっとした【弱小技能《ウルトラレア》】になるってことだ。単純強化系でスロットを二つ埋めるだけあって、ヤバいコンボだな」

ルキのステータス画面には、スキルツリーと同様に種族成長ツリーが存在する。

コボルト。ハイコボルト。コボルトチャンプ。ウェアウルフ。ウェアウルフ・ロード――フェンリル。ダスクフェンリル。始祖フェンリル。狼神ディ・メノス。

「……【集団勇者《フラッシュモブ》】のNPCは減っていく一方なんだよね。じゃあ長期戦になればなるほど、スキル成長に限界がある純岡《すみおか》クンが不利になっていくってことか……！」

「いいや。シトがそこを織り込まないまま長期戦を仕掛けるわけがねえ。先史文明を速攻で攻略するとしたらどうなるんだ⁉」

「だが『先史文明Ａ＋』だぞ……！　覚醒した古代兵器を倒すにしても遺跡発掘の中止を働きかけるにしても、どっちにしても時間は絶対に必要だ！　銅《あかがね》は文明を掘り起こそうとしてる人類のほうを滅ぼしちまうだけでいいんだからな……！」

「じゃあ直接攻撃《ダイレクトアタック》……いや、スキルレベルからして、それも……」

「……何か、何か策があるはずだ……シトなら！」

圧倒的なスペックの差。しかも敵は人類を滅ぼすことでもクリア条件を満たすことができる。

それは裏をかく戦術すら挟まぬ、単純明快な脅威だ。だが、どのように。

◆

「――私は、勝負を焦りませんよ。純岡《すみおか》シト」

さらに二年が経過した。銅《あかがね》ルキが見据えているのは絶対有利が約束された長期戦だ。

相手に【集団勇者《フラッシュモブ》】が存在する以上、序盤のシトは常にＩＰ大量獲得のストックを押さえていると見るべきだからだ。いかに【人外転生《クリーチャー・エボルブ》】の成長速度があるとしても、未だ弱小種族である現状では、例えば【達人転生《スタートダッシュ》】や【超絶成長《ハイパーグロウス》】との乗算などで、一瞬にして現状戦力を上回られることがあり得る。

現在の彼が優先的に着手しているのは、【無敵軍団《ネームドフォース》】を率いた勢力圏の拡大。コボルト軍の

圧倒的物量は、周辺のゴブリンやワイバーンの群れを極めて容易く制圧している。

人外に転生した彼が有利な点はもう一つある——自身の系統の魔物か、それに利をもたらす者でない限りは、他のどの魔物を倒しても人間と同様にＩＰを獲得できるという点だ。鬼束《おにづか》テンマの【魔王転生《ダークネス・ドライブ》】のごとく、魔族全ての庇護者《ひごしゃ》となる必要もない。

「じわじわと……窒息させるように、です」

ルキの現在の種族は、レッサーガルムである。

強大極まるその姿もなお、種族ツリーの中層以下に過ぎぬ。

「まだ、人間との全面戦争は引き起こしはしません。完全にあなたがたの生存圏を包囲します。邪獣進化《イビル・エボリューション》であなたのスキルランクを大きく引き離し……ク。刹那《せつな》の一瞬で、終わらせてさしあげましょう」

そしてルキの勢力拡大の目論見は、ただ長期戦の強要のみではない。

敵に際限のない時間を与えてしまえば、例えば【政治革命《ポリティカルR》】【産業革命《インダストリアルR》】を隠し持っていた場合、ルキを放置して世界脅威を打倒されることもあり得る。

敵の積み重ねがどのようなものであろうと、一手で全ての可能性を絶つ。

それは即ち、直接攻撃《ダイレクトアタック》による純岡《すみおか》シトの殺害だ。

（——私のシークレットは、【正体秘匿《アンノウン》】）

架空の外見とステータス画面を作り上げ、全ての身分を……転生者《ドライバー》であるという事実すらも

隠蔽する。【実力偽装《Eランカー》】以上に隠密に特化したこのC《チート》スキルは、最後にシトが倒れるその瞬間まで、【絶対探知《フラグサーチ》】ですら暴くことはできない。

（あなたは自らの意志で【絶対探知《フラグサーチ》】を選んだと信じ込んでいるのでしょう。それは違います）

人外が町中に現れ、気付かぬはずがない。【絶対探知《フラグサーチ》】で動向を察知できないはずがない。

彼のオープンデッキは、その先入観を作り出すために組まれている。

意識外からの直接攻撃《ダイレクトアタック》。銅《あかがね》ルキのデッキは、暗殺型だ。

（あなたは……私がテンマさんと同様にD《ダーク》メモリを使うのか。ＩＰ計算上不自然な行為をすることがないか。私の手札を見て、安心したかったのでしょう。未知に対処するために、知覚型のC《チート》メモリを選ばされた――）

【絶対探知《フラグサーチ》】は強力だ。だが知覚の強力さ故に、それを過信する。

直接的なＩＰ獲得手段を持たぬ【絶対探知《フラグサーチ》】は、【正体秘匿《アンノウン》】の直接攻撃《ダイレクトアタック》戦術に対しては、単なるデッドウェイトに過ぎない。

（……故に、純岡《すみおか》シト。あなた自身の恐れが、あなたを殺す！）

◆

市街の噴水前に座り、法律書を捲っている若き貴族は、純岡《すみおか》シトの転生体である。

【集団勇者《フラッシュモブ》】のリーダー格である委員長もそこにいた。

「……コボルトの勢力圏が拡大していると報告があった」

「ええ。どうやらそうみたいね」

『千里魔眼』の目を閉じて、委員長は答えた。

【集団勇者《フラッシュモブ》】の疑似C《チート》スキルは有用だ。……少なくとも、序盤に限っては。

転生《ドライブ》開始から十五年も経過すれば、その優位性も消える頃合いである。全国クラスの転生者《ドライバー》であれば、基礎的な成長を終え、互いに妨害工作を仕掛けるべき時だ。

「ねえ純岡《すみおか》くん。討伐はしなくていいの？」

委員長はやや不満そうに言った。【集団勇者《フラッシュモブ》】は総じて思慮が浅い、フラッシュフォースコンボに【超絶交渉《ハイパーコミュ》】が必要なのは、通常の説得では彼らの短絡的な行動を抑制できないためだ。

「私達なら楽に倒せると思うわ」

「何故だ？」

シトは書物を閉じた。その表情は冷たいままだが、穏やかである。

戦線より遠く離れた、穏やかな王国市街。彼もまた、銅《あかがね》ルキに戦闘を仕掛けるつもりはない。

そのための【集団勇者《フラッシュモブ》】。

「何故倒す必要がある？　――全ては順調に推移している」

18.【無敵軍団】

「集まったな」

転生開始《ドライブ》から十七年。

かつてと同じ王都の広場に集う【集団勇者《フラッシュモブ》】の顔ぶれは十八名にまで減っていたが、彼らの統率者は今や委員長ではない。

「――既に加藤《かとう》の『脳内通話』で共有しているように、帝国が発掘しつつある先史文明の遺産は、この異世界全体を脅かしかねない、最悪の危険因子だ」

その一人――即ち純岡《すみおか》シトは、全員を見渡して言った。

「貴様らは決して無敵の勇者などではない。だがそれでも、チートの力で掴み取った地位と名声は真実のものだ。断じて軽率な暴力に訴えることなく、むしろこの世界より暴力を廃絶せよ。帝国とは既に和平を締結し対コボルト条約を取り付けてはいるが、それでもここからの交渉はなお困難を極めるだろう。粘り強く発掘中止を働きかける……！　全ては貴様ら一人一人の双肩に懸かっている！　いいな！」

「もちろんだぜ、純岡《すみおか》アーッ！」

「アンタの言うことなら間違いじゃないって、アタイ信じてるよ！」

「俺は最初から分かってたぜ……本当はお前のチートが最強だったってよ！」

「す、純岡《すみおか》くん……この戦いが終わったら、私……」

思い思いの愚劣反応を示すNPCは、しかしシトの命令に背くことはないだろう。それぞれの知名度を活かして各国家の上層へと接触し、シトの介入の糸口を作り出してくれるはずだ。

【超絶交渉《ハイパーコミュ》】なくして不可能とされる【集団勇者《フラッシュモブ》】の掌握を、純岡《すみおか》シトは完全に成し遂げていた。

彼はここからさらに三年、あるいは四年がかりの計画を考えている。『先史文明』は復活イベントが発生してしまえば戦闘特化型のデッキでも対処は極めて困難だが、時間を掛けて社会を制圧すれば、安全かつ確実に防ぎきることのできるレギュレーションでもある。

しかし、故に純岡《すみおか》シトのスキル構成はほぼ全てが内政系だ。防御スキルすら、最低限、毒殺等を防ぐ程度のものしかない。

「純岡《すみおか》くん」

屋根を跳び渡って、委員長が現れた。彼女のスキル上限は然程高くはなかったが、【無敵軍団《ネームドフォース》】でほぼ生存の保障された偵察ユニットは、試合のどの局面においても有用ではある。

「深淵蜘蛛《しんえんぐも》の縄張りの壊滅を確認したわ。これで人類の生存圏の外側は全てコボルトの単一の群れに支配されたことになるわね」

「そうか」

シトは取り出した地図の領域の一つを赤く塗り潰す。赤は地図の面積の大半を覆い尽くしており、白く残った人類の国家は、その中で頼りなく浮かぶ浮島のようだ。

「……なるほど。これで全部か」

銅《あかがね》ルキが号令を下すだけで彼らは一斉に行動を開始し、人類を滅ぼすことができるだろう。

個人がどれだけ強くとも、文明がどれだけ発展しても、抗《あらが》う手段のない……数という暴力。敵よりも早く繁殖し、土地の開拓の手間すらなく支配圏を拡大し、そして圧殺する。それは人間に転生《ドライブ》する限り不可能な戦略だ。

邪獣進化《イビル・エボリューション》のみではない――これが【人外転生《クリーチャー・エボルブ》】のもう一つの側面か。

「ならば、試合はこれで終了だ」

◆

「一体……何を考えているんですかァ、純岡《すみおか》シト……」

深淵蜘蛛の領地へと踏み込んだルキを待ち受けていたのは、異様な光景であった。

絶大なる敵が現れたわけではなく、狡猾《こうかつ》な罠《わな》が彼らを捕えたわけでもない。

そこには何もなかった。人里を残すのみの版図の最後に至ってすら、コボルトの軍勢は一切

の労苦なく深淵蜘蛛の領地を制圧した。

「神獣クラスの深淵蜘蛛が既に殺されている。我々に先回りするように……【集団勇者《フラッシュモブ》】を最大に活用すれば不可能ではありません。しかし、【超絶交渉《ハイパーコミュ》】以外に彼らを操る方法があると……？」

現在のルキの種族は、アルビノ・ケルベロス。【超絶成長《ハイパーグロウス》】の効果も合わせ、十分にこの世界で最強を名乗れるレベルではあるが、それでも復活した先史文明を正面から相手取るにはまだ数度の進化が必要になる。

「……私のＩＰ獲得源を潰そうとしている？」

仮にそれがシトの作戦であったとすれば、確かに成功を収めている。

純岡《すみおか》シトが【絶対探知《フラグサーチ》】の情報を元に指示を出しているのか、人間勢力は常にコボルトの群れに先んじてその攻撃目標を討伐しており、即座に撤退している。特にルキ自身が直接戦い、ＩＰを獲得する機会は長らく訪れていない。

彼がこの姿にまで進化できたのも、配下のコボルトらの支持から細々と得たＩＰ収入によるものであって、次の段階に至るためにはより巨大な功績を挙げなければならない状況である。

——だが引き換えに、コボルトの群れは一切の消耗なくこの地上を覆いつくした。

武装した村人にも追いやられていた最弱の魔物は、世界最大の軍勢と化したのだ。

シトの行ったことは本末転倒の、まったく無益な問題の先送りとしか思えない。

彼らはまだ、この世に最大のＩＰ獲得源を残しているのだから。

「まさか……まさかまさか。人類を滅ぼしてみろ、という挑発ですかァ……？　何か秘策となる文明を発展させている？　それとも攻め入った先で古代文明の遺跡を起動して、ＩＰ自爆覚悟の相打ちでも狙っているんですかね？」

【集団勇者《フラッシュモブ》】【無敵軍団《ネームドフォース》】【絶対探知《フラグサーチ》】。見えている手札からは、産業型はあり得ない。そもそも仮に人間文明を突きつめ、コボルトに対して磐石《ばんじゃく》の防衛線を固めていたとて、世界最強の銅《あかがね》ルキ自身を打ち倒せるレベルにまでは達しないだろう。

加えてルキは、【正体秘匿《アンノウン》】による直接暗殺の手段も隠し持っている。

軍勢による圧殺。姿を消しての直接攻撃《ダイレクトアタック》。あるいは現状維持によるこれ以上の長期戦。全ての選択権は銅《あかがね》ルキにある。

だが、彼は敵の全ての可能性を絶つつもりだ。それでこそ……鬼束《おにづか》テンマが認める転生者《ドライバー》に対する、完全な勝利を証明できる。

「大将ォー！　ハッハッ、次！　次の縄張り！　どっ、どうしますか！　次！」

伝令コボルトの一匹が、彼の足下へと走り寄ってくる。

「……人里です。付近の群れに通達。人を襲いますよ」

「わかった！　わかりました！　人っ人里！　ワオーン！　ハッハッ」

「さァて。純岡《すみおか》シトさん。お望みどおり今！　私が……この世界最後の戦争を引き起こして差

し上げますよ……！」

人類の脅威はルキのみではない。彼が【無敵軍団《ネームドフォース》】により力を与え、同様に進化させた十四の配下は、それぞれがグレーター・ティンダロス以上。軍勢同士の総力戦に持ち込めば、上限レベルからして凡庸な【集団勇者《フラッシュモブ》】など問題にもならぬ。

結論から言えば、銅《あかがね》ルキの戦力判断は正確であった。彼我の戦力差において、何一つとして、彼の把握を覆す要素は存在しなかった――

◆

純岡《すみおか》シト　IP7,958,601,059　冒険者ランクSS

オープンスロット：【集団勇者《フラッシュモブ》】【無敵軍団《ネームドフォース》】【絶対探知《フラグサーチ》】

シークレットスロット：【？？？？】

保有スキル：〈究極話術SS〉〈国境無視A〉〈斬術A〉〈地図作成S＋〉〈軍団統制SS〉〈完全言語SS＋〉〈大扇動S〉〈完全鑑定B〉〈平和の英雄SS〉〈円魔法B〉〈線魔法S〉〈角魔法A〉他35種

銅《あかがね》ルキ　IP9,210,406,823　冒険者ランクSS
オープンスロット：【人外転生《クリーチャー・エボルブ》】【超絶成長《ハイパーグロウス》】【無敵軍団《ネームドフォース》】
シークレットスロット：【？？？？】
保有スキル：〈アルビノ・ケルベロスA＋〉〈邪界の牙SSSS〉〈次元三連SS＋〉〈概念断爪SSSS＋〉〈死の超越SS〉〈装甲結界SSSS〉〈遍在S＋〉〈事象解読SS〉〈天運掌握D〉〈人間化A〉〈完全魔法B＋〉〈獣族言語SSS〉〈人間言語S〉〈地上の獣王SS〉他35種

＃

「……マジか」

「……」

タツヤとルドウは、超世界ディスプレイを見つめて絶句している。

超世界ディスプレイ越しに戦局を眺める転生者達《ドライバー》には、今の盤面が意味するところがはっきりと分かっていた。

銅《あかがね》ルキはどんな試合でも見たことがないほど自軍の勢力を拡大し、一方で純岡《すみおか》シトは都市部に篭もったまま帝国に対し発掘中止を働きかけるのみで、動きを見せてもいない。

状況を動かす選択権は、完全にルキの側にあると言ってよかった。

「もう勝ち目がねえぞ」

「……ああ。シークレットを解放したとしても……どんなC《チート》スキルがあっても、ここからの逆転はゼロだ」

「……えっ……で、でも、まだ分からないでしょ！」

星原《ほしはら》サキは、戦況が読めぬなりにシトを信じようとした。いくら戦局が一方的に見えたとしても、彼女の中にはどこかその楽観があったのかもしれない。

「だ、だって純岡《すみおか》クン、タツヤの時だってそんなだったし……！　また凄いシークレットのコンボとか出して、華麗に逆転してくれるよ！　だって、タツヤもルドウも純岡《すみおか》クンの強さは分かってるじゃない……！」

「ケッ。ド素人が」

「ド……ド素人で悪かったわね！　でも、純岡《すみおか》クンの転生《ドライブ》スタイルは分かるよ！　最後まで、まだ勝負は見えていない……」

「サキ。違う……！　シトがD《ダーク》メモリと戦うのは二回目なんだ……！」

「タツヤまで……じゃあ、何なの……？」

あの剣《つるぎ》タツヤすら、完全に勝負が決まったことを信じ切っている。

逆転不可能のチェックメイト。それは目にこそ見えぬ情勢だったが、彼が秘める苛烈なる意

思が現出したが如き、徹底的な戦術である……！

「圧倒的だ。勝ち目がねえ」

ルドウはもう一度呟いた。

「たった二回目でこんなことができるか……？　こんな盤面から覆す方法が思いつかねェ！

この試合、純岡《すみおか》の圧勝だッ!!」

◆

銅《あかがね》ルキ率いるコボルトの大隊は、東の辺境の村へと到達していた。

辺境とはいえここは帝国領であり、この村を焦土と変えるだけで、人類への宣戦布告としては十分であろう。

（……砦《とりで》からの矢が来ませんねェ）

領地を踏み荒らす魔物に対して沈黙を貫いたままの守備隊を、ルキは怪しんだ。

もっとも……アルビノ・ケルベロスにまで進化を果たしたルキには、人類の持ち得るあらゆる魔術や兵器などは一切無意味であるが。

「……あァ。また【絶対探知《フラグサーチ》】ですかァ？　我々の侵攻を察知して住民を退《ひ》かせたと。まさかご自分が死ぬまで、その無意味な一時しのぎを続けていくと？」

やはり、純岡《すみおか》シトの心は折れていた。イニシアチブを取り続けるルキに対し、それを取り返すどころかさらに消極的な対応を繰り返し、ますます命の灯火を縮めようとしている。シトが戦線を後退させつづけるならば、最後の領地の一点に至るまで侵略の手は緩めぬ。そうして文明発掘を行う人類が滅亡すれば、『先史文明』のレギュレーションは救済完了だ。

テンマが認めた転生者《ドライバー》との試合が降参《サレンダー》同然に終わるのは、些《いささ》か残念ではあるが――

「お水くみに行ってくるねーっ！」

溌剌《はつらつ》とした声が響いた。

それは恐らく不幸だったのだろう。民家の戸から、幼い少女が現れたところである。

この世界の歴史上のあらゆる神獣を凌駕《りょうが》する魔狼の前に、何の護《まも》りもなく。

銅《あかがね》ルキは無慈悲だ。まずは手始めにその娘を。続く全人類をそうするつもりでいた。声を発することすらなく、血に餓《う》えた大群に攻撃指令を下し……

「……ッ!?　止まりなさい!!」

だが――寸前。口をついて出たものは、停止命令であった。

恐怖の軍勢は、その一声でたたらを踏んだ。

切り込み役を担うウェアウルフが、困惑の表情でルキを振り返った。

先程までの漆黒の意思は一転して、ルキは震えていた。

「そんな」

何の危機感もなく春の日差しに踏み出していく、幼い……無力な少女に対して。

「そ、そんな……そんな。そんな。そんな、ことが」

視線は一点に注がれていた。彼女の後に続いて現れたものは……犬頭の獣人。

コボルトだ。見間違えようがない。

少女は、家で待つ母親へと元気よく叫んだ。

「ルーちゃんと一緒に行くからねーっ！」

「お昼までには帰ってきなさい！　ルー、まだごはん食べてないんだから！　道草して遊んでたら夕方になっちゃうわよ！」

「ええー？　ルーは平気だもんね！」

「うん！　か、川っ、川で遊ぼう！　キャンキャン！」

コボルトが洗濯の盥《たらい》を持ち、人と同じ衣服を着て、そして生活に紛れている。

その微笑ましい光景が、ルキの計画のあらゆる前提を崩壊させた。

「こ、攻撃は……中止……他、他の村を……」

……この村にはコボルトがいる。町並みの光景がそうであることに気付く。

四足で畑を耕すものが。貴族らしき若者の後に続く護衛が。老いて切り株に腰掛けるものが。

人類と同じように、暮らしている。

Dメモリ《ダーク》の効果は、人類殺害のＩＰペナルティを受けない。彼らは人類である。だが、コボ

ルトに友好的な人類だ。

彼のＩＰ取得条件は逆転しているのだ。自身の系統の魔物か、それに利をもたらす者でない限りは、他のどの魔物を倒しても人間と同様にＩＰを獲得できる。

――それに利をもたらす者でない限りは。

アルビノ・ケルベロスの肉体でもなお……精神的要因による激しい動悸に息を荒げながら、ルキは眼前に存在しない敵の戦術を恐れた。

「他の村を、襲います……コボルトと敵対関係にある、他の村を……」

『他の村』などが、本当にこの世界に残っているのか？

無作為に選んだ辺境の村ですらこのようになっているのだ。

いつの間にそれが起こっていたのか。地上から次々と他種族が姿を消し、ルキが勢力拡大を図っていた頃、シトは一度たりとも前線に姿を現さなかった。常に国家で内政に勤しんでいた。内政。純岡《すみおか》シトは通常考えられる、逆を行ったのだ。

人類を率いてコボルトの群れと戦うのではなく……

#

「コボルトだ……純岡《すみおか》が内政仕掛けて結ばせたのは、人間の国家同士の和平なんかじゃ

ねェ……コボルトと人間の和平だ！　もうとっくに、人間はコボルトと共存する種族になっていやがる！　元々は無害な、最弱の魔物なんだからな！」

「……そうか……D《ダーク》メモリが人間を倒してＩＰを得られるのは……人間が、魔物の敵だから。普通の転生《ドライブ》でも、友好的な魔物を召使《オプション》にできるように……純岡《すみおか》クンは、コボルトにとっての人類をそうしたってこと……！」

異世界転生《エグゾドライブ》への類稀なるセンスを持つサキも、異世界における内政の大局までを把握できていたわけではない。

だが、確かにその兆候はあったのだ。純岡《すみおか》シトが戦闘系スキルを差し置いて成長させた、数々の内政スキル。それらは全て、この一つの結末を見据えてのことだった。

「でも……じゃあ、敵が序盤からコボルトの軍団で速攻を仕掛けていたら、和平なんて結べるはずが……!?　純岡《すみおか》クンは、そういう賭けに勝ったの？」

「できないんだよ」

答えたのは、剣《つるぎ》タツヤである。真剣な口調だった。

「シトには【集団勇者《フラッシュモブ》】で作った【無敵軍団《ネームドフォース》】があった……！　銅《あかがね》が単騎で勝負を仕掛けるならともかく、序盤から軍団で戦っても勝てない状況を作っていた。銅《あかがね》は自分の種族の勢力を広げて、部下を進化させる必要があったんだ！」

「コボルトは……最弱の魔物……」

【人外転生《クリーチャー・ドライブ》】。

最弱の魔物へと転生《ドライブ》し、経験点とＩＰに応じて際限なく進化するＤ《ダーク》メモリ。

その弱みをあまりにも的確に刺し貫いたこの戦術を、ルドウも分析している。

「純岡《すみおか》は……オープンスロットの提示の時から、銅《あかがね》を操作してやがった。大量ＩＰ獲得を仄《ほの》めかす【集団勇者《フラッシュモブ》】は、脅しだ！『こっちにはいつでもＩＰブーストの手段があるぞ』というメッセージ……銅《あかがね》にとっては、最初から長期戦が安全策だった。時間が経《た》てば経つほど、【集団勇者《フラッシュモブ》】のアドバンテージは落ちていくからだ！」

敵に長期戦を選択させ、そうして作り出した時間の中で内政を動かしていた。【集団勇者《フラッシュモブ》】は餌であると同時に、心理的にルキの足を止めるための盾。

……ならば、もう一つの疑問がある。

「銅《あかがね》クンは、最後まで自分の群れが人間に取り込まれてることに気付けていなかったよね……!?　それも、純岡《すみおか》クンが仕組んだこと……!?」

「ああ。考えてみりゃあ当たり前だぜサキ……！　だって……もうあの世界で、人類の国以外の地域は全部コボルトの縄張りなんだ。コボルトが増えすぎた」

「純岡《すみおか》クンは【集団勇者《フラッシュモブ》】でコボルト以外の種族を先回りして討伐していったから……普通じゃあり得ない速度で支配していったってことだよね」

「そこが純岡《すみおか》の狙いだ」

ルドウが言葉を継いだ。シトは【集団勇者《フラッシュモブ》】を動かし、むしろコボルトの勢力拡大を助け続けていた。それは決して、人間世界の内政から目を逸らすための誘導や先送りなどではない。

「いいか星原《ほしはら》……コボルトには人間みたいな政府はねェんだ。当然だよな、魔物なんだからよ……！　確かに銅《あかがね》が命令すれば全員言うことは聞くだろう……だが、世界全体に増えまくったコボルトの下っ端まで全部管理できるか？　敵の勢力を逆に拡大させることで、統制できない死角を作りやがった！　純岡《すみおか》は……あぶれた集団の中から、『人間に友好的なコボルト』を人為的に作りやがったんだ……！」

「そんな……そんなことができるCメモリ《チート》があるとしたら――」

「……ああ、間違いねえ。シトのシークレットは……！」

#

「ハアーッ、ハアーッ……！」

銅《あかがね》ルキは人里への侵攻を継続できず、今は山中に身を隠している。

殺気のみで人類を殺しかねぬアルビノ・ケルベロスは、そうする必要があった。

もはや人間はコボルトの敵ではない。文字通り……どちらの意味でも。

種族への敵対意思がないものへの先制攻撃は、逆転不能のＩＰ激減を意味する。

「どこ、どこで間違えた……？　す、純岡《すみおか》シト……！　私の見立ては間違っていなかったはず……！　【集団勇者《フラッシュモブ》】【無敵軍団《ネームドフォース》】は、【超絶交渉《ハイパーコミュ》】を絡めた弱小コンボ……フラッシュフォースをちらつかせるブラフで……シークレットは自己強化型。直接攻撃《ダイレクトアタック》へのカウンターを狙っている……私は、その可能性を読み切って……」

無尽蔵に残されていたはずのIP獲得源は、もはやゼロとなった。

彼は世界最強の、さりとてA＋ランクの先史文明を滅ぼす域でもない中途半端なアルビノ・ケルベロスのまま、決して成長の見込みはない。

もはやこの世界でIPを稼ぐ手段は、世界救済のための発掘中止活動か、先史文明の破壊しかない。人間と魔物の融和。これこそが純岡《すみおか》シトの、Dメモリ《ダーク》殺し！

「【正体秘匿《アンノウン》】で人間社会に潜入し、発掘中止活動を……いや……む、無理だ……私にはもう、人間社会で使える内政スキルがないッ！　人外だから！　私はアンチクトンとして、人類を滅ぼし尽くす……あるいは先史文明を滅ぼすレベルの暴力があれば、それで良かったから……」

戦闘能力のみに絞って成長する転生《ドライブ》スタイルを読まれていた。

政治情勢を動かして、あらゆる戦闘スキルが無意味になる世界へと変えたのだ。

「暗殺……今なら、純岡《すみおか》シトの【無敵軍団《ネームドフォース》】も……シークレットに隠している自己強化系メモリも無視して、直接攻撃《ダイレクトアタック》が可能なはず……可能だった……最初からそうしていれば、私

は……！」

それも、今や不可能な手段だと理解してしまっている。

この人間とコボルトの融和政策が純岡《すみおか》シトの手によるものであれば……彼は人間でありながら、人に追いやられていたコボルトを救済した偉人だ。

現在のシトを抹殺するだけで、どれだけのＩＰ下落がルキを襲うことになるのか。

「【集団勇者《フラッシュモブ》】で他種族を始末して回っていたのも、最初からこの計画のため……【集団勇者《フラッシュモブ》】は、決して私達とぶつかることなく、自分の力で勝てるレベルの、他の魔物の群れを……自分自身は政策に働きかけながら、各地で動かせる手足を……」

【集団勇者《フラッシュモブ》】は早熟だ。知名度や冒険者ランクの成長も早い。

シトが真に欲していたのは、戦力ではなくその知名度だ。彼らを介して各地の政府に接触して、この迅速な融和政策を実現させた。

「けれど……うう……【集団勇者《フラッシュモブ》】は【超絶交渉《ハイパーコミュ》】でもなければ、制御不可能なはず……初心者の弱小コンボ……【超絶交渉《ハイパーコミュ》】以外に、支配下に置く方法なんてないのに……。そもそも、これほど早く人間やコボルトを説得できるＣ《チート》メモリなど……！」

確信していた。シトのシークレットは、【超絶成長《ハイパーグロウス》】。彼ほどの転生者《ドライバー》ならば、シークレットの中に自分自身の身を守るＣ《チート》メモリを隠し持っていたはずなのだ。仮に、そうでもなければ。

「勝っていた……初手で暗殺を選べていれば、わ、私は勝っていたのに……！　あああ……

【超絶交渉《ハイパーコミュ》】でもなければ……他に……どんな、手段が……」

ステータス画面の無機質な表示が、シトのシークレットメモリの開放を示した。

彼に決定的な敗北を突きつけるように。

「【超絶交渉《ハイパーコミュ》】でもなければ……」

銅《あかがね》ルキは、もはや進むことも退くこともできない。

シークレットに隠し持った切札《きりふだ》を使う機会すら与えられない。

彼がＩＰを獲得すべき『敵』は、この世界のどこにも存在しない。

彼は絶叫した。

「ウオオオオオオオオオオーッ!!!!」

◆

純岡《すみおか》シト　IP7,958,979,233　冒険者ランクＳＳ
オープンスロット：【集団勇者《フラッシュモブ》】【無敵軍団《ネームドフォース》】【絶対探知《フラグサーチ》】
シークレットスロット：【超絶交渉《ハイパーコミュ》】
保有スキル：〈究極話術ＳＳＳＳ＋〉〈国境無視ＳＳ〉〈斬術Ａ〉〈地図作成Ｓ＋〉〈軍団統制Ｓ

SS〉〈完全言語SSS＋〉〈大扇動SSS〉〈完全鑑定B〉〈平和の英雄SSS＋〉〈円魔法B〉〈線魔法S〉〈角魔法A〉他37種

銅《あかがね》ルキ　IP9,210,436,523　冒険者ランクSS

オープンスロット：【人外転生《クリーチャー・エボルブ》】【超絶成長《ハイパーグロウス》】【無敵軍団《ネームドフォース》】

シークレットスロット：【？？？】

保有スキル：〈アルビノ・ケルベロスA＋〉〈邪界の牙SSSS〉〈次元三連SS＋〉〈概念断爪SSSS＋〉〈死の超越SS〉〈装甲結界SSSS〉〈遍在S＋〉〈事象解読SS〉〈天運掌握D〉〈人間化A〉〈完全魔法B＋〉〈獣族言語SSS〉〈人間言語S〉〈地上の獣王SS〉他35種

◆

純岡《すみおか》シトの勝利は確定した。現時点のIPで負けていようと——銅《あかがね》ルキが獲得できるIPは、今の時点のこれが上限であるからだ。

「獣に相応しい死に様を与えると言ったな。銅《あかがね》ルキ」

アンチクトン。予選トーナメントにてシトを完膚なきまでに打ち負かした敵。

異世界を滅亡に追いやる転生《ドライブ》スタイルを是とする敵。
黒木田《くろきだ》レイを悪の道へと堕とした敵。

壮絶な特訓を経たわけではない。
新たなるC《チート》メモリを用意したわけでもない。
純岡《すみおか》シトは、常にそうするようなことをしてきただけだ。
D《ダーク》メモリを倒すための方法を考え続けてきた。
もはや全ての手足を失った遠い敵へと向けて、彼は宣告した。
「――『IP餓死』。それが貴様の末路だ！」

WRA異世界全日本大会第一回戦。
世界脅威レギュレーション『先史文明A＋』。

攻略タイムは、22年4ヶ月17日3時間2分15秒。

＃

「……貴様らの情報を渡してもらう」

現実世界への帰還を果たした後、純岡《すみおか》シトは無慈悲に告げた。

異世界転生《エグゾドライブ》で精神的に憔悴《しょうすい》した銅《あかがね》ルキは、転生レーンに仰向けに横たわっている。

「問うべきことは、異世界転生《エグゾドライブ》で問う。貴様らの如き悪しき転生者《ドライバー》であろうと、まさかその流儀を知らぬとは言うまい」

「……ク。分かっています。何故テンマさんがあなたを評価……するのか……それも、十分に、分かりましたよ……」

「貴様らは何者だ」

純岡《すみおか》シトは、未だ何も知らない。

黒衣を纏うアンチクトンの転生者《ドライバー》がどこから来たのか。

まったくの無名である彼らに、なぜこれほどの強さがあるのか。

「つまらない……まったくつまらない、問いと答えです。我々はただの、異世界転生《エグゾドライブ》のためだけに造られた調整体……ドクター日下部《くさかべ》に育てられた試験管ベビーですよ。私も……テンマさんも。そして、レイさんもね」

「黒木田《くろきだ》が……調整体だと……!?」

「クク……その様子だと、何もご存知なかったようで……いえ、レイさんが何も伝えていなかったのですねェ」

「……な、何故だ！　何故異世界転生《エグゾドライブ》のためだけにそこまでをするッ！」

シトは、倒れたままのルキの胸ぐらを掴んだ。虚ろな瞳孔が彼を見つめた。

「あなたがたが……ただ、理解していないだけですよ。【基本設定《ベーシック》】の存在を。我々は世界を救うために、世界を滅ぼす罪を背負わなければならない。それは親を持つ子、友を持つ人には重すぎる責務です……」

「【基本設定《ベーシック》】……それは……」

「知れば、今度こそあなたは勝てなくなります。それでも聞きたいですか？」

「……」

シトは、敵の体を投げ捨てるようにその手を離した。

ルキは咳き込み、力なく立ち上がった。

「……あなたは確かに強かった。想像以上の実力があった。それでも、あなたはテンマさんに勝てません。それも……今、分かりました」

「奴の【魔王転生《ダークネス・ドライブ》】は既に看破した。貴様らのD《ダーク》メモリの特性もだ」

「本当に、看破していますか？　……もう一つだけ、あなたにお教えしましょう。テンマさん

の【魔王転生《ダークネス・ドライブ》】は、ご存知の通り……私の【人外転生《クリーチャー・エボルブ》】の基本機能と同じように、通常のＩＰ計算を逆転させます」

異世界転生《エグゾドライブ》以外の一切を知らぬ子供達。ならばその中にあって抜きん出たカリスマ性を持つ男の異世界転生《エグゾドライブ》の実力とは、如何程のものか。

「他の機能は殆どありません」

「！」

「Ｄ《ダーク》メモリの中でも最初期型……テンマさんは事実上三種類のＣ《チート》メモリだけで、全ての戦いに勝利し続けている……！」

「……バカな」

「……楽しみです。あなたとテンマさんが戦う時が。……ク。楽しみだ」

消耗した銅《あかがね》ルキに、スタッフが駆け寄ってくる。

彼らの肩を借りて、死人の如き学生服の少年は歩き去っていく。

「こんな……キ、キキク……私が、楽しみなどと、思える日が来るとは……」

「…………」

圧勝に沸く歓声に包まれながら、シトはドライブリンカーを見下ろしていた。

現実世界のそれは沈黙を保ったままで、何も彼に教えてはくれない。

【基本設定《ベーシック》】の真実を尋ねる相手は、信頼に足る者でなければならないだろう。

彼の敵であるアンチクトンではなく……今度こそ大葉《おおば》ルドウに。

「――シト」

その考えに割り込むように、聞き覚えのある澄んだ声が背後から聞こえた。

振り返ると、そこには彼の新たな敵が佇んでいる。

かつての友。そして、もしかしたらそれ以上の心を抱いていたかもしれなかった。

会場の熱気が生んだ微風《そよかぜ》が、黒いドレスのスカートを揺らした。

「勝ったんだね。おめでとう」

「黒木田《くろきだ》……！」

「ふふふふ。時間をかけすぎだよ。銅《あかがね》程度の相手に」

隣で同時に行われていた黒木田《くろきだ》レイの異世界転生《エグゾドライブ》の試合結果を映す超世界ディスプレイは、

18年3ヶ月1日16時間39分2秒。内政型の転生《ドライブ》としてあるまじき速攻。

彼の位置からでもよく見えた。

「ああ、安心して？　こっちはDメモリ《ダーク》を使うまでもなかったから」

その微笑みには、何の負い目も悲哀もないように見えた。

アンチクトン。異世界転生《エグゾドライブ》の他を何一つ知らない、無垢《むく》なる子供。

「はじめての相手はきみがいいんだ。Dメモリ《ダーク》で、きみを倒してあげる」

「……やめろ……！　貴様とは、正しい形で戦いたいと……！」

「ふふ。また、貴様って呼んでる……」

純岡《すみおか》シトはその因縁に対峙しなければならない。

手を腰の後ろに組んで、レイは彼だけに、囁くように言った。

「君って呼んでよ」

第二回戦。純岡《すみおか》シト、対、黒木田《くろきだ》レイ。

純岡シトvs銅ルキ

世界脅威レギュレーションは『先史文明A+』。先史文明レギュレーションは戦闘型と内政型のどちらのアーキタイプからもアプローチが可能であり、世界脅威の逆利用や、世界脅威の封印・追放手段のバリエーションの研究など、転生スタイルに合わせて様々な角度から攻略できる人気の高いレギュレーションである。

この試合において、銅ルキ選手は不正規メモリ《イレギュラー》【人外転生《クリーチャー・エボルブ》】の効果で、弱小種族であるコボルトに転生。【超絶成長《ハイパーグロウス》】、【無敵軍団《ネームドフォース》】と組み合わせることで、強大なコボルトの軍団を育成する戦略プランを選んでいる。

一方で純岡シト選手は【超絶交渉《ハイパーコミュ》】を軸とした内政型のデッキで挑んだ。【集団勇者《フラッシュモブ》】と【無敵軍団《ネームドフォース》】の組み合わせで、転生序盤から広く交渉や討伐の手を伸ばし、世界脅威発掘中止を働きかける戦略であった。残る【絶対探知《サーチ》】も、世界脅威の危険を事前に察知できるのみならず、コボルト陣営の動向も逐次確認可能な、手堅い選定である。

特筆すべきは、純岡シト選手が転生初期の時点で積極的に討伐していたのは銅ルキ選手が転生したコボルトではなく、むしろそのコボルトの天敵となる種族であったということである。転生後半はコボルト陣営の侵略作戦に先んじて召使《オプション》を動かし、その敵対種族を排除するといったプレイングにも走っている。

一見して、これらのプレイングはむしろ対戦相手である銅ルキ選手を利するだけの行為であるかのように見える。しかしこの行動が結果的に銅ルキ選手の自滅を招き、純岡シト選手の勝利に繋がっていくのだ。今回はこの流れについて解説したい。

人外種族であるコボルトに転生した銅ルキ選手には、自覚しきれていない心理的弱点があったのだと思われる。それは人外に転生した故の、人外への帰属意識である。純岡シト選手の利敵工作によって勢力を増していくコボルトの軍勢をさらに大きく、さらに広くと考えてしまったことで、本来攻略すべき世界脅威や対戦相手である純岡シト選手への対処が疎かになってしまったのではないだろうか。そうして銅ルキ選手が勢力を拡大する間に、純岡シト選手は銅ルキ選手の目の届かない範囲の群れに【超絶交渉《ハイパーコミュ》】を駆使した融和工作を行い、人類をコボルトの味方にしてしまった。人類を最大のＩＰ源であると思い込んでいた銅ルキ選手は、この時点で完全に勝利手段を失ってしまったのである。

銅ルキ選手のシークレットは奇襲的な直接攻撃《ダイレクトアタック》を可能とする【正体秘匿《アンノウン》】。仮に純岡シト選手のシークレットを警戒していたとしても、銅ルキ選手はその召使《オプション》を一人ずつ暗殺していくべきだったのである。しかし、人類勢力に決定的な交戦を仕掛けるということは、コボルトの際限ない成長を自らの手で止めるということでもある。転生序盤でこの直接攻撃《ダイレクトアタック》を仕掛けてしまえば、最弱の群れであるコボルトは人類との戦争には生き残れない……と考えたのではないだろうか。

増えていく数字は、増やし続けたい。自分から衰退の引き金を引きたくはない。それはＩＰという数字に左右される転生者として普遍的な心理である。しかしそうした心理を人類の敵対者の立場にも適用して戦局を完全にコントロールしてみせた純岡シト選手の試合運びは、末恐ろしいものがあると言えるかもしれない。

付録　保護者の方へ　必ずお読みください

東京都、インテグレイテッド新宿駅――

過去には新宿と名前がつく色々な駅が乱立し、その構造と極めて多くの出入口で乗降客を惑わせていたが、それらの駅はインテグレイテッド新宿駅として大統合が敢行され、しかしなおも生物の如き増改築を繰り返し、この物語の舞台である２０ＸＸ年現在も、構造は複雑化する一方であった。

「……わざわざこんなところにまで来るまでもなかったと思うが」

「ついでに遊べるからいいでしょ？　どうせ電車に乗ってきたんだから、遠出しないと損だし」

「まあ、サキは新宿慣れてるもんな！　俺もスイーツが食いてえ！」

「そもそも俺はなんで連れてこられてるんだよ」

四名の中学生は、我らが純岡《すみおか》シト。そして星原《ほしはら》サキ、剣《つるぎ》タツヤ、大葉《おおば》ルドウである。大葉研究所での壮絶な異世界転生《エグゾドライブ》を終えた帰りである。

父である純岡《すみおか》シンイチの謎や、アンチクトンの正体――そして異世界からの転生者《ドライバー》などの懸

念は多数あるものの、彼らはあくまでこの世界ではただの中学生だ。そしてこの日は休日であり、四人が集まった以上、研究所の外に遊びに出かけることになるのは自然な流れといえる。

「二人の試合見てて、やっぱりアタシもドライブリンカーとか……実際の売り場見てみたいなって思ってさ。ちょうど今日は転生者《ドライバー》仲間が揃《そろ》ってるわけじゃん？」

「しかし、こんなことをしていていいのか……？　そもそも俺は大会以外でこういう遠出をすることがほとんどないんだが……」

「……純岡《すみおか》クン、普段どこで遊んでるの」

「駅前のモールの中央デパートだが……異世界転生《エグゾドライブ》売り場もあるし、筐体で練習もできるからな。もちろん単純な対戦相手の平均レベルは高いとは言えないが、幅広い年齢層の人物の戦略を見られる機会がある分……」

「ちょっとちょっとちょっと」

サキは慌ててシトの言葉を遮る。

「え？　この前黒木田《くろきだ》さんとデートしたんだよね？　その時行ったのもそこ⁉　近場の⁉」

「……？　そうだが……？」

整った涼やかな顔立ちと、王子のように優美な立ち居振る舞い。緻密な戦略を導き出す頭脳。大会の場では異世界転生《エグゾドライブ》の貴公子などと呼ばれており、実際サキも少なからずそのようなイメージを純岡《すみおか》シトに対し抱いていたが……

「それならいいが……」

「ヒ、ヒヒ……俺は完全に健康体だが？　そう見えねーか？」

「全然なんでもないよ！　ねっ、ルドウ！」

「……どうした大葉《おおば》。腹痛か？　体調でも悪いのか」

「グエェッ、やめ、痛い痛い痛い」

「思ってても言うな！　そういうのは！」

「コラァッ！」

サキは咄嗟《とっさ》に爪先を踏みつけ、ルドウがそれ以上何かを言うのを止めた。

「それで黒木田《くろきだ》にフラれたんじゃねーのか」

後ろで歩いているルドウが小声で呟く。

「つーかさ」

どのレベルで、純岡《すみおか》シトは異世界転生《エグゾドライブ》だけに没頭してきたのである！

サキは今更ながらに、研究所でシトと交わした言葉の重みを実感することとなった。それほ

「そうよね……！　あんたも異世界転生《エグゾドライブ》バカだったわ！」

十分親友じゃねーか！」

「ハハハハ、なんで他のとこに行く必要あるんだよ？　異世界転生《エグゾドライブ》で思い切り試合できりゃあ、

「タツヤ、純岡《すみおか》クンとデパート以外に行ったことある!?　ライバルなんでしょ!?」

シトが前に向き直ったのを見て、サキはルドウのパーカーの胸ぐらを掴んで引き寄せ、他の二人に聞こえないように小声で話す。

「いくらルドウでも、純岡《すみおか》クンが今大変なことくらい分かるよね？　黒木田《くろきだ》さんにフラれて、行方不明のお父さんのことも思い出しちゃって、研究所でだってあたしにちょっとナイーブな話してたんだから……！　気分転換に遊んでもらいたいわけ！　分かる？」

「俺は本当に関係なくねーか!?　剣《つるぎ》はいいのか!?」

「タツヤに心のケア的なこと理解できるわけないでしょ！」

「それはマジでそうだな……」

サキは、シトとタツヤを見る。二人とも特に他の店には目をくれることもなく、駅構内の異世界転生《エグゾドライブ》専門ショップを目指していた。

「あっ、純岡《すみおか》クン、ルイボスしてこうよ！　ここのお店のルイボス結構いけるから」

「ルイボスミルクティーか……いや、そういう若者に流行《はや》りのものは俺はちょっと……」

「純岡《すみおか》お前、本当に中学生か？」

ちなみに読者諸君は20XX年の未来を与《あず》かり知《し》らぬであろうが、この時代の日本においてはルイボスティーが社会現象的に流行しており、当然複数のルイボスティー専門店がインテグレイテッド新宿駅構内に存在している。

「すみません、ルイボススムージー一つと、ルイボス抹茶一つと、プルオットこしあんルイボ

スラテの葛餅トッピング一つと、ルイボスロイヤルミルクティー一つください」

「すまんな星原《ほしはら》。こういう店は注文方法が複雑なイメージがあって」

「お前本当に中学生か？」

「やっぱりルイボスは葛餅トッピングに限るぜッ！」

「テメーはすげーの飲んでんのな!?」

「いや普通だぜ？　ハヅキちゃんだって前会った時はこんくらい盛ってたしなあ」

「ちょっと待って!?　なんでタツヤは外江《とのえ》さんの呼び方の距離が近いの!?　アタシが知らないところで何があったの!?」

ともあれ多少の悶着《もんちゃく》を経て、四人はＷＲＡ公式転生者《ドライバー》ショップへと到着する。

このインテグレイテッド新宿駅は駅構内のみでおよそありとあらゆる専門店を網羅しているが、その複雑怪奇な構造のために携帯端末のアプリなしでは目的地までの攻略は極めて困難とされ、実際に年間十数名の行方不明者が発生しているというまことしやかな噂もあるが、これは２０ＸＸ年以前の読者諸君には余談であろう。

「うわ、すっごい！　これが全部Ｃメモリ《チート》!?」

棚にずらりと吊《つ》るされたＣメモリ《チート》の数々に、サキは驚きの声を上げた。地元の中央デパートでも異世界転生《エグゾドライブ》売り場の近くを通りがかったことはあったが、ＷＲＡ公式転生者《ドライバー》ショップ新宿店だけあって、売り場面積と品揃えはその五倍近くにもなるだろうか。

「そうだ。通常のC《チート》メモリの場合、一本の定価が350円。ブースターパックなら四本入りで1000円だが、中身がランダムだから星原《ほしはら》のような初心者には勧めにくいな……」

C《チート》メモリ自体は、専門店に限らず一部のコンビニですら購入することができる。異世界転生《エグゾドライブ》はそれほどの国民的ゲームであるのだ。

「こっちがドライブリンカー？　2980円かぁ……」

「WRA公式ショップだと逆に値引きされてねーんだよな、こういうの。ドライブリンカーなら俺の家にもう一つあるらしいから、欲しいなら分けてやるぜ」

「……そういえばタツヤ、異世界転生《エグゾドライブ》始める前からドライブリンカー持ってたよね？　なんで？」

「やんちゃすぎて心配だからって、小さい頃つけさせられてたんだよ。ドライブリンカーをつけてりゃ、転落事故とか交通事故にあっても安心だからってさ」

「ああー……そうか、そういう使い方もあるんだ」

ドライブリンカー装着状態で強い衝撃を受けた場合、その衝撃エネルギーは全て転生《ドライブ》の転移エネルギーに消費され、自動的に異世界に転生《ドライブ》する。そうした不本意な転生《ドライブ》が発生した場合でも、元の世界への帰還コマンドは降参《サレンダー》ボタンの操作を介さずとも実行可能だ。

「そういうの、割とマジな話なんだぜ？　AI運転補助がなかった時代は交通事故で一日に十何人って人間がくたばってたらしいからなァ。WRAもそういうとこにつけ込んで市場を拡大

しゃがったんだ。むしろ星原《ほしはら》みたいに、ガキの頃から完全に縁がない奴のほうがレアだぞ」

「あはは……」

実際、サキも小さい頃は父にドライブリンカーを買い与えられそうになったことがある――男子みたいな趣味だからと嫌がったが、日々トラックを運転している父なりに、彼女の身の安全を思ってのことだったのだろう。

「剣《つるぎ》のお下がりが気に食わんなら、このスターターセット02が俺のお勧めだ。ドライブリンカー本体と四本のC《チート》メモリのセットだが……【超絶成長《ハイパーグロウス》】と【王族転生《ブループラッド》】が入っている。初心者でも使いやすいし、戦闘型にも内政型にも拡張が効く」

「【超絶成長《ハイパーグロウス》】……タツヤが使ってたのと同じメモリかあ」

「……なあ、シト。【超絶成長《ハイパーグロウス》】で思い出したんだけどよ」

しゃがんで棚の下の段のC《チート》メモリを眺めていたタツヤが、ふとシトを振り返った。

「シトの赤いC《チート》メモリって何なんだ？　D《ダーク》メモリとかいう黒いメモリもそうだけどよー……限定版とか特別仕様メモリでも、赤ってのはないよな？」

「……そうなの？」

「ああ」

シトが頷く。胸ポケットから取り出したC《チート》メモリは真紅のプラスチック外装だ。

「WRAが発売しているC《チート》メモリは基本的にクリア外装だが、全体が赤いメモリが販売された

という記録はない。そもそも正規《レギュラー》のC《チート》メモリならば、それを示すホログラムパーツがあるはずだからな。俺の【世界解放《オーバードライブ》】は……C《チート》メモリなのかどうかすら分からん」

「試合のついでに俺の研究所で解析させてもらったが、それはマジだぜ。あの赤いメモリはドライブリンカーに読み込ませても何の効果も発揮しねェメモリだ。D《ダーク》メモリの手掛かりにもなるかとちょっとは期待してたが、形がそれっぽいだけのゴミだな」

「……だが。父さんの手掛かりは大葉《おおば》の論文と、この【世界解放《オーバードライブ》】のみだ」

「……」

やや気まずい沈黙が流れた。サキはおずおずと口を開く。

「転生《ドライブ》したまま何年も帰ってこない……って、あることなのかな。だって、アタシ達が試合を見る時は何十年って試合を見るのに長くて一時間でしょ？」

「……異世界とこっちの世界じゃあ時間の流れが違うからな。試合の時間だって別に転生《ドライブ》時間に比例してるわけじゃねェ。ドライブリンカーの判定チェックポイントの数……つまり異世界転生《エグゾドライブ》におけるイベント量でこっちでの経過時間が決まってくるんだ。だがそれでも……百年くらいの超長期戦になったとして、三時間弱くらいには収まる」

――こちらの時間軸で五年間転生《ドライブ》が継続しているというのは、極めて異常な例だ。この遊戯がこれだけ広く普及していることからも分かる通り、例えば異世界転生《エグゾドライブ》筐体《きょうたい》には何重もの安全装置が組み込まれており、轢殺ブロックによる死亡事故が発生した例はない。高い負荷がか

かる転生《ドライブ》を自らの意志で無理に続けた場合は一時的な転生《ドライブ》ショックに陥る例もあるが、これも稀な事例な上、命に関わるほどの症状は確認されていない。

「異世界転生《エグゾドライブ》は危険な遊戯……か」

シトが呟く。あの予選トーナメント会場において、アンチクトンの鬼束《おにづか》テンマが全国に宣言した言葉である。

話を聞いていたタツヤは、頭の後ろで手を組んだ。

「テクノロジーが進歩しても、そういうのは何にでもあるってことかもしれねーな。AI運転補助があったって……星原《ほしはら》のおっちゃんみたいに自分で運転できる人が少なくなっちまったから、エラーが出た時に動かせなくなったりするわけだしさ。結局何だって……異世界転生《エグゾドライブ》だって、いいところと悪いところがあるんだよな」

「……タツヤ」

大人びた意見だ、とサキは思う。常に単純で直情的なように見えて、剣《つるぎ》タツヤには、どこかそのように達観した一面がある。

「ケッ、そもそもWRAの連中の公式発表なんざ信用できねェからな。案外全国でバカスカそういう死亡事故が起こってるのかもしれねーぜ？　大体こんな代物、開発段階で一つも事故が起こってねェわけがねえだろ」

「いやいやいや！　もしかしたら純岡《すみおか》クンのお父さんも、連絡取れないだけでこっそりこっち

の世界に帰ってきたりしてたりして！　……って、それもあんまりいいことじゃないか……！」

本来の目的を思い出すも、盛大にフォローに失敗してしまっている。もっとも異世界転生《エグゾドライブ》で親を失うなどという壮絶な体験に対してどのような言葉をかければいいのか、ただの女子中学生であるサキには分からない。

「……気を使わせて悪かったな」

だが、純岡《すみおか》シトは笑った。ごく僅かに、口角の片端を上げる程度ではあったが。

「最近は……誰かにこういう話をしないようにしていたが、つい気が緩んでしまったようだ」

「何でも話していいんだぜ、シト！」

タツヤが力強く拳を突き出す。

「だって俺達は同じ転生者《ドライバー》だぜ！　つまり、四人とも仲間ってことなんだからよ！」

「おいコラ俺を巻き込むな」

「アタシ転生者《ドライバー》ですらないんだけど……」

ともあれ、四人の中学生はその後も取り留めのない雑談とともに商品を眺め、サキも人生で初めてのドライブリンカーを購入した。異世界存亡に関わる、解析不能のオーバーテクノロジー装置は、公式ショップ限定版のホワイトバージョンが３２８０円であった。

◆

「あ、すいませんお客様」

会計を済ませた後、若い女性店員が走り寄って四人へと声をかけた。

「こちらお客様の落とし物ですか？」

「……それは」

シトが真っ先に反応した。赤いCメモリ《チート》である。

上着ごと置き忘れてしまった一件以来、肌見離さず持ち歩いていたつもりだったが……確かにポケットを探っても、彼の【世界解放《オーバードライブ》】がない。

「ちょっと純岡《すみおか》クン、大丈夫？　お父さんの形見なんでしょ」

「今日付き合って思ったが、天然ボケなとこあるよなこいつ」

「ありがとう。店員さん……大切なものだった」

「それなら良かったです！　またのご来店をお待ちしています！」

「……やはり、首にかけておいたほうがいいな」

「へへ、シトが試合でやってたみたいにか？」

「ああ」

【世界解放《オーバードライブ》】。それが何の効果ももたらさないプラスチック片でしかないのだとしても、重要な試合に臨む時のシトは、いつも首からこのメモリを下げていた。

「どこかに行ってしまわないようにな」

それがもはや日常の一部であるとしても、異世界転生《エグゾドライブ》は未知への冒険だ。もしかしたらある日を境に、父のようにどこかに転生《ドライブ》したままになってしまうかもしれない。

遥《はる》か遠《とお》い異世界への転生を繰り返したとしても……そのCメモリ《チート》が、今立っているこの世界に自分を繋《つな》ぎ止《と》めてくれるような気がしている。

◆

「ええ。そうです。解析データは送信しました」

——WRA公式転生者《ドライバー》ショップ新宿店。四人の中学生が去った後の店内で、イヤホン越しに何者かと会話を交わす者がいる。

長い髪を首の後ろで一つに束ねた、ショップのエプロンをつけた若い女だ。小綺麗《こぎれい》ではあるが、人混みに紛れていれば目立たないような風貌の女性である。

先程、純岡《すみおか》シトに【世界解放《オーバードライブ》】を手渡した女性店員であった。

「……間違いなく【世界解放《オーバードライブ》】です。ドクター日下部《くさかべ》。純岡《すみおか》シトは今も【世界解放《オーバードライブ》】を所有し

ております」

〈そうか！　素晴らしい！　……とはいえ、この賞賛は君ではなく純岡《すみおか》シトに向けるべきだがな。多分に感傷由来の執着とはいえ、よく十年近く【世界解放《オーバードライブ》】のオリジナルを保存していた！〉

「しかし、返してしまってよろしいのですか？　いくら私でも、二度目以降はあのメモリを奪うのは難しいかもしれません。純岡《すみおか》シトは、これまで以上に紛失を警戒するでしょうから」

　ショップを立ち去りながらエプロンの紐《ひも》を解き、トートバッグの中に入れる。彼女は最初からショップ店員ではない。名は左町《ひだりまち》シア――生身の潜入技術を極めたアンチクトンの工作員であり、自身もまた、D《ダーク》メモリ【勧悪懲善《アンチヒーロー》】を使いこなす恐るべき転生者《ドライバー》である。

「わざわざこうして確認するほど貴重なものなのでしたら、メモリをすり替えて【世界解放《オーバードライブ》】のオリジナルをこちらで確保しておいたほうが良かったのでは？」

〈不要だ。既存の研究成果をそのまま奪うなど、それこそ私自身が開発に費やした意味がなくなる。オリジナルのデータはあくまで私の答え合わせに過ぎん――こちらの開発データとの齟《そ》齬《ご》さえなければ、簡易量産型をすぐにでも実験できる〉

「異世界転生《エグゾドライブ》の真の目的……ですか」

〈そうだ。そのために純岡《すみおか》シンイチも……【世界解放《オーバードライブ》】を純岡《すみおか》シトに託した〉

　異世界転生《エグゾドライブ》で暴虐を尽くし、異世界を滅亡させる邪悪なる組織。だが、彼らの試みには明確な目的が存在する。それは世界を救うことだ。

〈純岡《すみおか》シトは今でも【世界解放《オーバードライブ》】を持ち続けてきた。ならばその使い道は、彼自身が選択することが何よりも正しいのだからな〉

「……フフ。いいでしょう」

工作員であるシアは、鬼束《おにづか》テンマらのように全日本大会本戦の出場枠を得ているわけではない。しかし彼らと同じく異世界転生《エグゾドライブ》のためだけにのみ生まれたシアも、世界の表舞台に力を示すその時をこそ待ち望んでいた。

異世界転生《エグゾドライブ》の真の強者は誰か。

救うのか。滅ぼすのか。

なぜ、このような歪んだ世界となっているのか。

「見届けさせてもらいましょう。彼の中に、本当にドクターが期待するような力があるかどうか」

異世界の勝負に文字通りの『人生』を賭ける。

それはきっと、誰にとっても変わらないことだ。

あとがき

お世話になっております。珪素《けいそ》です。このたびは『超世界転生エグゾドライブ01 ―激闘！異世界全日本大会編―』をお手にとってくださり、大変ありがとうございました。

本作品は、いわゆる異世界ものとホビーものをジャンル融合させた作品であり、異世界転生が一般普及した世界における、中学生達による異世界転生ホビーの戦いを描くものとなっております。特に、文字媒体だけで架空のホビーを取り扱う作品というのは現在なかなか見られないものであるかと思いますので、まだご購入されていない皆様は、ご判断の一助にしていただければと考えております（まだお手にとっただけの方もいるかもしれませんしね）。

冷静なクール少年と初心者の熱血少年のライバル関係があります。腕に装着するカッコいいガジェットがあります。ホビーのカスタマイズとか戦略みたいな話もあります。ホビーで世界をなんやかんやしようとする悪の組織、出てきます。

ところで、基本的に私はあとがきを全く重要視していないため、あとがきに真面目な話や本編のネタバレを書くことはないのですが、本作品に限っては少し真面目になって、重要なポイントに触れさせていただきたいと思います。

この作品は既存の異世界ものについて誇張したりパターン化した形で描写してはいるものの、決してメタ異世界ものを書こうと思ったのではなく、作者の意識としては従来と変わりない異

世界ジャンルとして書いているということです。このジャンルに既に慣れ親しんでいる方は既にご存知だとは思うのですが、異世界ジャンルが異世界ジャンルのあるあるパターンについて自己言及することは今ではごく普通に行われていて、特に珍しいものではありません。よって本作品では、そうした形のアイデアの組み合わせやメタの取り合いといった要素をホビー競技として表現することにしました。なので、本作品についてもごく普通のエンターティメントとして楽しく読んでいただければなと思います。

なんだか真面目なことを書きはじめてしまったので、この調子で真面目に謝辞を述べて終わりにしましょう。

とても多忙な中で小説版の企画を通してくださった担当編集の長堀《ながほり》様、素敵なイラストを手掛けてくださった輝竜《きりゅう》様、そして漫画版でいつも凄まじい作画をzunta様、漫画版の担当編集の川口《かわぐち》様、そしてデザイン、校閲、営業を手掛けてくださった関係者の皆様に、心からの感謝いたします。そして、もしもこのあとがきを書店でお手にとってご覧になっているだけでなく、実際にお買い上げいただいた読者の皆様には、冒頭の謝辞だけでなくこの後の締めの謝辞でも、さらに感謝のダブルチャンスがあります。ぜひお見逃しなく。

それではあらためまして、『超世界転生エグゾドライブ01 ―激闘！ 異世界全日本大会編―』をお買い上げくださった読者の皆様、ありがとうございました。また次の作品でお会いしましょう。

次回予告
謎の組織アンチクトンの目的、
父が遺したCメモリ【世界解放】の正体、
異世界転生の真実が明らかになる時、
激闘はさらに過熱していく！
異世界全日本大会、第二回戦。
純岡シトVS黒木田レイ、
開幕。
02巻の書き下ろし掌編として、
シトとレイの初めての戦いが
描かれる！
超世界転生エグゾドライブ 02
2021年春発売予定！

電撃の新文芸

超《ちょう》世《せ》界《かい》転《てん》生《せい》エグゾドライブ01
-激《げき》闘《とう》! 異《い》世《せ》界《かい》全《ぜん》日《に》本《ほん》大《たい》会《かい》編《へん》-〈上《じょう》〉

著者／珪《けい》素《そ》
イラスト／輝《き》竜《りゅう》 司《つかさ》
キャラクターデザイン／zunta

2020年9月17日　初版発行

発行者／青柳昌行
発行／株式会社ＫＡＤＯＫＡＷＡ
〒102-8177　東京都千代田区富士見2-13-3
0570-002-301（ナビダイヤル）
印刷／図書印刷株式会社
製本／図書印刷株式会社

【初出】……………………………………………………………………………………
本書は、カクヨム(https://kakuyomu.jp/)に掲載された『超世界転生エグゾドライブ　-激闘!異世界全日本大会編-』を加筆、修正したものです。

ISBN978-4-04-913206-9　C0093　Printed in Japan

ファンレターあて先
〒102-8177
東京都千代田区富士見2-13-3
電撃文庫編集部
「珪素先生」係
「輝竜 司先生」係
「zunta先生」係